LA RAISON
DU PLUS FORT

Les Requins de Trieste
2006
et « Points Policiers », n° 1602

Les Morts du Karst
2007
et « Points Policiers », n° 1835

Mort sur liste d'attente
2008
et « Points Policiers », n° 2181

À l'ombre de la mort
et « Points Policiers », n° 2434

La Danse de la mort
2010

Veit Heinichen

LA RAISON
DU PLUS FORT

roman

TRADUIT DE L'ALLEMAND
PAR ALAIN HURIOT ET FRANÇOIS MORTIER

ÉDITIONS DU SEUIL
25 bd Romain Rolland Paris XIVe

COLLECTION DIRIGÉE
PAR MARIE-CAROLINE AUBERT

Ce livre est édité par Anne Freyer-Mauthner

Titre original : *Die Ruhe des Stärkeren*
Éditeur original : Paul Zsolnay Verlag, Vienne
© original : 2009, Paul Zsolnay Verlag, Vienne
ISBN original : 978-3-552-05455-4

ISBN 978-2-02-101218-7

www.seuil.com

D'incessants soupirs ne conjurent pas le sort.

Pétrarque

Déjà le jeune homme a traversé dans les airs et l'Europe et l'Asie. Il atteint les côtes de la Scythie et se rend au palais de Lyncus, qui règne dans ces contrées. « Quel est, lui dit ce roi, le motif de ton voyage ? Quel est ton nom ? Et quelle est ta patrie ? » « Triptolème est mon nom ; la célèbre Athènes est ma patrie, lui répond l'étranger. Je ne suis venu ni par terre, à travers de longs chemins, ni sur un vaisseau qui sillonna les mers : je me suis ouvert un passage dans les plaines de l'éther. J'apporte avec moi les dons de Cérès, qui, confiés aux champs, produisent une nourriture salutaire et d'abondantes moissons. »

Le barbare, jaloux d'une pareille découverte et voulant usurper l'honneur, reçoit Triptolème dans son palais ; et tandis que le sommeil le livre sans défense, il l'attaque le fer en main. Au moment où il va achever son crime, Cérès le change en lynx, puis elle ordonne au jeune Athénien de remonter sur son char sacré à travers les airs.

Calliope avait fini son chant. Les Nymphes, unanimes, décernent le prix aux déesses de l'Hélicon. Les Piérides vaincues murmurent l'injure et l'outrage. « Puisque, reprit la Muse, c'est peu pour vous d'avoir déjà mérité, par votre défi téméraire, un légitime châtiment, et que vous osez encore ajouter l'insulte à l'audace, la patience n'est plus en notre pouvoir ; et justement irritées, nous saurons vous punir et nous venger ! »

Ovide, Métamorphoses V, 648-668, d'après la
traduction de G. T. Villenave, Paris, 1806.

Pina panique

Les halètements se rapprochaient dangereusement. Elle ne leur avait d'abord pas prêté attention, mais elle prit peur et jeta un coup d'œil par-dessus son épaule. Un robuste molosse blanc taché de roux la poursuivait en montrant les dents. Il allait la rattraper. Les babines retroussées, laissant voir une chair rouge et une dentition d'un blanc éclatant, l'animal n'avait pas l'air particulièrement tendre. Encore cent mètres et il serait prêt à bondir. Prise de panique, Pina appuya sur les pédales et essaya de prendre du champ. Mais la route était sinueuse, Pina devait rouler sur la chaussée pour éviter d'atterrir dans le fossé, tandis que la bête fonçait en ligne droite. En contrebas dans la vallée, les toits rouges d'un petit village brillaient au soleil de décembre. Il lui serait impossible d'arriver jusque-là. Le chien courait comme après un lapin, il semblait avoir reçu l'ordre de la faire chuter à tout prix et de la déchiqueter. Enfin, elle aperçut au milieu d'une prairie une meule de foin, qui n'avait apparemment pas trouvé place dans la grange et que le paysan avait laissée à l'air libre, en la recouvrant d'un plastique blanc. Pina fila dans sa direction, sauta de son vélo et tenta d'escalader la bâche glissante. Une fraction de seconde, le silence se fit derrière elle. Soudain son pied gauche se trouva bloqué et une violente douleur la transperça, un poids énorme s'accrochait à elle et la tirait vers le bas. Le chien, qui grondait furieusement, avait planté ses crocs dans sa chaussure et se balançait à un mètre au-dessus du sol, tentant d'agripper la bâche. Pina voulut le frapper de son pied libre, mais dans cette position il restait hors d'atteinte. Dans un dernier effort, elle réussit à se hisser un peu plus haut et à attraper la corde qui fixait la bâche. Les coups destinés à la bête tombaient dans le vide. La situation était sans issue. D'où pouvait venir ce chien ? Combien de temps tiendrait-il ? Quelle était cette race ? Un pitbull, un dogue argentin, un mâtin napolitain ? Pina ne supportait pas les chiens et s'était toujours refusée à les distinguer. Celui-ci s'agitait comme un pantin désarticulé, il feulait littéralement et avait une mâchoire d'acier. Ses canines avaient traversé le cuir et Pina avait le talon en feu. Si seulement elle avait pu défaire sa chaussure et se débarrasser de ce fauve, rendu plus féroce encore par le sang de son pied.

Elle n'avait pas le choix, elle ne pouvait que crier de toutes ses forces. Au cours de sa formation, elle avait appris que, dans ce genre de situation, c'est en donnant de la voix qu'on obtient un résultat, mais la tirade haineuse qu'elle adressa au quadrupède ne sembla guère l'impressionner. Jamais elle n'aurait imaginé que ses aptitudes aux sports de combat, son corps surentraîné et sa capacité de réaction se révéleraient un jour aussi peu utiles. Elle hurlait comme sous la torture, espérant que quelqu'un finirait par l'entendre. Le chien ne relâchait pas son emprise. Elle réussit enfin, d'un coup de reins, à se tourner sur le dos, ce qui lui permit de replier sa jambe droite. D'un coup de pied ajusté, elle fracassa la mâchoire supérieure de l'animal, qui retomba dans l'herbe sans un bruit, tout étourdi. Il tourna un moment sur lui-même, puis se tint à nouveau prêt à bondir, comme s'il ne ressentait aucune douleur. Mais Pina se trouvait provisoirement en sécurité. Le cœur battant, elle regardait le chien qui n'attendait qu'une chose : qu'elle descende de son piédestal.

Dans la vallée, les cloches de l'église se mirent à sonner, appelant les fidèles à l'office dominical de neuf heures. Pina ouvrit la fermeture éclair de sa sacoche à la recherche de son téléphone portable. Elle entendit au loin un sifflement qui détourna son attention. Lorsque son regard revint sur son tortionnaire, la place était vide. Le chien s'était volatilisé.

*

* *

Comme tous les dimanches matin, sauf en cas de pluie ou de nécessité de service, Giuseppina Cardareto avait enfourché sa bicyclette. Comme toujours le dimanche, elle s'était levée plus tôt qu'en semaine, bien que le jour n'ait fait qu'une timide apparition. En selle dès sept heures, elle était capable de parcourir cent cinquante kilomètres avant midi, cent mille fois sa taille. Elle variait chaque fois l'itinéraire allant de son appartement au centre de Trieste, quasiment au niveau de la mer, jusqu'au sommet du karst. Selon qu'elle se sentait en forme ou non, elle s'imposait ou non des préliminaires. La route côtière, qui longeait des rochers tombant à pic dans l'eau, ne lui paraissait pas assez difficile. En cette matinée de décembre, Pina se sentait plus forte que Popeye. Personne ne pouvait la suivre dans le raidillon de la Via Commerciale. C'est après, en continuant de grimper vers Conconello, après avoir dépassé les antennes-relais rouge et blanc, que commençait la torture. Sans descendre de vélo, suant et ahanant, elle avançait mètre par mètre. Elle pestait souvent contre elle-même, mais sa volonté finissait par triompher et, après avoir franchi quatre cent cinquante mètres de dénivellation, elle appréciait, en se laissant glisser vers Banne puis en poursuivant vers Basovizza, de laisser l'air frais lui fouetter le visage. Elle passa sans s'arrêter le poste-frontière en direction de Lipizza, les douaniers des deux côtés éprouvaient du respect – ou de la pitié – pour les sportifs.

Trois ans déjà que la petite inspectrice d'origine calabraise travaillait à Trieste et, quel que soit le parcours emprunté, elle tombait fatalement sur des endroits où elle était déjà venue en voiture de service, sirène hurlante. Et ce, bien que la ville n'offre guère d'occasions à des officiers de police criminelle ambitieux et désireux d'accélérer leur carrière. Certes, une série d'audacieux cambriolages dans les villas de la haute société faisait, depuis un certain temps, la une des quotidiens, et la récente hausse de l'immigration clandestine causait bien du souci aux autorités concernées, mais les enquêtes criminelles se faisaient trop rares au goût de Pina. Ici, les grosses affaires se traitaient dans les coulisses et il était bien difficile d'y voir clair : les flux financiers qui transitaient par Trieste tenaient en haleine les agents de la Guardia di Finanza, qui surveillaient également les importations illégales passant par le port ou les postes-frontières. Si quelqu'un devait être éliminé, les commanditaires faisaient en sorte que l'opération ne se déroule pas en ville. Il revenait alors à d'autres collègues d'intervenir. Au cours des derniers dix-huit mois, Pina avait eu à traiter une seule affaire criminelle, que le commissaire lui avait confiée sans hésitation, et qui selon elle reflétait bien ce qui se passait dans la région. Un homme de quatre-vingt-quatre ans avait poignardé sa voisine de quatre-vingt-onze ans et prévenu illico la police. Pas d'enquête, uniquement de la paperasse, les aveux du coupable et les déclarations des témoins à rentrer dans l'ordinateur pour les transmettre au procureur. C'est tout. L'impulsif vieillard n'avait même pas été incarcéré, il lui était interdit de quitter son domicile et il devait subir un traitement psychiatrique, il semblait exclu qu'il se transforme subitement en serial killer. Il avait même ri en entendant prononcer la sentence, car dans l'appartement voisin régnait enfin ce qui lui manquait lorsqu'il avait brandi son couteau : le calme. Dans de telles conditions, pourquoi ne pas rester confiné dans ses quatre murs ?

Lors d'une opération récente, très spectaculaire, elle n'avait échappé que de justesse à une procédure disciplinaire. Le scénario mis au point avec le commissaire, son supérieur, l'avait sauvée. Aucune contradiction n'était apparue devant la commission d'enquête. Elle n'avait récolté qu'un avertissement, qui ne figurerait pas dans son dossier. Mais l'affaire qui mobilisait la police de Trieste depuis des années avait beau être définitivement réglée, elle n'obtenait pas d'avancement. Elle avait souffert dans son orgueil et gardait pour elle son désir de rejoindre le Sud le plus vite possible. Il valait mieux, pour un temps, jouer les modestes. Elle ne portait plus ses cheveux noirs en touffes rebelles, elle les avait laissés pousser pour se donner un minimum de féminité. Elle manifestait même une certaine amabilité, en particulier envers ses collègues femmes, dont on ne l'aurait pas crue capable. Elle était irréprochable dans le service. Trois fois par semaine, elle consacrait ses loisirs à se perfectionner en kickboxing dans une association sportive de la police et, par deux fois, elle s'exerçait au kung-fu avec un professeur privé, dans la mesure où un délinquant ne venait pas bouleverser son emploi du temps. L'inspectrice Giuseppina Cardareto avait pour ambition de marier son intelligence à d'impeccables techniques de combat, afin de devenir imbattable, y compris pour le cas où – elle ignorait encore quand et pour quel mobile – elle quitterait un jour la police. Cela pouvait arriver plus vite qu'elle ne le pensait, les médias, avides de sensationnel, dans une société de masse qui s'ennuyait, se montraient impitoyables envers les forces de sécurité, quand elles commettaient une entorse aux lois et règlements. Exactement comme les criminels et leurs avocats. Ils guettaient l'occasion de vous accuser des plus criantes exactions et infractions qui ne vous seraient même pas passées par la tête dans les pires situations. Il pouvait arriver aussi qu'on débusque inopinément une affaire que des personnages importants n'avaient aucune envie de voir élucidée. Vivre – jouer son va-tout. L'inspectrice Giuseppina Cardareto tâchait de rester calme, même quand son entourage s'emballait. Elle devait être la plus forte.

Un rayon de soleil fut le bienvenu en cette matinée d'hiver. Pina dévalait la route du Wippach au pied du Nanos. Pédalant comme une folle, deux heures durant, elle avait déjà parcouru soixante-dix kilomètres en montées, descentes et virages en épingles à cheveux. Elle se sentait dans son élément. Mais la chaussée se trouvait dans un triste état et le trajet n'était pas une partie de plaisir. Pina ressentait tous les cahots et elle avait beaucoup de peine à maintenir sa moyenne tout en évitant la chute. Les poids lourds qui empruntaient cet itinéraire pendant la semaine avaient laissé leur empreinte dans l'asphalte, qui ressemblait à un patchwork ; le dimanche, les touristes prenaient le relais. Des voitures immatriculées à Ljubljana ou en Italie klaxonnaient sans cesse derrière elle afin qu'elle se range sur le bas-côté. Pina décida de prendre un chemin de traverse à la première occasion. À un carrefour près de Hrasce, un panneau indiquait « Vinska Cesta », une route des vins peu fréquentée, sur le karst slovène, en contrebas du Nanos, cette montagne dénudée qui domine toute la région et constitue la ligne de partage des eaux entre l'Adriatique et le bassin du Danube. Depuis des semaines, une calotte blanche couvrait son sommet, mais dans la vallée la température restait agréable. Pina empruntait ce parcours pour la première fois mais n'avait pas emporté de carte routière. Elle finirait bien par rejoindre la petite ville de Vipava, où deux sarcophages égyptiens vieux de quatre mille cinq cents ans étaient à voir au cimetière. Elle rentrerait en Italie par Nova Gorica.

Au lieu de cela, elle trônait sur une meule de foin de quatre mètres de haut, le talon en sang, au milieu d'une vaste prairie grillée par l'hiver, et elle mourait de peur devant un chien de combat qui avait subitement disparu. Désemparée, elle alluma son téléphone portable et consulta le répertoire. De l'autre côté de la frontière, elle aurait appelé ses collègues, mais ici elle ne connaissait même pas le numéro d'urgence de la police slovène.

*

* *

Sa chaussure de sport, qu'elle avait payée très cher – il avait fallu la commander, le 35 étant introuvable en magasin –, était bonne à jeter. La mâchoire du chien avait laissé de profondes traces dans le cuir, mais le talon renforcé avait tout de même permis d'éviter le pire. Seules les canines étaient rentrées dans son pied comme dans du beurre ; le calcanéum semblait atteint. La douleur s'avivait à chaque battement de pouls, il lui faudrait très certainement se faire administrer un vaccin antirabique. Tant bien que mal, Pina banda la plaie avec un mouchoir et essaya de se lever. Clignant des yeux, elle scruta encore une fois les alentours et entreprit de se laisser glisser doucement à terre. Elle émit un petit sifflement lorsqu'elle atterrit dans l'herbe. Elle avait moins mal quand elle posait son pied bien emballé. Clopin-clopant, elle retrouva son vélo, le redressa mais, contrairement à ce qu'elle espérait, elle était incapable de pédaler. S'appuyant sur le guidon, elle rejoignit la route en boitant. C'est alors qu'elle entendit claquer des sabots et hennir un cheval. La panique s'empara à nouveau d'elle ; il n'est pas rare qu'un cavalier soit accompagné d'un chien. Elle lâcha son vélo et, malgré sa blessure, se mit en position de défense. Si le molosse se risquait à l'attaquer une seconde fois, sa dernière heure avait sonné, car ce coup-ci la situation ne lui serait pas favorable. Elle le toucherait en plein vol s'il sautait sur elle, elle était suffisamment entraînée pour réussir. Elle serait la plus rapide et la douleur ne viendrait qu'après. Elle aperçut alors le cavalier, monté en amazone sur une jument lipizzan, qui galopait dans sa direction.

– *Dobro jutro !*

D'une simple pression sur la bride, la monture s'arrêta à cinq mètres de Pina. Celle-ci fut surprise d'entendre une voix d'homme, inattendue chez une personne montant comme une femme. Elle ne comprit pas les mots qui suivirent – du slovène, probablement. Si elle restait longtemps encore à Trieste, elle devrait, contrairement à la majorité des italianophones de cette ville, apprendre cette langue. Mais elle n'avait pas perdu l'espoir de se faire muter dans le Sud. Elle haussa les épaules et fit un geste d'impuissance.

Le cavalier, compréhensif, lui adressa un sourire.

– Tout va bien ? demanda-t-il en italien.

Pina se demanda pourquoi il souriait. Parce qu'elle avait l'air ridicule en position de combat au milieu d'un pré ? Parce que son talon était maladroitement bandé avec un mouchoir imprégné de sang ? Parce qu'elle ignorait la langue parlée de ce côté-ci de la frontière, alors que son vis-à-vis maîtrisait la sienne ?

– Je vous ai aperçue de loin, sur la meule de foin, criant à perdre haleine. Je me suis dit qu'il fallait que je vienne voir.

– Le chien, interrogea Pina, méfiante, il est à vous ?

– Je n'ai pas vu de chien. Vous êtes blessée ?

L'homme, un peu plus jeune qu'elle, avait le teint particulièrement blême. À voir ses cheveux blonds, on aurait pu penser qu'il avait le même coiffeur qu'elle : il suffisait de passer deux fois la main dedans pour être coiffé. Il parlait italien sans accent et, à sa façon de s'exprimer, on savait que c'était un jeune homme de bonne famille.

Pina plia la jambe.

– Je suis incapable de pédaler. Si au moins je pouvais atteindre le village le plus proche…

– Je ne peux pas descendre, répondit le jeune homme, mais vous, vous pouvez peut-être vous hisser jusqu'ici.

L'animal reçut l'ordre de s'approcher de Pina.

– Je vous ramène chez moi et j'appelle un médecin pour qu'il examine votre pied. Vous y arriverez ? N'ayez pas peur, mon cheval ne bougera pas une oreille.

Pina atterrit tant bien que mal sur la croupe de la jument.

– Et mon vélo ? fit-elle, une fois installée.

Elle se rendit compte alors seulement que le cavalier monté en amazone était attaché à la selle. Ses jambes étaient plus minces que ses bras à elle et pendaient, inertes, sur le quartier de cuir noir soigneusement entretenu.

– J'enverrai quelqu'un le chercher, dit le jeune homme, qui avait remarqué le regard de Pina.

Après avoir mis sa monture au pas, il tira un téléphone portable de sa veste et donna quelques ordres qu'elle ne comprit pas.

– Je suis paralysé à partir de la troisième vertèbre lombaire, dit-il finalement. Mais j'ai grandi avec ce cheval et je n'ai jamais perdu l'espoir qu'à l'avenir un miracle s'accomplisse. On peut renoncer à tout, sauf à l'espoir. Peut-être pourrai-je un jour refaire de l'équitation normalement, sans que l'on se moque de moi parce que je monte en amazone. Vous avez fait du cheval ?

Pina répondit négativement. Dans son enfance, à Africo, sur la Costa dei Gelsomini en Calabre, où elle était née, elle était parfois montée sur un âne ; là-bas, la plupart des familles étaient trop pauvres pour que les petites filles puissent rêver de faire du cheval. On mangeait de la viande de cheval, sans l'attendrir auparavant en montant dessus.

– Comment vous appelez-vous ? demanda-t-elle en essayant d'éviter le ton en usage dans la police.

– Mes amis m'appellent Sedem, répondit-il sans autre explication. Et vous ?

– Appelez-moi Pina, diminutif de Giuseppina. Où m'emmenez-vous ?

Ils avaient traversé la route et escaladaient l'autre versant boisé de la vallée. La pente était si raide que Pina glissait de la croupe du cheval.

– Vous pourriez me déposer au village, ça irait plus vite.

– Vous serez mieux chez moi. La villa de mon père est là-haut. Un médecin est déjà prévenu. Il sera là quand nous arriverons. Un chauffeur viendra récupérer votre vélo avec le pick-up.

– J'aurais pu vous attendre… commença Pina.

Mais, lorsqu'elle s'aperçut que ledit Sedem prenait un air froissé, elle se hâta de terminer sa phrase d'un ton aimable :

– … au lieu de vous déranger.

Au bout d'un moment, elle ajouta :

– Vous n'avez vraiment pas vu de chien ?

Sedem fit signe que non.

– Un chien de combat, blanc avec des taches rousses.

Elle leva son pied gauche. Le mouchoir était rouge de sang.

– La bête voulait me tailler en pièces. Elle a d'ailleurs failli réussir. C'est bizarre que vous ne l'ayez pas vue.

– De loin, on ne voit pas tout, dit Sedem. Nous sommes presque arrivés.

Alors qu'ils parvenaient au sommet, Pina aperçut une vieille ferme restaurée à grands frais qui offrait un panorama splendide sur le sud. Deux ailes perpendiculaires au bâtiment principal barraient la vue vers la cour intérieure. L'entrée s'effectuait par un porche en marbre du karst que fermait une lourde porte métallique dont les deux battants s'ouvrirent, dès que Sedem eut rentré un code dans son téléphone portable.

– Ne soyez pas étonnée, dit-il à Pina. Ce n'est plus une ferme. Les anciennes écuries ont été transformées en bureaux, à l'étage ont été aménagées des chambres d'amis. Il ne reste qu'une stalle pour la jument qui m'est entièrement dévouée.

Un homme attendait avec un fauteuil roulant au pied d'une rampe, devant laquelle le cheval s'arrêta.

– Je crains, dit Sedem à son domestique, qu'aujourd'hui il n'en faille deux. Allez chercher l'autre. Notre hôte est blessée. Le médecin est là ? Après vous, ajouta-t-il à l'intention de Pina. Moi, je me débrouille tout seul.

Elle glissa avec précaution de la croupe de la jument et le domestique l'aida à s'installer dans le fauteuil roulant. Son talon l'élançait, mais elle domina sa douleur lorsqu'elle vit son sauveur défaire les sangles qui le retenaient à la selle par la cuisse et la hanche, et se laisser tomber tout seul dans son fauteuil. Comme il savait être élégant malgré son handicap !

Un valet entraîna le cheval hors de la cour et, quand le claquement des sabots eut cessé, Pina crut entendre un chien aboyer derrière le bâtiment principal.

Le rêve de Duke

– «Istria libera», c'est comme ça qu'ils s'appellent? lança Goran Newman dans un grand éclat de rire. Et ils veulent me tuer? C'est merveilleux!

Il reprit son sérieux et fixa sa collaboratrice de ses yeux limpides.

– Bien joué, Vera!

De ses mains gantées de soie grise, il feuilleta le dossier que celle-ci avait déposé sur son bureau. Aux murs, quatre écrans plats affichaient, jour et nuit, les cours des principales places financières. Singapour venait d'ouvrir, les valeurs changeaient sans cesse, mais la flèche était orientée vers le haut.

– Ce n'est pas une plaisanterie, Duke!

Assis près de la jeune femme blonde élancée, à la taille de guêpe, se tenait Edvard, la trentaine, immense, musclé, habillé presque aussi élégamment que son chef.

– Schladerer, Mervec et Lebeni tirent les ficelles. Ils sont frustrés parce qu'une fois de plus tu les as doublés. L'achat des terrains au nord de Trogir, ç'a été la goutte qui a fait déborder le vase, après le revers qu'ils ont subi sur l'île de Hvar. Alors ils se servent de ce groupe d'«idéalistes militants», comme ils se définissent eux-mêmes, et on voit bien où ils veulent en venir.

– Ne t'inquiète pas! Je connais ces messieurs depuis plus longtemps que toi. Ils sont incapables d'accepter une défaite. Il faudra bien qu'ils apprennent pourtant, sinon…

Il n'acheva pas sa phrase et se contenta de faire glisser deux doigts en travers de sa gorge.

Douze ans auparavant, Goran Newman, que tout le monde appelait Duke, avait traité avec les trois hommes d'affaires. Il avait rapidement repéré leurs points faibles. Schladerer avait d'excellents contacts avec certaines institutions financières autrichiennes et italiennes. Celles-ci s'implantaient dans toute l'Europe de l'Est et se livraient à des activités certes lucratives, mais qui devaient rester discrètes pour ne pas ternir leur image. Le lien avec la banque de compensation luxembourgeoise, qui réglait les flux financiers par l'intermédiaire de comptes secrets, leur était indispensable. La banque prenait en charge le plan de financement des achats de terrains et certains membres de la direction touchaient des pourcentages sur les plus-values. Mais le défaut de Schladerer était de se vanter, et trop souvent, de ses succès, comme s'il ne les devait qu'à lui-même. Son nom était fréquemment cité lors d'acquisitions d'immenses terrains en Croatie, le long de la côte adriatique, qu'il prétendait effectuer pour le compte d'un homme d'affaires tenant à rester dans l'ombre. Le marché à peine conclu, les terrains devenaient constructibles du jour au lendemain grâce à l'intervention de politiciens locaux corrompus. Tout le monde tremblait devant Mervec, un homme de quarante-cinq ans au visage anguleux, dont les relations avec les anciens services secrets garantissaient au groupe sa force de persuasion. Fallait-il intimider quelqu'un pour lui extorquer une signature ? Il suffisait de l'appeler et de disposer d'une certaine somme. Quant à Lebeni, c'était à lui que revenait officiellement le rôle du bienfaiteur. Il était chargé de démontrer tous les avantages de leurs acquisitions. Il expliquait habilement pourquoi il était préférable, dans l'intérêt général, de transformer de grands espaces naturels en terrains où l'on pourrait bâtir des équipements touristiques. Il se gardait bien de mentionner que, ce faisant, ils multipliaient par cinquante leur investissement initial. Schladerer, Mervec et Lebeni n'avaient aucun scrupule, ni la moindre élégance dans leurs méthodes. Duke disait toujours que seul un gentleman pouvait obtenir un profit maximal, car il se mettait à l'abri des contrôles trop tatillons. Les trois hommes manquaient de finesse et d'instinct. Ils utilisaient la force, même quand il était possible de procéder autrement. Surtout plus discrètement. Lorsque Duke avait soudain décidé de quitter leur société commune, AdriaPro, il avait renoncé à seize millions de dollars. Dès lors, sa propre entreprise, AdriaFuture, basée à Londres, à York Street, avait conclu presque exclusivement les grosses affaires. Ses anciens partenaires regardaient passer les trains et rongeaient leur frein. L'AdriaFuture était une filiale de la Dukefutures I Trader AG, installée en Suisse, dans le canton de Zug, où la fiscalité était avantageuse. Douze autres filiales, très redoutées de la concurrence, s'orientaient pour la plupart vers le marché mondial des matières premières. « Céder les pertes, garder les bénéfices » était gravé sur le fronton de l'immeuble, sous le nom de la firme, et l'image de Cérès avec sa corne d'abondance ornait le papier à lettres et les cartes de visite du personnel.

Le brutal Mervec avait été libéré sous caution par la justice autrichienne et usait de toutes les ressources procédurales pour éviter l'extradition vers la Croatie, où il avait déjà été condamné, lors d'un premier procès, à dix ans d'emprisonnement pour abus de biens sociaux. Lui qui semait la terreur craignait désormais pour sa vie et il avait menacé Duke de tout déballer. Mais hormis le fait que ce dernier, deux années durant, avait été officiellement gérant d'une société de liquidation installée à Vienne, où personne ne l'avait jamais vu, Mervec était incapable de la moindre révélation. Il n'avait pourtant pas encore renoncé. Il gardait des contacts avec des personnages douteux de son pays d'origine, qui l'aideraient tant qu'il pourrait les payer. Mais son choix, partagé par Schladerer et Lebeni, qui consistait à s'en prendre à son ancien associé de la façon la plus primaire qui soit, faisait de lui un misérable loser aux yeux de Duke.

Sur l'île dalmate de Hvar, Duke avait fait récemment l'acquisition d'un terrain de six cents hectares qu'il avait revendu, comme convenu, après une simple modification du projet d'urbanisme, à un groupe hôtelier international. Au passage, il avait empoché cent vingt-six millions d'euros, dont il avait cependant dû reverser quinze pour cent à des politiciens et à des intermédiaires. Les bonnes relations ont leur prix. L'opération prévue au nord de la ville romantique de Trogir, sur la côte dalmate, rapporterait presque autant. À la différence de ses anciens associés, Duke n'était pas obligé de faire appel à des tiers pour financer ses activités : il lui suffisait de s'appuyer sur la maison mère, en Suisse. L'AdriaFuture rapportait gros, mais il était évident que le pactole ne coulerait pas éternellement. Dès que la Croatie aurait adhéré à l'Union européenne, il faudrait trouver de nouvelles façons de jouer avec la loi. Après tout, pourquoi l'Union européenne serait-elle condamnée à fonctionner sans recourir à la corruption ?

– Que proposez-vous ? Dois-je annuler mon vol pour Londres ?

Le ton de l'homme à la carrure athlétique, aux cheveux grisonnants et aux mains gantées de soie grise était toujours modéré, mais on aurait pu y déceler un soupçon d'ironie.

– Pour l'amour de l'Istrie libre et de la Dalmatie ? Au fait, savez-vous qui est chargé de me liquider ?

– Une nullité, dit Vera en lui passant une photo. Un taxidermiste de Trieste.

– Il traficote pour leur compte, ajouta Edvard. Il a besoin de revenus supplémentaires, c'est un parieur invétéré.

– Alors où est le problème ? fit Duke malicieusement.

– Il vaut mieux rester prudent, répondit Vera en lui lançant un regard enamouré. Nous préférerions que tu ne paraisses pas en public pour l'instant.

– Comme vous voulez !

Duke se leva, s'approcha de la fenêtre et laissa son regard errer sur le paysage, vaste et doucement vallonné.

– De toute façon, je ne me montre pratiquement jamais. Les dernières photos de moi parues dans la presse datent d'il y a huit ans. Edvard, dès que tu auras rempli ta mission, je ferai une sortie, même si je n'en avais pas l'intention jusque-là. Il faut qu'ils sachent qui est le patron, sinon ils recommenceront. C'est la raison du plus fort : si nous les humilions, ils se déchireront entre eux.

– Nous savons que l'homme se dirige actuellement vers Ancône pour prendre une valise de caviar destinée aux gastronomes de Cortina d'Ampezzo. Afin que les Russes se sentent chez eux à Noël, précisa Vera.

– À son retour, il n'y aura plus de malentendu ! dit Edvard placidement.

Duke était satisfait.

– Je te fais confiance. Et samedi, je ferai une apparition à la frontière Škofje-Rabuise pour la cérémonie officielle de l'élargissement de l'espace Schengen. La mise en scène est idéale. Rien que des invités de marque, des chefs d'État et autres VIP, tout ce qui a un rang ou un nom et n'attend que ce prétexte pour me rebattre les oreilles avec ses idées géniales. Sans parler de la presse et de la télévision de la moitié de l'Europe. Nos ex-associés vont faire grise mine.

– Quand veux-tu la voiture ? demanda Edvard.

Il travaillait pour Duke depuis huit ans. Son chef appréciait son intelligence et son ton direct. Edvard appliquait ses consignes comme il l'aurait fait lui-même – sans détour.

– Je pars cet après-midi de Ljubljana. Tu me réserves d'abord un vol pour Zurich et, après-demain, pour Londres. Je rentre jeudi après-midi. De préférence un low-cost de Stansted à Trieste, je serai ici vers seize heures.

Le secrétaire quitta la pièce. Vera se leva, s'approcha de Duke et lui caressa les cheveux.

– À Londres, tu verras la nouvelle gestionnaire. On dit qu'elle est jolie.

– Oui, elle est sacrément autoritaire. Cette Kristin Muller vient directement de chez Baring-Assett. Elle nous a coûté un maximum, elle connaît sa valeur. Mais elle est excellente. En trois ans, elle a tiré deux cent soixante-deux pour cent du Hongkong China Dollar Fund.

– Avec Duke Credit Opportunities I et II, nous avons réalisé cinq cent quatre-vingt-dix et trois cent cinquante pour cent.

– La meilleure, c'est toi, naturellement, dit Duke en baisant la main de Vera. Neuf cent dix-sept millions en deux ans et demi, uniquement avec des swaps sur défaillance de crédit. Même si, aujourd'hui, n'importe qui peut dire que c'était à prévoir. On sait depuis quinze ans qu'il y a une bulle de l'immobilier aux États-Unis et, au plus tard en février, quand les détenteurs de *subprimes* californiennes ont enfin annoncé leurs pertes, il était clair que les assurances-crédits allaient monter en flèche. Il fallait miser à fond sur ces faillites. Elles étaient inévitables. Le gouvernement Bush fait marcher la planche à billets pour se maintenir au pouvoir. Au lieu de mener une vraie politique économique, ce bouffon laisse filer la monnaie et maquille la récession. La guerre en Irak a creusé le déficit, elle a rapporté plus d'ennuis que de profits, ils n'ont pas su profiter du prix du pétrole, le Vénézuélien déchaîné leur a chié dans les bottes, les Russes, de toute façon, cherchent des noises à tout le monde et le surendettement freine la consommation. Bang ! Il faudrait être fou pour ne pas en profiter ! Le dollar continue de baisser, nous achèterons encore deux ou trois appartements à New York. Je m'en occupe lors de la prochaine réunion de l'IAB.

– Tout cela, les petits malins de Bear Stearns auraient pu le savoir, dit Vera en rejetant une mèche de cheveux en arrière et en posant la main sur l'épaule de Duke. Perdre des milliards de dollars en quelques heures, personne n'y survit. Si Bernanke et la Fed ne les avaient pas sauvés, les organismes de crédit du monde entier se seraient effondrés. *Too connected to fail,* a dit je ne sais plus qui.

– Ça peut encore venir. Je suis sûr qu'ils étaient au courant. Quand vous risquez d'entraîner trop de monde dans votre chute, on vous sauve. Malgré tout, il faudra arrêter définitivement « Ceres 3 » fin mars.

Duke pointait du doigt un feuillet plein de chiffres et de courbes sur son bureau.

– Les produits laitiers ? À Chicago, ils ont doublé en deux ans.

Vera était sceptique, mais Duke, fort de son expérience, avait généralement raison.

– L'industrie laitière paie de moins en moins les éleveurs, il va y avoir des problèmes. Aux États-Unis comme en Europe, le lobby paysan est incroyablement lent à la détente, mais très efficace quand il se réveille. Il voudra sa part du gâteau. Il faudra encore quelques années pour retrouver une croissance intéressante.

– En revanche, « Ceres 4 et 5 » vont grimper dès l'année prochaine. Tous deux font déjà un super profit. En dix-huit mois seulement !

– Les céréales et le soja, voilà une banque fiable ! dit Duke en se levant. Je vais me consacrer à l'hôte de mon fils, maintenant. À propos, faites en sorte qu'il ignore les menaces qui me visent. Je ne veux pas qu'il se fasse du souci. Il m'inquiète parfois avec son mutisme forcené. Il a maintenant son propre fournisseur d'accès et son propre réseau, alors que la maison est bourrée de technologies de pointe. Comme s'il avait quelque chose à cacher. Son handicap le rend de plus en plus bizarre.

– Que dirais-tu de passer Noël à la neige ? demanda Vera.

– Sur le Nanos ? plaisanta Duke en désignant le sommet de l'autre côté de la vallée. Je n'ai pas envie de laisser Sedem et ma mère seuls. Vas-y, si tu en as envie.

Il gratifia Vera d'un baiser furtif et sortit.

*

* *

Le domestique poussait le fauteuil le long du couloir d'un bâtiment annexe, ouvert sur de nombreuses portes et aux murs tapissés de tableaux modernes. Pina avait cru en reconnaître certains. Dans quelles revues avait-elle pu en voir des reproductions ? Le domestique la fit entrer dans la vaste salle de bains d'une suite pour invités, dont la baie vitrée donnait directement sur le vignoble. À peine eut-elle le temps de jeter un coup d'œil que quelqu'un frappa à la porte. Avant qu'elle ait pu répondre, un homme entra, la quarantaine, une trousse d'urgence à la main. Il se présenta :

– Dr Černik, médecin de la famille, également en fonction à l'hôpital de Nova Gorica.

Il glissa une chaise sous le mollet de Pina et défit avec précaution le pansement imbibé de sang.

– Ce n'est pas beau à voir, dit-il en hochant la tête. La morsure est profonde.

Pina serra les dents lorsqu'il entreprit de nettoyer la blessure.

Le Dr Černik fronça les sourcils.

– Où en êtes-vous de vos vaccins ? Tétanos ?

– Tout est OK.

Deux ans auparavant, avant sa mutation à Trieste, elle s'était mise à jour, comme si le directeur du personnel du ministère de l'Intérieur l'envoyait dans le tiers-monde.

– Il faut passer une radio du pied et recoudre la plaie, dit Černik. Si l'os est atteint, vous prendrez des antibiotiques. Il faut absolument vérifier que le chien n'avait pas la rage. Résultats dans quelques jours. Le mieux est que je vous emmène à mon hôpital.

Pina frémit. Elle voulait à tout prix éviter l'hôpital. Surtout à l'étranger. Le médecin lui banda le pied.

– Vous ne devez pas vous appuyer sur cette jambe. Vous êtes en congé forcé jusqu'à la fête des Rois.

– Écoutez, dit Pina d'un ton hésitant. J'habite Trieste. Ce serait plus simple que j'y sois hospitalisée…

– Après les soins, ma jeune dame, vous pourrez demander qu'on vienne vous chercher. Chez nous, vous êtes en bonnes mains. Je veillerai personnellement à ce que vous soyez soignée sans délai. Par ailleurs, je suis obligé de signaler l'incident à la police.

Pina entendit quelqu'un toussoter discrètement dans son dos.

– Voici donc l'hôte que mon héros de fils a recueillie !

Un homme à la carrure athlétique, aux cheveux grisonnants et à la tenue soignée lui tendit la main sans retirer son gant de soie grise.

– Vous l'avez échappé belle, je crois. N'est-ce pas, Peter ? Notre docteur habite à proximité. Mais avant de partir à l'hôpital, il faut reprendre des forces. Vous vous appelez Pina, m'a dit mon fils. Appelez-moi Duke.

– D'accord, répondit Pina en regardant les mains de l'homme.

Avait-il une maladie de peau ?

– Je vais vous faire conduire au salon. Nous avons bien le temps, docteur ?

L'homme avait une voix douce, mais un regard d'acier.

– Je vais d'abord lui donner un antalgique. Si tu pouvais prévenir la police de Sežana, notre patiente en aurait terminé avec les formalités.

– La police ? fit le père de Sedem avec une moue ironique.

– Oui, je suis obligé de signaler toute victime d'un chien de combat. Il faut retrouver l'animal et vérifier qu'il n'a pas la rage. Et éviter que ce genre d'incidents ne se reproduise.

Le Dr Černik tendit à Pina un cachet et un verre d'eau.

– Pour atténuer la douleur. Vous êtes courageuse, Signorina. Vous devez avoir très mal, mais vous n'en laissez rien paraître.

Une douce musique syncopée parvint à ses oreilles lorsqu'elle entra dans le salon. La pièce était vaste, le mobilier moderne, et les murs épais en pierre grise du karst avaient été soigneusement jointoyés. Pas un grain de poussière visible. On se serait cru dans une atmosphère stérile, si un foyer n'avait été aménagé, en plein milieu, sous une hotte circulaire. Tout autour, des sièges et divans modernes pour au moins une vingtaine de personnes.

Duke fraya un passage au fauteuil roulant de Pina. Celle-ci n'avait encore jamais rien vu de semblable. Même les magazines ne montraient pas un tel luxe. Elle avait peine à croire qu'on puisse être aussi riche en Slovénie. Tout respirait l'argent. Sa clientèle de grands manitous du crime organisé en Italie du Sud n'en manquait certes pas ; c'était le goût qui leur faisait défaut. Et puis l'on s'interdisait d'afficher les richesses accumulées. Le système social sur lequel on s'appuyait pour organiser ses trafics était trop fragile. Mais ici ? Et au milieu de tout cela, Pina avec un pied bandé ? Elle crut s'être trompée de film. Elle n'oublierait jamais ce dimanche matin-là.

Sur un ordre de Duke, le domestique apporta un plateau avec des canapés et une bouteille de champagne. Il servit et disparut sans bruit. Il était onze heures. Pina buvait tout au plus, le soir après l'entraînement, une gorgée de bière ou de vin. Mais aujourd'hui tout était différent.

Elle tourna la tête lorsqu'elle entendit le moteur électrique du fauteuil avec lequel Sedem pénétrait dans le salon. Il s'était rapidement changé et avait envoyé un mail urgent pour confirmer un ordre important avant de rejoindre la petite société. La jeune femme lui plaisait. Sa façon directe de parler, de poser des questions montrait qu'elle avait du caractère. Elle compensait sa beauté toute relative par le courage et la fermeté.

– Mon père est aujourd'hui de bonne humeur, plaisanta Sedem lorsqu'il aperçut le champagne. Comme toujours quand il a des invités. Ce qui arrive trop rarement, c'est dommage !

– Notre patiente, intervint le Dr Černik, ne boira qu'un petit verre. À cause des médicaments.

Lorsque les deux policiers de Sežana firent leur entrée, ils saluèrent obséquieusement le maître de maison. Duke les pria de prendre place et de s'acquitter de leur tâche. Ils refusèrent le verre qu'il leur offrait. Ils relevèrent l'identité de Pina et sourirent en découvrant qu'ils avaient affaire à une collègue de la ville voisine. Duke, en revanche, se départit une seconde de son masque d'amabilité lorsque Pina révéla sa profession.

Celle-ci résuma en quelques mots ce qui s'était passé et décrivit tant bien que mal le molosse. Les deux hommes prirent congé au bout d'un quart d'heure, après lui avoir promis de l'informer dès qu'ils auraient du nouveau. Pina connaissait parfaitement ce genre de formule, qu'elle-même utilisait quand elle savait qu'elle ne trouverait rien. Mais le médecin avait fait son devoir, sa responsabilité était dégagée. Peu après, Pina remercia chaleureusement ses hôtes et s'engagea à revenir dès que possible pour récupérer son vélo. Son regard tomba à nouveau sur les mains gantées de Duke. Drôle d'oiseau, pensa-t-elle, il doit avoir peur de se faire contaminer.

— Venez me rendre visite, dit Sedem avec gentillesse. Quand vous voulez. Et si vous ne pouvez pas conduire, je vous enverrai un chauffeur. Il faut absolument que vous fassiez la connaissance de ma grand-mère. Aujourd'hui, elle rencontre des amies pour manger de l'ours !

Il ajouta, devant l'air sceptique de Pina :

— Si, si ! C'est sa viande préférée. Elle n'en démord pas !

Puis elle prit place dans la voiture, à côté du Dr Černik.

— Dans une demi-heure, dit celui-ci tranquillement, nous serons à l'hôpital de Nova Gorica.

— Des gens sympathiques, dit Pina. Il y a longtemps que Sedem est paralysé ?

— Huit ans, répondit Černik en baissant la radio d'où sortait la voix du pape allemand prêchant en faveur d'un retour à la « culture dominicale chrétienne ». Cela s'est passé le jour de son dix-huitième anniversaire. Son père lui avait offert un petit bolide. Beaucoup trop rapide. C'est un miracle qu'il soit encore en vie. Duke en est malheureux. Sedem est son septième enfant, mais le premier de sexe masculin. En fait, il s'appelle Sebastian, mais Sedem, sept en slovène, est paraît-il son numéro de chance. Sa voiture a fait sept tonneaux, et il a survécu. Il ne se laisse pas abattre. Sa volonté est encore plus forte que celle de son père et ce n'est pas peu dire !

— Vraiment ? Il a pourtant l'air très détendu.

– Duke ne perd jamais son calme. Il est doté d'une maîtrise de soi incroyable et possède un étonnant pouvoir de persuasion. Il s'est installé ici en 1992. Peu après que la Slovénie s'est détachée de la Fédération yougoslave et que les Balkans sont devenus un enfer. Duke a eu l'intuition qu'ici les choses iraient très vite. Vous avez vu la magnifique propriété qu'il possède, même si vous n'avez pas visité les bureaux. Technologies les plus pointues et postes de travail ultramodernes. Duke est connecté au monde entier.

– Et que fait-il dans ses bureaux ?

Les deux petites localités voisines de Tabor et Jakovce ne donnaient pas l'impression d'être particulièrement propices à l'enrichissement personnel. De vieilles fermes isolées, certaines abandonnées, volets fermés sortant de leurs gonds, à la peinture écaillée.

– Big business ! Il parle cinq langues couramment. Je le connais depuis qu'il a fait son apparition ici. Il a grandi en Allemagne, mais sa mère est de ce village. Elle a fui Tito en 1945 parce qu'elle ne voulait pas devenir communiste. Ensuite elle s'est mariée en Allemagne du Nord, je crois que le beau-père de Duke est originaire de Brême. Il l'a envoyé dans un collège anglais, puis dans une université américaine. Ses études terminées, Duke a travaillé pour plusieurs multinationales, on dit même qu'il a été conseiller économique à l'ambassade américaine de Moscou. Il aurait été impliqué dans l'affaire Clearstream, après quoi il a pris son autonomie dans le secteur financier et est venu s'installer ici. Il a racheté l'un après l'autre les terrains ayant appartenu à la famille de sa mère et passés entre-temps dans d'autres mains, il a retapé les vieilles maisons et en a construit de nouvelles. Un homme exceptionnel ! Si tout le monde pensait comme lui, l'économie se porterait mieux dans la région.

– Mais Duke n'est pas son vrai prénom ?

– Non, Sedem lui a donné ce surnom parce que son père aime le jazz et qu'il paraît que Duke Ellington avait le même don que lui pour manipuler famille et collaborateurs.

– Et ses mains ? demanda Pina.

– À cause des gants ? répondit le Dr Černik. Je ne l'ai jamais vu autrement. Je lui ai posé la question un jour, il a parlé d'une mesure de précaution.

– Une allergie ?

Le Dr Černik ne répondit pas.

– Et la mère de Sedem ? Où vit-elle ? Et ses sœurs ?

– Aux États-Unis. Autant que je sache, elles y sont restées.

– Cela signifie qu'il est seul.

– Il voyage beaucoup. Ne vous faites pas une fausse image de lui. Il se débrouille très bien. Il ne manque pas d'argent. Son accident n'a pas entamé sa soif de vivre. Au contraire. Mais ce qu'il fait exactement, personne ne le sait, pas même son père.

*
* *

– Sedem, j'ai enfin mis la main dessus ! dit Duke, tout joyeux, en versant le reste de champagne à son fils.

Il se dirigea vers une grande étagère en palissandre d'Afrique fabriquée spécialement pour abriter sa collection de disques. Plus de douze mille enregistrements, pour la plupart des disques originaux, de l'époque du swing. Il grimpa sur un escabeau et en sortit un.

– Le « Shanghai Shuffle » arrangé par Fletcher Henderson, première version, 11 juillet 1924, Vocalion A 14935. Un 78 tours.

– Jusqu'ici, je croyais que tu ne t'intéressais à l'Extrême-Orient qu'à cause des marchés financiers et de l'explosion du prix des matières premières, remarqua sèchement Sedem.

Mais, avant que son père puisse répondre, il en revint à la musique et cita de mémoire les noms des membres de l'orchestre, coupant court à toute amorce de dispute.

– C'était un vrai big band, cinquante-huit musiciens, Fletcher Henderson au piano et comme arrangeur, Henry

Red Allen, Louis Armstrong et Roy Eldridge à la trompette, le grand Coleman Hawkins au saxo ténor, alto et baryton. Tu l'as trouvé où ?

– Par hasard, la semaine dernière à New York.

Duke souffla sur le disque noir qu'il tenait à contrejour de ses mains gantées, puis il se rapprocha d'un bloc de marbre veiné de rouge d'un mètre cube de volume, sur lequel reposait, à l'abri des vibrations, une platine Thorens-Reference-Nr 7.

– Dans les affaires de mon père, dit-il en lançant le disque. Incroyable, ce qu'il y a là-bas ! L'appartement du bas, à Brooklin Bridge, est encore plein de cartons.

– Alors qu'il est mort depuis quatre ans !

– Chaque chose en son temps.

– C'est vrai, reprit Sedem en garçon raisonnable.

Il écouta les premières notes de l'enregistrement qui, malgré son âge, n'avait pratiquement aucun bruit de surface.

– Elle te plaît, la jeune femme que tu as sauvée, n'est-ce pas ? Tes yeux brillaient d'un tel éclat.

Sedem eut l'air surpris. Il n'avait pas réfléchi à la question. Il avait observé Pina de loin, il avait vu le chien disparaître subitement en direction de la ferme, en haut de la vallée. Cette ferme appartenait à Dean, un homme de la capitale à qui il achetait parfois quelques grammes de marijuana de première qualité. Dean faisait commerce de tout. Sedem connaissait son histoire. Après avoir quitté les services secrets de l'ex-Yougoslavie et avoir été, à la suite de la déclaration d'indépendance de la Slovénie, écarté du nouveau pouvoir à cause de ses liens trop étroits avec Belgrade, il avait décidé d'exploiter ceux-ci à d'autres fins. Il n'y avait rien qu'on ne puisse obtenir par l'intermédiaire de Dean. L'homme ne manquait pas non plus d'argent, de nombreuses voitures immatriculées dans la moitié de l'Europe s'arrêtaient devant chez lui. Quelques heures auparavant, Sedem y avait encore aperçu un break Mercedes venant de Hambourg.

– Sedem, je t'ai posé une question, insista Duke en prenant un autre disque sur l'étagère.

– Oui, tu as raison. Je trouve Pina sympathique. Elle a l'air volontaire, intelligente et souple à la fois. Un mélange singulier !

– Comme toi ! répliqua Duke sur un ton malicieux.

Il connaissait bien son fils, même si depuis quelque temps il ignorait tout de ses activités.

– Comment vont les affaires ?

– Ne te fais pas de souci, Duke ! Ton budget est investi sans risques et fructifie tout à fait légalement. Deux points au-dessus du taux moyen. Tu as un autre disque ?

– Voyons si tu le reconnais !

Sedem répondit rapidement après avoir écouté les premières mesures.

– Facile : « The Hawk Flies High » de Coleman Hawkins !

– Erreur ! s'écria Duke triomphalement. Mais tu l'as fait exprès, pour que je gagne. C'est un autre Fletcher Henderson : « I Wish I Could Make You Cry ».

Descente en enfer

Dans le noir. Un collier de cuir piqué de clous, serré, me coupe le souffle. Je suffoque, je tire, je veux courir, encore courir, chaque fois je suis stoppé net, j'étouffe, étranglé, des coups de lanière me brûlent le dos. J'arrête de me débattre, terrorisé, et je lève les yeux vers mon maître. Son pas lourd sur les cailloux. Hors de moi, de rage et de haine, d'humiliation et de désespoir, mais c'est mon maître. Et j'obéis.

Quelques minutes plus tôt, on m'a laissé sortir du coffre, après un voyage plein de chocs et de secousses. La suspension de la voiture est terrible, chaque cahot percute mes os. Les derniers mètres sont bourrés de nids-de-poule. La voiture freine brusquement, les pneus crissent sur le gravier, je suis projeté contre la paroi du coffre… J'attends la suite fiévreusement. Les portières de la voiture claquent, les deux hommes au pas lourd approchent, échangent quelques mots. La lumière est aveuglante quand ils ouvrent le coffre ; l'air frais. D'un bond je suis dehors, je veux détaler. Mais pas de répit. Mon maître me badigeonne tout le poil d'un liquide aigre, puis m'asperge de silicone. On me fait marcher jusqu'à ce que je sois sec. Les deux hommes fument cigarette sur cigarette, la parole est rare.

– S'il gagne, nous serons riches. Sinon, ce n'est même pas la peine de se présenter devant le boss.

– Tu as l'argent ? demande mon maître tout en resserrant mon collier.

L'autre acquiesce et tapote la bosse que fait sa veste. Il se penche alors sur moi. Une seringue, une piqûre dans le cou. Mon pouls s'emballe, mon cœur va éclater.

Mon sang est en ébullition, j'ai très chaud, je ne sens plus la faim. Mais la rage, une rage infinie. Et la haine.

Depuis deux jours, je ne mange pas grand-chose : que de la viande crue sans graisse, que des vitamines. J'ai derrière moi douze semaines d'entraînement intensif : treadmill, catmill, flirt pole, spring pole, chasse. Huit heures par jour en commençant toujours à la même heure. Sept jours sur sept. Aucune pause. À la fin, même l'eau m'est rationnée, tout juste assez pour que je ne perde pas mes forces et que je n'aie pas besoin de diurétique. Au gramme près. Chaque jour, ils me suspendent par le collier au crochet d'une balance. Si je suis trop lourd, je reprends l'entraînement jusqu'à ce que ça tombe juste. Au gramme près. Avant le départ, ils m'ont enfermé dans un réduit tellement étroit que je pouvais à peine me retourner. Parfois les coups pleuvent sur les parois, à me péter les tympans. Je panique. Parfois la porte s'ouvre, la lumière m'aveugle et, avant que je puisse réagir, les coups de fouet. Pas un coin où se réfugier. Tous les jours, on me conduit dans une arène éclairée par un projecteur, où m'attend chaque fois un nouvel adversaire. Il ne me faut pas longtemps pour lui régler son compte. On me récompense après avec un morceau de viande crue.

Aujourd'hui, c'est le jour de la convention, disent-ils. Entraînement moins dur, mais je ne dois pas arrêter de bouger, que mes muscles ne refroidissent pas. Puis le téléphone sonne. Je suis alors enfermé dans le coffre. C'est le moment. On me conduit sur un chemin caillouteux aux arbres presque dénudés, au bord de la doline. Les feuilles et les branches craquent sous le pas des hommes. Leur haleine pue le tabac. Nous rejoignons un groupe, deux femmes et beaucoup d'hommes. Les deux miens sont les plus aimables. Ils saluent des gens dont l'odeur ne me plaît pas du tout. Je suis mené en bas sous les projecteurs. De grosses voitures stationnent côte à côte tout près de la doline. Les phares éclairent l'arène. La voix forte de l'organisateur, il parle une langue inconnue, il chauffe le public, une centaine de personnes postées entre les voitures. Deux hommes circulent, ils empochent des liasses de billets, prennent des notes et signent des reçus. Sur un tableau accroché à un arbre, un bookmaker transcrit les indications criées par les deux hommes, la craie crisse sur l'ardoise. C'est d'abord mon nom qui a le plus de traits, ensuite c'est l'autre.

Je le vois. On le fait descendre de l'autre côté. Lui aussi a le cou serré, lui aussi tire sur sa laisse, étouffe, s'efforce de reprendre son souffle. Quinze mètres nous séparent. Je le hais. Si j'étais libre, je le tuerais sur place.

Lui aussi me hait.

– Friends !

Le promoteur porte des lunettes de soleil malgré l'heure, une veste noire, un nœud papillon à pois blancs et un foulard blanc. Il demande le silence. Les conversations cessent. Il se tourne vers mon maître et celui de l'autre.

– Friends ! répète-t-il. Donnez-vous la main et jurez que le combat sera loyal. C'est le moment de la pesée.

Les deux mains ne font que s'effleurer. Je suis pesé le premier, à nouveau suspendu par le collier au crochet de la balance. L'arbitre annonce mon poids. Mon maître me décroche, il me fait faire un large détour pour éviter l'autre. Je l'observe sans arrêter, comme lui.

– Pile ou face ? demande l'arbitre.

– Face, répond le maître de mon rival.

– Pile, enchaîne le mien.

L'arbitre lance la pièce, qui tournoie dans la lumière des phares. Il la rattrape et la tient à contre-jour. L'autre est conduit devant un seau plein d'eau tiède savonneuse et on le lave avec une éponge. Puis c'est mon tour. Après cette opération, mon maître m'enveloppe dans un peignoir blanc, comme un champion, et me tient à bout de bras. Arrive alors un homme que je n'avais pas encore vu et que l'arbitre présente comme le « testeur ». Il passe sa langue sur ma nuque et la fait claquer, comme s'il goûtait du vin. Il avale une gorgée d'eau, la recrache et fait subir le même test à mon rival. Puis il s'approche de l'arbitre et lui parle à l'oreille. Le promoteur lui remet deux billets roses à la vue de tous.

– Pas de goût négatif, annonce l'arbitre. Le combat peut commencer.

Mon maître fait un clin d'œil à son compagnon. La pellicule de silicone, qui a résisté à l'eau savonneuse, dissimule la solution de sulfate de nicotine dont l'amertume ne sera pas du goût de mon adversaire, s'il arrive à m'attraper. Je ne le quitte pas des yeux. Même quand on me pousse dans une autre direction, je fais tout pour me retourner. L'un des deux sera le premier. Avantage à qui réussit la première attaque.

Caviar et chemin de fer

Pourquoi ne l'avait-on pas prévenu ? Il serait chez lui depuis longtemps, si la grève surprise du personnel de bord d'Alitalia n'avait chamboulé son planning. La compagnie aérienne nationale était à vendre et les responsables syndicaux organisaient une ultime démonstration de force afin d'obtenir des garanties de réemploi auxquelles de toute façon personne ne se tiendrait, une fois que la boutique serait reprise par la concurrence étrangère. Passer une nuit de plus à Rome était impossible, il grimpa donc à contrecœur dans l'Eurostar Rome-Milan et prit à Bologne l'Intercity pour Venise, espérant être rentré à Trieste pour minuit.

S'il s'était abstenu de déjeuner avec ses collègues à Rome, il serait parti trois trains plus tôt et aurait pu faire la surprise à sa mère de quatre-vingt-quatre ans et à sa fille Patrizia. Elles avaient quitté Salerne dès l'aube en direction du nord pour passer les fêtes de Noël en famille. Elles auraient fait de grands yeux, s'il était monté dans leur train sans qu'elles s'y attendent. La veille, à la première heure, il avait pris l'avion pour participer à Rome à une conférence sur la sécurité et avait promis d'être de retour à temps afin d'aller les chercher à la gare avec leurs lourds bagages.

Bloqué en gare de Mestre, la plus triste du monde, Proteo Laurenti pestait en étudiant les horaires. L'avant-dernier train régional en partance pour Trieste lui avait filé sous le nez. Même le buffet était fermé dans ce bloc de béton gris. Seuls quelques voyageurs arpentaient les quais, et le prochain train ne partait que deux heures et demie plus tard. Milan, Zurich, Vérone et Munich étaient également annoncés. Et s'il choisissait subitement l'une de ces destinations et disparaissait pour quelques jours sans prévenir ? Il hocha la tête et bredouilla des insanités. Comme si cette gare abandonnée, traversée de nappes de brume, n'était pas déjà assez lugubre, deux hommes en uniforme l'abordèrent et lui demandèrent ses papiers. Les formalités furent brèves, il ne lui serait pas venu à l'idée d'aller à Rome pour participer à une conférence sur la sécurité sans emporter sa carte professionnelle. Les policiers ouvrirent de grands yeux quand Laurenti la remit dans la poche intérieure de sa veste et qu'ils virent que cette dernière dissimulait un holster. Ils le saluèrent, échangèrent quelques mots en s'éloignant et s'en prirent à un homme d'une cinquantaine d'années vêtu d'un costume élimé, qui traînait à grand-peine son bagage derrière lui. Après avoir vérifié le contenu de sa valise – des boîtes métalliques brillant sous les néons –, ils l'embarquèrent. Les collègues de Mestre devaient s'ennuyer ferme pour s'intéresser à des boîtes de conserve !

Proteo Laurenti finit par monter dans un wagon de seconde classe qui s'était arrêté devant lui et qui le conduisit à la gare suivante : Venise-Santa Lucia. Peut-être trouverait-il à proximité de la gare un établissement ouvert aux touristes, bien qu'en décembre et à cette heure la Sérénissime offrît encore moins d'animation qu'ailleurs. Les autochtones, autrefois célèbres pour leur vie urbaine animée, avaient depuis longtemps cédé avec profit leurs propriétés délabrées à des étrangers fortunés qui se chargeaient des coûteux travaux de rénovation. Ils avaient rejoint le continent et se plaignaient, à cor et à cri, du fait que leur ville natale dégénère en une sorte de Disneyland pour nantis et n'abrite presque plus aucun authentique Vénitien.

Laurenti n'y était pas venu depuis des années, même pour la Biennale que sa femme fréquentait régulièrement. La faute à son travail, disait-il. En fait, il avait envie en général d'une escapade à Venise quand il apprenait par la presse que l'exposition qui venait de fermer avait rencontré un grand succès. Et voilà qu'il avait deux heures et demie à tuer, le dernier train pour Trieste partant, du moins l'espérait-il, après minuit – il ne serait donc pas dans son lit avant trois heures du matin. D'ici là, il avait tout le loisir de se dégourdir les jambes dans les ruelles humides de la ville, entre les palais décatis, et d'attraper un rhume. C'était toujours mieux que de déprimer, seul et abandonné, dans la sinistre gare de Mestre.

Venise était dans le noir, même les illuminations de Noël étaient éteintes. À part les lumières des débarcadères des Vaporetto, seuls quelques lampadaires indiquaient la direction de Cannaregio. Laurenti finit par trouver un bar, où un groupe de buveurs de bière américains retardait la fermeture du rideau métallique. Ils anticipaient manifestement une chute rapide du cours du dollar. Le barman, un homme chauve d'environ trente-cinq ans, bouffi, couperosé, s'ennuyait ferme derrière le comptoir et remplissait machinalement les verres. Laurenti commanda du vin blanc et fit la grimace dès la première gorgée.

– Garde le tord-boyaux pour les touristes, rouspéta-t-il en repoussant son verre. Tu n'as pas du vrai vin ?

– Personne ne s'en est plaint jusqu'à maintenant, répondit le barman sans s'émouvoir, en reversant le contenu du verre dans la bouteille. Prends du rouge, il est meilleur. Ou une bière. De toute façon, je ferme dans une demi-heure.

Armé d'une carafe de rouge, Laurenti se dirigea vers une table vide au fond de la petite salle, essuya un siège avant de s'asseoir et s'efforça de noyer son amertume. Il songea à prévenir Laura de son retard, mais les Américains imbibés braillaient trop fort. Elle penserait qu'il festoyait en joyeuse compagnie, alors que sa mère et sa fille étaient arrivées depuis longtemps et l'attendaient. Les Triestines, avait-il lu récemment, étaient les femmes les plus stressées d'Italie. Mon Dieu, que n'avait pas fait le *Piccolo* avec ce sondage débile ! Combien de fois Marietta, son assistante, s'y était-elle référée quand il était question de faire des heures supplémentaires ? Un simple SMS devrait suffire pour annoncer la mésaventure, pensa Proteo. Fils respectueux, époux attentionné, père affectueux.

*

* *

La conférence sur la sécurité au ministère de l'Intérieur était annoncée depuis longtemps, mais elle avait été plusieurs fois reportée. Originaire de Trieste, le secrétaire d'État avait insisté pour que Laurenti soit présent au Viminale, un imposant palais néoclassique, comme on en trouve également à Trieste. Le politicien estimait le commissaire, qui ne le lui rendait guère. Celui-ci faisait peu de cas de ces pistonnés qui devaient leur poste à certaines protections mais n'en avaient pas les compétences. Il s'abstenait de pester contre des revenus mensuels de plus de quinze mille euros, sans parler des avantages en nature qu'il valait mieux ne pas convertir en argent comptant, car il entendait rester un brave citoyen. Mais le secrétaire d'État s'était malheureusement souvenu de lui et avait vanté son efficacité et sa perspicacité, affirmant qu'il devait absolument être membre du comité de coordination chargé des mesures de sécurité liées à la prochaine venue du gratin européen. Ce n'était pas un service qu'il rendait à Laurenti. Le président de la Commission européenne, Manuel Barroso ; le Premier ministre portugais, José Sócrates, qui profiterait de l'occasion pour passer le flambeau de la présidence tournante à son collègue slovène, Janez Janša ; le ministre de l'Intérieur, Giuliano Amato ; quelques pointures locales venant des deux côtés de la frontière : cela signifiait un interminable ballet d'hélicoptères et, sur terre, la voie à dégager pour d'innombrables limousines blindées avec escorte, sans compter sept cent cinquante invités triés sur le volet. La suppression des contrôles frontaliers, du fait de l'entrée de la Slovénie dans l'espace Schengen, était officiellement célébrée sous un impressionnant barnum dressé sur le no man's land séparant Rabuise et Škofje. Loin de la piétaille naturellement, mais sous l'œil de journalistes accrédités, avec un portique de sécurité à chaque entrée, une myriade d'hommes en uniforme des deux pays pour surveiller les alentours, frayer un passage aux VIP et bloquer la circulation pendant le feu d'artifice de clôture, tout cela jusqu'au départ des notables. Et davantage encore d'hommes en civil se promenant avec une oreillette de portable discrètement reliée à la poche de leur veste, et une arme de service à l'abri dans son holster. Enfin, des hommes des sections spéciales, des tireurs d'élite et des gardes du corps, ainsi que des sbires des services secrets des deux pays, que l'on reconnaissait au prix de leurs costumes et à l'arrogance avec laquelle ils jouaient des coudes dans la foule. Pour envisager un attentat dans ces conditions, il fallait être fou ou suicidaire. Et comme le bas peuple n'était pas admis, aucun risque de tomber sur des chasseurs d'autographes.

Lors de la conférence au ministère de l'Intérieur, Laurenti était assis près de l'un de ces costumes anthracite. Il avait longuement bavardé avec lui au cours des pauses. Tiberio Biason lui était même sympathique. Ils avaient aussitôt trouvé un sujet de conversation. La cuisine, le vin et cette incompréhensible décision de la Commission européenne qui interdisait au *tokai* du Frioul de continuer à porter cette appellation. Les Hongrois avaient également eu raison des Français, alors qu'en dehors de l'Union européenne chacun faisait comme il voulait. Les Chinois proposeraient sans doute, un jour, leur propre *tokai*. Et un entrepreneur du Frioul attaquait le *glera*, un vin blanc produit depuis longtemps sur le karst : il avait quelques années auparavant déposé le nom, bien que n'étant pas du tout viticulteur. Même le célèbre haras Lipizza, non loin de Trieste, mais également du côté slovène du karst, avait lui aussi ce genre de problème depuis qu'un petit futé autrichien avait fait protéger le nom… pour un gâteau ! Forme moderne de la spoliation. Un jour, quelqu'un déposerait le nom de Laurenti et Proteo serait obligé de payer des droits !

Originaire du Frioul, Biason avait grandi dans une ferme près du petit village de Ruda, juste derrière l'aéroport de Trieste, non loin du restaurant Altran, bien connu des gastronomes. Il vivait depuis dix ans à Rome, faisait carrière au ministère en tant que coordonnateur du renseignement intérieur et ne rentrait chez lui que pour ses congés ou certains jours fériés. Il avait l'intention de prendre des vacances à Noël, après le départ des officiels, sans repasser par la capitale. Il était heureux de retrouver sa chambre chez ses parents et ses vieux amis.

– Dommage que vous partiez tout de suite, avait dit Biason. Sinon nous aurions pu faire la route ensemble.

Laurenti avait souri car il voyait là une marque de sympathie. Mais il avait hâte de rentrer chez lui. Les chauffeurs routiers venaient de mettre fin à leur grève, il y avait des bouchons partout, certaines stations-service étaient à sec. Rien ne prouvait qu'ils ne récidiveraient pas avant Noël. Et puis deux jours à Rome lui suffisaient largement. La demeure de l'empereur Auguste n'était toujours pas ouverte aux visiteurs, la compagnie d'un membre des services secrets lui en eût sans doute permis l'accès, mais l'agitation qui régnait dans la capitale lui était insupportable. On avait de la peine à trouver un taxi et, quand on y était parvenu, il fallait surveiller le compteur pour éviter l'arnaque. L'air était tout de même meilleur à Trieste. La famille lui manquait, la mer, la tranquillité. Il avait aussi une montagne de travail à liquider avant les fêtes. Jusqu'à la veille de la cérémonie officielle, on avait multiplié les réunions, au cours desquelles on essayait de se persuader que tout le monde avait tout compris et qu'il ne pouvait rien arriver. Il fallait préserver l'image du pays, déjà bien écornée à l'étranger, et éviter que les collègues slovènes ne puissent ricaner, si les Italiens commettaient une bourde. Tout devait se dérouler comme les fins stratèges du ministère de l'Intérieur l'avaient prévu. C'était la dernière des innombrables conférences de coordination qu'on avait tenues, en Slovénie, en Italie, à l'échelon national ou international. Même des fonctionnaires du niveau de Laurenti n'étaient pas en mesure d'y apporter une contribution décisive, parce qu'ils n'avaient aucune relation avec l'aréopage qui, dans les coulisses, décidait de tout sans se fonder sur les expertises indépendantes.

– Il faut que je rentre, avait répondu Laurenti. Ma mère vient de Salerne pour les fêtes, et ma fille, qui vit à Naples, l'accompagne. Je ne les ai pas vues depuis longtemps. Et demain, il faut que je fasse pour la énième fois un compte rendu à Trieste.

– Effrayant ! avait dit Biason en levant les yeux au ciel. Vous imaginez combien de réunions de ce genre j'ai derrière moi ? Mais l'organisation est toujours parfaite. On peut vraiment s'y fier. Nous autres du renseignement intérieur disposons avant tout le monde des informations inquiétantes.

– Tant mieux pour vous, avait grogné Laurenti, qui avait cru déceler chez son interlocuteur un certain sentiment de supériorité. Nous, en revanche, nous avons souvent l'impression d'être les derniers maillons de la chaîne de communication, bien que les premiers à devoir réagir.

– Je crains qu'on ne puisse rien y changer. Ce sont les lois de la bureaucratie. En ce qui concerne la cérémonie du 22 décembre, je ne me fais pas de souci. Vous, les Triestins, vous avez la partie relativement facile par rapport au reste de l'Europe. Trieste est une ville aussi intéressante pour les statistiques de la criminalité en Italie qu'un cimetière pour celles des naissances.

Il rit à gorge déployée de cette saillie qu'il jugeait réussie.

– Comment faites-vous, avait-il repris, pour que même les malfaiteurs fassent un détour pour éviter la ville ?

– N'exagérons rien. La contrepartie, c'est que ce qui se passe chez nous est bien plus compliqué qu'ailleurs. Chez vous, on croule sous le poids des dossiers que vous accumulez sur la ville. Mais personne ne les évacue. À Trieste, les affaires restent dans l'ombre, sinon l'État s'effondrerait.

Biason avait pincé les lèvres, comme s'il savait exactement ce que voulait dire Laurenti.

– J'ai toujours pensé que la meilleure des affaires, c'est celle que je n'ai pas à résoudre parce qu'elle n'éclate pas.

– Ouais, ouais, avait marmonné Laurenti. Pour être vraiment efficace, il faut se dépêcher de ne pas faire le peu qu'on a à faire. Cela laisse du temps pour ne pas faire tout ce qu'on a encore à faire.

Biason avait éclaté de rire.

– Espérons que tout se passera bien le jour de la cérémonie, qu'un énergumène ne viendra pas nous créer des problèmes, pour que je puisse lever le pied et m'empiffrer avec la cuisine de ma mère.

Il se réjouissait à l'avance de déguster les produits de sa région. Il rêvait du *frico*, le fromage cuit, de la soupe d'orge aux haricots et de la *gubana*, un gâteau au levain. Ainsi que des vins du Collio, du Ribolla gialla et du tokay.

– Ou bien de la viande d'ours à Vipava, avait ajouté Laurenti. Il y a un restaurant que vous devriez absolument connaître : le Pri Lojzetu. On y mange de l'ours à toutes les sauces façon haute cuisine[1] : carpaccio, goulasch, pattes d'ours aux fines herbes.

– De l'ours ? s'était étonné Biason.

– Oui, de l'ours. Les jeunes ont une chair délicate. Les vieux, il vaut mieux les faire mariner quelques jours et les conserver un certain temps dans du lait caillé, sinon ils ont un goût de fauve. Mais une tête d'ours aux cèpes, c'est un délice ! Il faut simplement veiller à ce que la bête cuise assez longtemps, à cause des trichines. Les ours sont des nids à vers. Pourquoi n'y feriez-vous pas un saut après Noël, avec votre mère ?

Biason s'était demandé si le commissaire, qui regardait fixement par la fenêtre, n'était pas en train de se payer sa tête.

---

1. En français dans le texte. (*N.d.T.*)

Mais celui-ci avait tiré de sa poche un bout de papier pour lui noter l'adresse.

*

* *

Laurenti se réveilla en sursaut. Dans un bruit d'enfer, le train s'était arrêté en urgence, et il avait failli tomber de son siège. Il poussa un juron et porta instinctivement la main à son pistolet. Depuis qu'il avait échappé de justesse à un attentat, il avait en effet changé de comportement et ne sortait plus sans son arme. Lui qui auparavant était incapable de dire dans quel tiroir il avait fourré son Beretta vérifiait désormais systématiquement qu'il l'avait bien sur lui avant de refermer une porte.

Où ce train s'arrêtait-il donc ? À la gare terminus de Venise-Santa Lucia, il l'avait attrapé à la dernière seconde et était remonté, de wagon en wagon, vers la tête du train, pour marcher le moins possible une fois arrivé à Trieste. Il lui avait fallu auparavant deux chopines de vin rouge pour tuer le temps. Il ne s'était pas pressé pour quitter l'établissement, même lorsque les Américains avaient fini par vider les lieux au grand soulagement du barman. Celui-ci, peu bavard, avait encore à passer un coup de balai. Laurenti l'entendait ronchonner sans y prêter attention. Soudain, ayant consulté sa montre, il avait ramassé sa sacoche, était sorti sans un mot et avait couru à la gare, où un haut-parleur annonçait le prochain départ pour Trieste.

Le train régional, qui devait s'arrêter à chaque gare, était crasseux. Malgré de nombreuses protestations, rien n'avait changé sur la ligne : se rendre à Trieste par voie de chemin de fer était une vraie épreuve. Dans le deuxième wagon de tête, un jeune prêtre à la taille élancée, les mains gantées de cuir noir, regardait par la fenêtre. Il était assis juste derrière l'homme au gros bagage et au manteau sombre qui avait été contrôlé à Mestre. Celui-ci était assis de guingois sur son siège, les pieds sur sa grosse valise qui débordait sur le couloir. Laurenti avait eu du mal à l'enjamber. La tête sur l'épaule, une épaisse mèche de cheveux gras sur le visage, la bouche entrouverte, l'homme ronflait bruyamment. Comment le prêtre supportait-il cela ? Faisait-il pénitence ? Laurenti se souvenait d'un vol à destination de Rome au cours duquel une montagne de graisse assise derrière lui avait maintenu tous les passagers en éveil par ses ronflements. Répugnant ! L'homme n'avait ouvert un œil que lorsque l'hôtesse de l'air était passée et, après avoir ingurgité son verre et deux paquets de gâteaux secs, il s'était replongé dans la composition de sa Grande Musique de nuit.

Laurenti avait gagné le premier wagon. Il n'y avait là que trois personnes qui ne faisaient aucun bruit. Elles étaient descendues à San Donà del Piave en lui souhaitant une bonne nuit. Lorsque le train avait redémarré, il avait vu la grosse valise disparaître dans l'obscurité du quai. Ensuite, il avait dû dormir jusqu'à cet arrêt brutal.

À travers les vitres sales, il reconnut les entrepôts du Porto Vecchio de Trieste et la route en contrebas. Le train avait dû s'arrêter sur le pont de Roiano, juste avant d'entrer en gare. Que s'était-il passé ? Laurenti perçut une discussion animée. Il ouvrit la porte du wagon et se fit aussitôt rembarrer par un homme qu'il distinguait mal dans le noir et qui le pria instamment de rester à sa place. Des lampes torches s'agitaient fébrilement sur la voie adjacente. Ignorant la consigne, Laurenti s'assura qu'aucun train n'arrivait en sens inverse et descendit.

– Qu'est-ce qui se passe ? demanda-t-il en brandissant sa carte professionnelle.

– Là-bas, répondit le conducteur de la locomotive en montrant du doigt un endroit précis au pied du mur qui descendait du pont de chemin de fer au Viale Miramare, six mètres plus bas. Il est là, ajouta-t-il en pointant sa lampe torche dans la direction indiquée.

Laurenti distingua un corps qui disparaissait à moitié dans une haie. L'individu gisait à plat ventre, les bras en croix, la tête cachée sous un manteau de couleur sombre. Au niveau de la ceinture, on apercevait un bout de maillot de corps blanc. Les jambes débordaient sur le trottoir, une chaussure gisait au milieu de la route.

– Maudit suicidaire ! maugréa le conducteur de locomotive, le teint blême. Juste avant le terminus !

– Il s'est jeté devant le train ? interrogea Laurenti, sceptique. Vous l'avez vu ?

L'homme fit signe que non.

– J'ai seulement réagi au signal d'alarme. S'il avait pu choisir un autre train !

– Le signal d'alarme ? s'étonna Laurenti. Mais comment a-t-il atterri en bas ? À quelle vitesse roulez-vous à cet endroit ?

– J'étais à environ quarante à l'heure au début du freinage, ensuite le train ralentit rapidement.

– Sur quelle distance ? demanda Laurenti sur un ton pressant.

– Je n'y ai pas réfléchi, avoua le cheminot en se grattant la tête.

– Où le train se serait-il arrêté, si l'homme s'était jeté devant vous et si vous aviez immédiatement réagi ?

Le conducteur pointa son doigt dans la nuit noire en se mordant les lèvres.

– Cherchez dans quel wagon on a tiré le signal !

– Dans le deuxième, intervint le contrôleur, qui avait entendu la question.

– Éclairez-moi ! Comment faire pour descendre là-dessous ? demanda Laurenti après avoir traversé la deuxième voie.

L'affaire ne lui plaisait guère. À l'évidence, le conducteur était bouleversé. On ne pouvait pas lui en vouloir. Qui aurait l'idée de grimper sur un pont pour se jeter sous un train ?

Le mur était trop haut pour que Laurenti puisse sauter. Il n'offrait aucun point d'appui. Le contrôleur attacha une corde à un arbre et Laurenti se laissa glisser jusqu'à la route, aveuglé par la lumière de la torche du conducteur. Il se fraya un passage dans la haie et se pencha sur le corps. Il souleva le manteau et vit enfin le visage de l'homme : le voyageur à la grosse valise. Mais n'avait-il pas aperçu le bagage sur le quai de San Donà ? Il chercha en vain la veine jugulaire, s'immobilisa soudain. L'homme avait un fil de fer autour du cou : il était clair qu'il ne s'était pas jeté sous le train. La blessure qu'il portait au visage ne pouvait provenir que du choc sur l'asphalte. Laurenti fouilla dans les poches du manteau et de la veste. Il mit la main sur un trousseau de clés, un vieux téléphone portable, un portefeuille élimé contenant cinquante-cinq euros, un billet pour Trieste, un bon de livraison chiffonné et une carte d'identité. Il entendit à cet instant la sirène d'une ambulance, puis celle de la police en service de nuit. Les phares des deux véhicules éclairèrent bientôt la scène.

Comment remonter là-haut ? se demanda Laurenti. Il voulait absolument inspecter le deuxième wagon afin d'y chercher des traces de lutte. Peut-être la valise était-elle encore là. Il avait pu se tromper. Bizarre, cette affaire. Il jeta un regard sceptique à la corde qui pendait toujours au mur le long duquel il était descendu.

*

* *

Lorsque vers trois heures du matin, après s'être fait déposer par une patrouille, Laurenti se hâta de traverser son jardin, il s'aperçut que la maison était encore éclairée. Il entendit des rires dans le salon quand il ouvrit la porte d'entrée. Toute la famille était debout. Même sa mère, malgré son long voyage, était bien calée dans son fauteuil et racontait des histoires. Marco était rentré peu avant son père. Depuis qu'il travaillait au Scabar, le plus célèbre restaurant de Trieste, il était toujours le dernier à se coucher. Le matin, il avait naturellement du mal à se tirer du lit et c'est comme un somnambule, les cheveux en bataille, qu'il allait boire son café. Mais il en était déjà ainsi avant qu'il se consacre à la gastronomie. Patrizia, la fille préférée de Laurenti, bondit de son siège et l'embrassa. Elle n'était pas venue à la maison depuis les vacances d'été, mais resterait pour Noël et le jour de l'an, pour la plus grande joie de son père.

– Enfin ! s'écria-t-elle.

Elle n'arrivait pas à se détacher de lui. Laurenti était très touché, il se sentait lié à Patrizia par une complicité qu'il ne retrouvait pas avec Marco, ni avec Livia, l'aînée de la fratrie, qui ne viendrait que le lendemain de Munich, où elle travaillait dans une entreprise *high tech* de papeterie.

– Tu devrais me lâcher… Ta grand-mère va tous nous déshériter, si je ne la salue pas, dit Laurenti en caressant l'épaisse chevelure noire de sa fille, qu'elle avait manifestement héritée de lui.

– Qu'est-ce que tu penses hériter de moi, Proteo ? s'écria sa mère. Ma pension me fait vivre deux semaines et demie par mois. Tout est devenu si cher, mes économies fondent à vue d'œil. J'étais en train de raconter comment tu es venu au monde, mon fils.

Elle l'embrassa sur la joue.

– Ils ont failli te jeter, dit Marco en pouffant de rire. Ils n'arrivaient pas à distinguer l'enfant du placenta.

Cette remarque lui valut un regard courroucé de sa mère. Elle n'appréciait pas que l'on plaisante sur le sujet, elle-même ayant mis au monde trois enfants.

– Très drôle, contra Laurenti. Je boirais bien un verre de vin avant d'aller me coucher. Moi qui pensais que vous dormiriez et qu'après une journée pareille je pourrais enfin me détendre.

– Tu te serais endormi devant la télé, renchérit Marco. Comme d'habitude !

Proteo Laurenti fit semblant de ne pas avoir entendu et se versa un verre de vin.

– Ma première réunion, demain matin, est à huit heures et demie.

Il fit le récit de son retour, y compris de la découverte du mort juste avant l'arrivée en gare centrale de Trieste. Il avait prévenu le collègue de service que l'homme avait été contrôlé par leurs homologues de Mestre et qu'il pourrait recueillir toutes les informations utiles auprès d'eux. Par ailleurs, son équipe devrait interroger tous les voyageurs et relever leur identité. Le train serait mis sous séquestre et examiné par la police scientifique. Les premiers résultats lui seraient communiqués dès le lendemain matin. Il prendrait la direction de l'enquête, puisque les faits s'étaient déroulés presque en sa présence.

– Ta fille aussi a du nouveau, annonça Laura.

Laurenti fronça les sourcils.

– Laisse, maman, fit Patrizia. Ça peut attendre demain. Papa est mort de fatigue. Ça lui gâcherait le plaisir.

Avant l'enfer

Argos, c'est mon nom. Je ne connais pas la douleur et je ne me plains jamais. Même quand on me terrorise avec des électrochocs censés exacerber mon agressivité, ou avec des coups de fouet, la tête enfouie dans une camisole noire. L'entraînement est strict. Deux heures et demie par jour, je cours sur un tapis roulant en mode montée. Pour m'empêcher d'arrêter, je porte autour du cou un collier fixé aux deux rambardes. Si je cesse de courir, je m'étrangle. Les poids que je porte sur le dos exigent un effort supplémentaire. Les muscles de la nuque et du dos doivent être en pleine forme. Deux heures par jour, je nage. Juste au-dessus de la surface de l'eau, un câble est tendu d'un bord à l'autre du bassin. Mon collier y est fixé en son milieu. Si je ne nage pas, je me noie. Quand j'en ai terminé avec tout ce programme, on m'essuie avec une serviette sèche, on me masse pendant une demi-heure. Pour finir, je vais me promener avec mon maître ou bien je cours à côté de son vélo. Le paysage est vert et plat, il pleut souvent, le vent souffle presque toujours très fort et l'air est chargé d'iode. Un jour, il y a eu une dispute avec des promeneurs qui avaient pris peur et insultaient mon maître. Ils lui criaient de me tenir en laisse. Lui s'est contenté de rire et les a menacés de me donner l'ordre d'attaquer, ce qui les a fait taire.

Ensuite débute la seconde partie de mon programme quotidien, généralement sans que j'aie été nourri dans l'intervalle. À part de l'eau. Le flirt pole est adapté à mon instinct de chasseur. Je poursuis, j'attrape, je m'acharne sur un jouet, parfois c'est un chien en peluche, mais ça se déchire tout de suite, la plupart du temps c'est une boule de chiffons ou une vieille peau de mouton que mon maître agite au bout d'un bâton sur lequel il l'a ficelée. Les sprints, les demi-tours rapides, les bonds développent mes réflexes et ma mobilité. Quand je m'empare de l'objet, je ne le lâche plus, je le secoue, comme un adversaire, jusqu'à la mort. Ce qui est déterminant, ce n'est pas la force de mes mâchoires, mais la violence et la durée des secousses. Mes dents s'enfoncent de plus en plus, l'autre est plaqué à terre, si je ne lui ai pas entaillé la chair auparavant. Ensuite le spring pole. Les mauvais jours, c'est un pneu de voiture qui pend ; les bons, une tête de vache, attachée à une branche d'arbre à deux mètres du sol, se balance au-dessus de moi. J'y enfonce mes crocs et je n'ai aucune peine à rester ainsi accroché pendant une heure. Le chemin est rude. Au début, je m'ennuyais rapidement. Mais si je lâche prise, je reçois des coups de fouet. De jour en jour, je tiens plus longtemps. Le programme du jour se termine par le catmill, qu'on appelle aussi flying-Jenny. De grandes perches sont fixées sur un axe parallèlement au sol. Ce n'est pas toujours un chat vivant qui y est attaché, prisonnier d'un filet, ça peut être aussi un petit roquet. Je ne sais pas où il les trouve. Je cours après, j'ai la proie quasiment au niveau de la mâchoire, j'accélère, je n'abandonne jamais, mais impossible de l'attraper. Quand je suis à bout de forces, mon maître arrête la roue, libère le chat, détache ma laisse, et je m'en saisis avant qu'il se sauve. C'est la récompense après une dure journée.

Parfois, il me prend du sang et le fait analyser. J'ai régulièrement des piqûres, des médicaments pour développer les muscles, l'oxygénation du sang, la respiration. Certains jours, je ne reçois aucune nourriture.

Je ne suis pas le seul à m'entraîner ici. Pendant les pauses, je suis attaché à une lourde chaîne qui m'empêche de bouger. Ou bien je suis enfermé dans un box et, à travers les fentes, je vois comment les autres sont préparés au combat. Mais c'est moi le champion absolu, et ceux qui ne sont pas à la hauteur, ils ont affaire à moi, dans un lieu clos, sous une lampe halogène accrochée au plafond. Dès que *j'arrive, une porte s'ouvre, l'autre est propulsé à l'intérieur. En général, son cadavre est évacué au bout de quelques minutes, balancé sur le plateau d'un pick-up. Une fois seulement, il m'a fallu trois quarts d'heure pour en finir. Ce combat m'a laissé une longue cicatrice sur l'épaule, mon maître l'a recousue lui-même après une piqûre de pénicilline.*

Dès la naissance, j'ai été le plus fort de la portée. Pas le plus grand, mais toujours le premier à téter. Il y avait toujours du monde autour du box, souvent on me soulevait et on m'admirait. Ma croissance a été rapide. Pour jouer, je prenais mes frères et sœurs à la gorge. À six semaines, on m'a séparé, on m'a coupé les oreilles et la queue presque à ras. À trois mois, on m'a vendu. C'est là qu'a commencé mon entraînement.

Mon nouveau maître parlait une nouvelle langue. Le trajet pour aller chez lui a été trop long pour que je me retienne. Il m'a battu quand il a découvert la flaque sur le siège. La route a traversé des étendues d'herbe mouillée. Le seul relief, c'étaient des digues où broutaient des moutons et en contrebas des vaches noir et blanc. Nous avons fini par tourner pour rejoindre une ferme isolée. Mon nouveau maître m'a sorti de la voiture et conduit dans une cour en longeant des stalles vides. Il a changé mon collier pour un autre plein de pointes et de clous et m'a attaché à une lourde chaîne. Une petite niche garnie de chiffons dégageant encore l'odeur de mes prédécesseurs me servait d'abri. Il y en avait six, espacées régulièrement autour de la cour. Nous ne pouvions que nous observer. J'étais alors le plus petit de tous, mais ça n'a pas tardé à changer.

Des gens bizarres rendaient fréquemment visite à mon maître. Ils conduisaient d'énormes voitures aux pneus impressionnants. Ils étaient grands et larges d'épaules, portaient des chaînes en or et de grosses montres. Parfois ils étaient accompagnés de jeunes femmes trop maquillées, les cheveux décolorés, des bottes en plastique jusqu'aux genoux, de très courtes jupes et de profonds décolletés. Ils fumaient des cigarettes à l'arôme étrange et sniffaient une poudre blanche sur le capot de leurs véhicules. Bientôt on m'a injecté le même produit, délayé, chaque fois que je devais rencontrer un nouvel adversaire. *Les visiteurs m'examinaient, testaient mon agressivité et celle des autres. Un jour, l'un de ces types a arraché le caniche blanc des mains de sa compagne, l'a fait courir, puis ils m'ont détaché. Le minus n'est pas allé loin, je lui ai planté mes crocs dans la nuque et je l'ai secoué jusqu'à ce qu'il cesse de respirer. La blonde en est restée bouche bée. La laisse bardée de strass à la main, elle a fait demi-tour, les larmes aux yeux, et est allée bouder dans la voiture. Les hommes se sont félicités de ma rapidité en se tapant sur l'épaule.*

– C'est de la graine de champion, a dit fièrement mon maître. Il est nettement plus agressif que les autres et vif comme l'éclair. Pedigree sensationnel, troisième génération de gagnants, insensible à la douleur, foudroyant dans l'attaque. Il m'a coûté un joli paquet. Mais il m'en rapportera bien plus. À neuf mois, il livrera son premier combat. Désolé pour la boule de poils, a-t-il ajouté en direction de la jeune femme. Tu en auras un tout neuf !

Puis cela a été le premier combat. Mon maître n'a su le lieu de rendez-vous que deux heures avant la convention. Vingt-cinq minutes de traversée par le bac de l'Elbe, de Wischhafen à Glückstadt, ensuite direction le parc d'éoliennes de Brunsbüttel. Nous sommes arrivés peu avant minuit. L'arène était éclairée. Cinquante hommes ont fait cercle et ont commenté ce qui se passait à l'intérieur, que je ne pouvais pas voir. En attendant mon combat, on m'a promené, massé, puis enfermé dans une cage et battu, excité, poussé à bout. Enfin j'ai reçu la piqûre qui me fait bouillir le sang. Mon adversaire était un doberman mâle à qui j'ai rapidement réglé son compte. Il n'avait rien de commun avec mes rivaux ultérieurs au poil brillant et aux muscles saillants. C'était un animal timoré qui n'avait pas sa place dans cette épreuve. Un dummy. Mais là n'est pas la question. Je suis dressé pour tuer. C'est moi ou l'autre.

Dans le noir, la nuit, un sac sur la tête, la rage et la mort. Même quand le combat est inégal et que les paris sont modestes. Mon maître était content de moi, il m'a caressé, il était fier. Par reconnaissance je lui ai léché la main, elle sentait le tabac. Après moi, ce fut le tour de deux autres de ses combattants. Au retour, il en manquait un. Moi, je n'avais même pas une égratignure.

L'entraînement a changé. À partir de là, on m'a souvent opposé à des adversaires de plus gros gabarit. Un jour, la cour a été balayée, un homme à la carrure d'athlète est descendu d'une limousine noire. Il était mieux habillé que les visiteurs habituels et parlait avec un drôle d'accent. Les uns l'appelaient Domenico, les autres Calamizzi, ou tout simplement le Calabrais. Ils le traitaient avec un immense respect. Il était accompagné d'un spécialiste nommé Karol.

On m'a détaché, on m'a exhibé, on m'a fait sauter et courir, puis on m'a livré un staffordshire terrier dans une stalle vide. Cela fait, on m'a enlevé le collier à clous et on m'en a mis un autre de cuir souple. Une grosse liasse de billets a changé de main, le coffre de la limousine s'est ouvert et on m'a ordonné de m'installer dans une caisse spéciale. Le voyage a été long, on ne m'a laissé descendre que deux fois, sur un parking d'autoroute, pour me dégourdir. Mon nouveau maître m'appelle Argos.

La veille de la convention suivante, on m'a lâché dans un jardin fermé par un grillage, avec une piscine au milieu. Deux heures de natation. Après on m'a séché et massé. Ils ont alors sorti un lapin, mais chaque fois que je voulais l'attraper, j'étais retenu par une chaîne. Pour finir, ils l'ont suspendu à deux mètres de hauteur à une grosse branche de tilleul et ils m'ont détaché.

Empailleur d'écureuils

– Je t'avais pourtant interdit de m'appeler ! dit Boris Mervec, à moitié endormi.

Dehors il faisait nuit, on distinguait à peine la chaîne de montagnes couverte de neige qui faisait face à l'appartement de Mervec sur le Wörthersee. Celui-ci avait horreur qu'on le réveille.

– Je ne pouvais pas faire autrement. Manfredi est mort. La télé régionale de Trieste vient de l'annoncer aux infos de sept heures. Juste quelques mots, pas d'images. Il a été étranglé, cette nuit, et balancé du train juste avant la gare centrale. Depuis un pont. Il est raide mort.

Dean fumait déjà sa cinquième cigarette tout en se rongeant l'ongle du pouce droit.

– Merde ! laissa échapper Mervec, réveillant en sursaut la femme qui dormait à ses côtés.

– Je n'ai personne pour le remplacer, fit Dean en se raclant la gorge.

– On ne peut pas faire machine arrière. Rapplique, il faut qu'on en parle entre quat'z-yeux. Plus un mot au téléphone, compris ?

– J'ai des clients qui m'attendent, et après ça fait deux heures de route. Je ne serai pas là avant treize heures.

– Dépêche-toi ! Le temps presse.

Mervec était pétrifié. Il raccrocha, furieux, et passa dans la salle de bains. Il avait tout combiné pour qu'on ne puisse faire aucun rapprochement avec lui. Une fois l'affaire réglée, il aurait liquidé Dean, son homme de main, le seul qui aurait pu lui causer des ennuis. Manfredi avait envers Dean et ses partenaires d'Izola une telle dette qu'il n'aurait eu d'autre choix que d'exécuter sa mission. Dean connaissait Mervec depuis vingt ans déjà. Il l'avait lui-même formé pour l'UBDA, l'ex-police secrète yougoslave, et il en avait fait son bras droit. Lors de l'éclatement du pays, Dean, qui aspirait à faire carrière dans les services secrets slovènes récemment constitués, avait essuyé un refus, parce qu'un de ses rivaux l'avait accusé d'entretenir des relations trop étroites avec ses anciens collègues, tant à Zagreb qu'à Belgrade. Il n'avait pourtant fait qu'organiser, en 1994, le trafic d'armes en faveur de la Croatie en passant par l'aéroport de Maribor, contournant ainsi, à la barbe des services secrets occidentaux, l'embargo imposé par l'ONU. Il n'était d'ailleurs pas le seul à être impliqué dans cette affaire, certains occupaient désormais les plus hautes fonctions. Comme Boris Mervec, Dean avait alors cherché à repartir rapidement sur de nouvelles bases. Certes, il buvait de plus en plus et devenait de plus en plus gros, mais personne ne doutait de sa fiabilité. L'astuce, à propos de l'attentat projeté, était qu'il serait forcément attribué à d'autres. Personne n'en viendrait à soupçonner Mervec et ses complices. Mais Manfredi était mort.

*

* *

– Dans une caravane près de la frontière ?

Proteo Laurenti se grattait la tempe tout en survolant les deux feuillets qui résumaient la courte vie de l'homme du train.

– Toute l'année ?

Il avait plusieurs fois entendu parler de ces originaux qui vivaient seuls sur le karst dans des abris de fortune, éventuellement avec quelques chiens, à l'évidence mieux nourris et en meilleure santé que leurs maîtres, dont la peau rougissait à cause du vin bon marché et n'était que rarement en contact avec l'eau chaude.

– Tu sais bien, l'un ou l'autre hérite d'un bout de terrain, mais le permis de construire est refusé pour cause de non-respect de l'environnement. Vendre ne rapporterait pas grand-chose, alors on s'achète une caravane d'occasion, on l'installe sous un arbre, on aménage un barbecue devant et on creuse une fosse derrière un bosquet. Au début, on y vient le samedi après-midi, puis au bout de quelques mois, tout le week-end. L'homme rentre soûl à la maison, se bagarre avec sa bourgeoise et reste encore plus longtemps dans son petit paradis, seul naturellement. L'été pour commencer, puisque madame préfère le bord de mer, ensuite l'automne, puis l'hiver, et enfin le printemps.

– Mais que peuvent-ils bien faire toute la journée? Et de quoi vivent-ils?

– De petits boulots. Leurs seuls amis fidèles sont le chien de berger et la bouteille. Quand il fait froid, on va un peu plus souvent à l'*osmizza*, parce qu'à l'auberge il y a un bon feu qui brûle. On n'a plus d'adresse postale, la seule officielle est celle de la famille. Dans ce cas précis, c'est celle de sa mère, qui habite Via della Cattedrale. Si son fils lui avait survécu, il aurait touché dans quelques années un joli pactole, les maisons dans ce quartier-là rapportent gros.

– Identité?

– Marzio Manfredi, cinquante et un ans, divorcé. Il travaillait comme taxidermiste au musée d'Histoire naturelle, Piazza Hortis.

– L'un de ces types qui empaillent des écureuils? Quel métier!

– Écureuils, geais, ours, chiens. Tu sais bien, tout ce qui prend la poussière au musée.

Laurenti jeta un coup d'œil dans le dossier. Fin d'études à seize ans, père décédé prématurément à la suite d'un accident du travail sur un chantier naval, où il était contremaître. Sa mère, à la retraite depuis huit ans, tenait une boutique de lingerie sur la Cavana. Elle habitait une petite maison de famille sur la Colle di San Giusto, la colline du château.

– Casier judiciaire ?

Laurenti poursuivit sa lecture. Dans les années soixante-dix, l'homme avait eu maille à partir avec les forces de l'ordre. Il faisait partie d'un commando néofasciste, dont quelques-uns des dirigeants s'étaient ensuite convertis au régime démocratique pour occuper des postes importants à Rome, ce qui ne les rendait ni plus sympathiques, ni plus compétents. Au contraire : entre-temps, ils avaient constitué des réseaux qui trustaient les commandes publiques. Leur ascension dans les instances de décision des médias semblait également irrésistible. Le pays glissait doucement vers une dictature s'appuyant sur la télévision. Manfredi avait été arrêté plusieurs fois à l'époque, et chaque fois relâché. Laurenti se souvenait – il venait d'arriver à Trieste – du jour où le groupuscule avait tenté de prendre d'assaut la station locale de la RAI. La présence du commissaire était attestée par les documents. Celle de Manfredi aussi. Par la suite, les néofascistes avaient exclu ce dernier sous prétexte qu'il s'adonnait aux jeux de hasard et n'était plus fiable. Il dilapidait son argent au casino de Lippizza, tout près du célèbre haras qui, avec ses écuries et ses chevaux d'élite, essayait tant bien que mal de survivre.

– Il avait la main lourde avec sa femme. L'année précédant son divorce – c'est probablement elle qui l'a demandé –, une patrouille a dû intervenir deux fois, mais la femme a retiré sa plainte. Il a également écopé d'une amende et de quatorze mois de prison avec sursis pour importation illégale d'animaux protégés en provenance de Bosnie.

– Quelle ville ! fit Laurenti avec un sifflement admiratif. Rien ici n'est normal. Quel genre d'animaux ?

– Des oiseaux qui avaient été tirés dans la région de Mostar. Très exactement mille trois cent cinquante alouettes valant plus de cent mille euros. Il prétendait vouloir les naturaliser pour les revendre à des amateurs, mais son téléphone a sonné et son interlocuteur lui a demandé s'il était déjà en Italie. En fait, les bestioles étaient destinées aux fourneaux de quelques établissements huppés de Lombardie.

– Du pâté d'alouette, hum! fit Laurenti en se léchant les babines. Et qu'en est-il de ce bon de livraison que j'ai trouvé dans sa poche?

Laurenti aperçut le bout de papier chiffonné sur le bureau de Marietta. Il le lui avait laissé dès le matin, avant de se rendre à la réunion au cours de laquelle il devait transmettre les résultats de la conférence romaine aux chefs des autres services concernés par la sécurité.

– Du caviar russe! répondit Marietta, qui siffla à son tour d'étonnement. Soixante-cinq kilos, trente-cinq boîtes de dix mille huit cent cinquante grammes. Si même les clodos s'empiffrent de caviar! Il avait une armoire blindée?

Laurenti acquiesça.

– De la taille d'un bungalow. Une telle quantité de caviar doit coûter une fortune. Il n'y aurait pas un embargo, là-dessus?

– Accords de Washington sur la protection des espèces: importation interdite dans l'Union européenne.

Marietta sortit une note qu'elle avait prise au téléphone.

– Par ici, l'ensemble vaudrait autour de trois cent mille euros. Ça dépend de la catégorie. D'après le bon de livraison, le type a acheté le lot tout à fait légalement auprès d'un grossiste. C'est pour ça qu'à Mestre la police des transports l'a laissé filer. La marchandise était déjà dans le pays. Ils n'avaient rien à lui reprocher: il fallait bien qu'il mange, lui aussi. Mais je pense que le grossiste va très bientôt recevoir la visite de la Guardia di Finanza.

– Ils n'ont pas saisi la marchandise? fit Laurenti, interloqué. La valise bloquait le passage, il a fallu que je l'enjambe.

– Non, répondit Marietta. Ils ont dit que tout était normal.

– Normal? Un type vivant dans une caravane qui voyage avec des boîtes de caviar! Et où sont les Russes, les Kazakhs, les Tchétchènes, les Turkmènes qui tirent les ficelles? Quand aurai-je le rapport du légiste?

Laurenti se rappela alors qu'il devait reprendre contact avec Galvano, l'ancien responsable de la médecine légale à Trieste. Celui-ci, cinq ans auparavant, avait été mis de force à la retraite à l'âge de quatre-vingt-cinq ans. Il se promenait en permanence en compagnie de son vieil ami Clouseau, un chien policier à poil noir, lui aussi à la retraite, dont l'âge, compté en années de chien, dépassait probablement celui du maître. Proteo Laurenti avait mauvaise conscience de l'avoir négligé, mais les nombreuses réunions relatives à la sécurité occasionnées par l'ouverture de la frontière ne laissaient guère de place à des initiatives privées. Peut-être devrait-il l'inviter à passer les fêtes de fin d'année à la maison. La proposition ne ferait pas l'unanimité auprès des siens, mais pouvait-on laisser un vieil homme seul à cette période?

– Le rapport est en route, reprit Marietta.

– Alors?

– Rien de nouveau. Étranglement.

– Ce qui signifie que le tueur lui a passé le nœud coulant, a tiré le signal d'alarme, l'a sorti du wagon, l'a achevé au bord du mur et l'a précipité dans le vide, conclut Laurenti, que cette hypothèse ne séduisait guère.

– Donc quelqu'un de grand et de fort, dit Marietta.

– Surtout quelqu'un du métier, sachant combien il faut de temps à un train pour s'arrêter. Cela sent le coup soigneusement préparé à l'avance. Mais pourquoi? Pour du caviar?

– C'est vrai que ce truc est cher, mais il y a des procédés plus simples pour tuer quelqu'un.

– Comme si le côté spectaculaire du crime était voulu. Les gars du labo ont récolté des indices dans le train?

Au cours de la nuit précédente, le juge de service avait mis le train sous séquestre et l'avait expédié sur une voie de garage.

– Les chemins de fer le réclament à cor et à cri, mais les wagons sont tellement sales qu'ils peuvent attendre longtemps.

Marietta changea de regard. Sa voix devint roucoulement.

– Au fait, j'aimerais pouvoir prendre mon après-midi. Je n'ai pas encore un seul cadeau de Noël.

Laurenti fronça les sourcils.

– Remets ça à après-demain ! Tu as bien le temps. Noël n'est que dans quatre jours. J'ai besoin de toi plus que jamais ! Marietta esquissa un sourire ironique.

– Je m'en doutais. Sais-tu que nous sommes depuis plus longtemps ensemble, toi et moi, que toi et ta femme ? Mais que tu ne puisses pas te passer de moi, tu ne le lui as jamais dit ! Ce serait le plus beau cadeau que je puisse imaginer.

– Tu ne penses qu'à ça, Marietta !

Il leva les yeux au ciel. Son assistante était incapable de renoncer à ce petit jeu, dans lequel il s'était toujours refusé à entrer.

– Bon, donne-moi ce papier avec l'adresse du fin gourmet. J'irai après la prochaine réunion. Demande à Galvano s'il veut m'accompagner. Un petit tour lui fera du bien.

– Là-haut, ils sont déchaînés. Ce sera une vraie fête populaire, d'après ce qu'on dit. Pas comme la cérémonie officielle pour laquelle tu t'es mis en quatre.

Marietta lui prit le dossier vert et le posa sur une pile de papiers.

– Celui qui manquera ça manquera un moment historique. Libre passage pour les citoyens et fin d'une polémique de soixante ans. Toi qui aimes les guignols en uniforme, peux-tu t'imaginer une vie sans contrôle aux frontières ?

Laurenti ramassa le bout de papier.

– Prépare-moi encore un expresso, s'il te plaît. Je suis épuisé.

– Il n'y a qu'à te regarder. Pourquoi n'envoies-tu pas Pina inspecter la caravane ? Tu te reposerais une petite heure. Elle peut demander une voiture de service, si son pied lui fait encore mal.

Après deux jours passés seule à la maison, l'inspectrice avait en effet décrété que son congé était caduc et, bien que boitant, elle s'était présentée le matin même au bureau. Marietta lui avait demandé avec ironie si la canne au pommeau d'argent ciselé sur laquelle elle s'appuyait lui avait été prêtée par Galvano.

– Manque plus que le chien, avait-elle ajouté.

Pina avait fait semblant de ne pas entendre et affirmé qu'elle pouvait se rendre utile, en service intérieur, au lieu de bayer aux corneilles entre ses quatre murs. Laurenti avait aussitôt accepté : il avait besoin de tout le monde pour les jours à venir. Il ne pensait pourtant pas pouvoir compter sur elle, car la première chose que Marietta lui avait soufflée ce matin-là, avant de lui servir son café, était que sa collègue, le dimanche avant son départ, s'était acoquinée avec un chien, vu le peu de succès qu'elle rencontrait auprès des hommes. Marietta n'avait pas voulu le déranger à Rome pour si peu. Dieu merci, la petite inspectrice avait reparu plus tôt que prévu. L'ambition lui faisait surmonter la douleur.

*

* *

– 500 sur le II de Cherries Blood United Brief pour 86, dicta Sedem au téléphone.

Dès qu'il eut reçu l'ordre dans son casque, le courtier au souffle court partit en glissant sur le parquet de la Bourse de Francfort.

Sedem avait quatre écrans devant lui, qui lui permettaient de suivre l'activité des places boursières. Après son escapade équestre du matin, au cours de laquelle il avait fait un crochet par la ferme de Dean, il s'était installé à son bureau, comme tous les jours, à huit heures et demie pour n'en sortir qu'à quatorze heures. D'ici là, il entendait régler toutes ses affaires du jour afin de se consacrer à autre chose ensuite. Il observait les écarts entre les cours pratiqués sur les différents marchés, vendait et achetait sans hésitation, tout en prenant des notes.

Trois ans auparavant, il avait interrompu ses études. Après de violentes discussions avec son père, qui voulait l'en dissuader, il avait convaincu ce dernier de lui allouer un petit budget et avait pu se lancer, non sans avoir dû promettre qu'à la fin de l'année il n'aurait rien perdu. Au début, il avait été trop prudent. Il avait écouté des conseils d'amis, d'employés de banque, de traders… et il avait perdu. Puis il avait changé de stratégie et laissé de côté le marché d'actions classique, qu'il jugeait trop lent et qui, vu les moyens dont il disposait, ne lui permettrait jamais de faire de gros profits. Les banquiers tentaient de l'intéresser à de nouveaux « produits », dont les premiers bénéficiaires étaient les instituts financiers eux-mêmes. Depuis son accident, Sedem avait eu suffisamment de temps à consacrer à l'observation et à l'analyse. Il avait surtout perçu les contradictions entre les informations provenant du monde économique et l'évolution réelle des valeurs. Son premier gros coup, il l'avait réussi en pariant sur le délitement du groupe Daimler-Chrysler, prévisible depuis des années. Son compte avait fait alors un bond en avant spectaculaire. Au cours des dernières années, il avait été de plus en plus souvent frappé par les problèmes posés par la fusion de grandes entreprises. Comment ces managers pouvaient-ils croire aussi fermement à une croissance illimitée ? Ne se surestimaient-ils pas en étant persuadés de maîtriser les structures gonflées avec l'argent de leurs bailleurs, alors qu'ils avaient accumulé les difficultés au cours de leurs expériences précédentes ? Au contraire de nombreux investisseurs, Sedem avait misé après mûre réflexion sur l'échec de ces unions et, la plupart du temps, la réalité lui avait donné raison. Les deux dernières années lui avaient rapporté de coquets bénéfices. Il avait parié contre le Dow Jones, qui avait perdu beaucoup de terrain dans l'année en cours. Sedem pensait que son effondrement était inévitable car l'économie américaine reposait sur trop d'illusions et de dettes, et que, pour repousser l'inévitable crise au-delà du deuxième mandat du président, la planche à billets ne cessait de fonctionner. Un véritable jeu de hasard !

Les deux cent mille euros que Duke avait mis à sa disposition étaient devenus, en moins de dix-huit mois, quatorze millions. Deux fois son numéro porte-bonheur. Quand, à cinq heures et demie du matin, Sedem prenait le petit déjeuner avec son père, il lui montrait parfois le relevé du compte sur lequel il avait placé la mise de départ. Mais, quand Duke lui demandait ce qu'il faisait de cet argent, il ne répondait jamais. Il s'était déconnecté du réseau informatique de la maison lorsqu'il avait découvert que son père fourrait son nez dans ses documents. Une entreprise nouvellement créée à Ljubljana lui avait installé son propre réseau, qu'il n'avait eu aucun mal à financer lui-même.

– Virez quatre cent soixante-dix mille euros sur Sedem Seven Continents, dit-il à l'agent avec lequel il communiquait deux fois par jour.

Contrairement à son habitude, il mit soudain fin à la conversation lorsqu'il reconnut, sur l'écran de son téléphone portable, le numéro dont il attendait l'appel avec impatience.

*

* *

– Sedem ? C'est moi, Pina !

Elle avait longuement hésité avant d'appeler son sauveur pour le remercier. Cette rencontre singulière l'avait touchée, elle avait été très impressionnée par la façon dont il gérait son handicap.

Sedem rit de bon cœur.

– Comment va votre pied ? Le Dr Černik m'a confié que vous aviez eu de la chance : l'os est intact. Et il vous a fait sept points de suture ! Mon nombre porte-bonheur ! Vous voyez que le hasard fait bien les choses. Maintenant, il n'y a plus qu'à attendre le résultat du test rabique.

– La douleur est encore là, répondit Pina.

Elle s'étonnait que le médecin n'ait pas respecté le secret médical. Il n'était toutefois pas surprenant que son sauveur se soit inquiété de son état.

– Je voulais simplement vous remercier de votre aide, de votre amabilité. Dites aussi à votre père…

– Je vous en prie, il n'y a pas de quoi. J'ai été ravi de faire votre connaissance. Dans d'étranges circonstances, il faut l'avouer. Moi sur une selle d'amazone, vous avec un pied en sang…

Sedem rit.

– Deux personnages incapables de marcher chevauchant une jument blanche, comme dans un conte.

– Oui, c'est vraiment drôle.

Pina se détendit au son de la voix du jeune homme.

– Quand viendrez-vous me voir ? Les visites sont rares, ici, sur la colline.

Perplexe, Pina hésitait. Mais elle aurait bien voulu récupérer son vélo qui était resté à la propriété.

– Venez dîner, je vous enverrai une voiture. Notre cuisinière vous préparera un délicieux rôti aux herbes. Elle n'est pas géniale, mais elle réussit le porc braisé mieux qu'un chef étoilé. Vous n'avez rien mangé de tel depuis longtemps.

Sedem semblait enthousiasmé par sa propre idée.

– Où dois-je envoyer le chauffeur ?

– Mais je suis en congé maladie, protesta-t-elle sans conviction.

À l'autre bout de la ligne, le jeune homme ne lui laissa pas le temps de formuler d'autres excuses. Le médecin n'avait-il pas dit que Sedem était encore plus volontaire que son père, l'homme d'affaires à la réussite si brillante ? Par ailleurs, Pina n'avait vraiment rien de mieux à faire. Son entraînement sportif quotidien était exclu du fait de sa blessure et, dans son nouvel appartement de la Via Lazzaretto Vecchio, où elle s'était installée après la dernière affaire, les programmes télé étaient aussi insipides que dans l'ancien. Deux jours durant, elle avait maltraité la télécommande, abreuvant d'injures les chaînes, qui soit ne diffusaient – à la même heure, comme si elles s'étaient donné le mot ! – que des insanités, soit programmaient subitement toutes en même temps des films intéressants. Et ces publicités à n'en plus finir ! La nouveauté, c'était qu'on pouvait acheter n'importe quoi à crédit sans intérêts, sans parler des spots d'instituts financiers qui vous promettaient une vie meilleure sans exiger de garanties. Aucune mention, naturellement, des taux usuraires indiqués en petit en bas du contrat. Une bonne partie de la population devait avoir le couteau sous la gorge. Pina songea également au contenu de son réfrigérateur. Il était aussi vide qu'une émission de la RAI Uno. Une pizza congelée et un plat préparé dont la date de péremption était déjà dépassée. Un morceau de parmesan qu'il faudrait attaquer au marteau-piqueur, deux citrons moisis, de l'ail et un pack de yaourts à boire censés réduire le cholestérol. Rien d'autre. Pina accepta l'invitation. À six heures et demie, elle attendrait le chauffeur sur la Riva Nazario Sauro. Mais que pouvait-elle apporter comme cadeau ?

D'ici là, elle avait plusieurs choses à faire. Laurenti s'était exceptionnellement déplacé jusqu'à son bureau au lieu de l'appeler, comme d'habitude, dans le sien. Mais, lorsqu'il l'avait félicitée pour son zèle au travail et lui avait demandé de lui raconter sa mésaventure, il n'avait pas échappé à Pina que son chef avait esquissé un petit sourire en coin. Il n'avait jamais caché qu'à part l'aviron il tenait le sport pour une ineptie. Pourtant, chacun savait qu'il n'avait pas touché une rame depuis deux ans et qu'il s'apprêtait à quitter le club pour faire l'économie de la cotisation. Même s'il tenait le rythme lors des interventions musclées, il le devait plus à une volonté tenace qu'à sa forme physique, qu'il n'entretenait que l'été en allant nager dans la mer. En hiver, sa chemise se tendait sous sa bedaine. Le visage fatigué, Laurenti lui avait remis le mince dossier en lui demandant d'enquêter sur la vie de l'empailleur d'écureuils. Du moins de faire son possible sans quitter le bureau. Quelques appels téléphoniques plus tard, Pina était convaincue que le résultat serait plutôt maigre. Elle avertit le responsable du service des patrouilles qu'elle aurait plusieurs fois besoin d'un véhicule dans le secteur.

Sa première visite fut pour la mère de Marzio Manfredi, dont il n'y avait pas grand-chose à tirer, à part des sanglots. Comment pouvait-on s'affliger à ce point de la mort d'un tel voyou ? La voix brisée, maman Manfredi raconta que son fils ne faisait que de rares apparitions pour prendre son maigre courrier. L'hiver, il prenait aussi un bain et ne refusait pas un repas chaud. Des années auparavant, elle lui avait rendu visite sur le karst. C'était en mai, il venait de divorcer, elle craignait que le chagrin ne le pousse à la dernière extrémité. Elle ne l'avait pas trouvé dans sa caravane, mais un paysan lui avait conseillé d'aller voir à l'*osmizza* de Walter Pertot à Aurisina. Il était en effet tranquillement assis dans la cour intérieure, devant une chopine de vin et une assiette anglaise. À ses côtés se trouvait un chien de berger couvert de poussière, à qui il lançait régulièrement un morceau de jambon cru. Un animal répugnant, dont la bave coulait au coin des babines. C'est tout ce que la maman avait à raconter. Et le caviar ? Elle n'arrivait pas à croire que son fils puisse aimer ça. Mis à part le fait qu'avec ses mille deux cents euros de salaire net il ne pouvait guère s'en offrir. Quelles étaient ses relations ? La malheureuse mère était incapable de le dire.

– Mon fils, un trafiquant ? murmura-t-elle lorsque Pina sortit en clopinant. Marzio est un brave garçon !

Pina grimpa dans la voiture d'une patrouille qui, quelques minutes seulement après son appel, était arrivée en bringuebalant sur l'antique pavé de la Via della Cattedrale. En temps normal, elle aurait mis moins de temps à pied pour rejoindre la Piazza Hortis et cela lui aurait évité de devoir raconter pour la énième fois sa mésaventure dominicale. Bientôt, toute la ville serait au courant. Il ne manquait plus que le *Piccolo* en fasse une manchette : « Une petite flic dévorée par un gros chien de combat ».

La statue en bronze d'Italo Svevo sur la place fleurie, devant l'immeuble abritant la bibliothèque municipale et le musée, tenait entre ses doigts un mégot encore fumant. Un plaisantin avait dû trouver original – allusion à l'œuvre la plus célèbre de l'écrivain – de doter la statue de la « cigarette du condamné ». Des passants prenaient une photo avec leur téléphone portable et ricanaient bêtement. Pina, qui avait travaillé sur *La Conscience de Zeno* pour le bac et, ne serait-ce que pour cette raison, ne se sentait aucune affinité avec le chef-d'œuvre, entra à cloche-pied dans l'édifice néoclassique et chercha en vain un ascenseur. Seul un imposant escalier conduisait du hall, dont la pierre grise n'était que faiblement éclairée, à la bibliothèque municipale et, deux étages plus haut, au Musée d'histoire naturelle. Pina avait lu dans le journal qu'il devait bientôt être transféré à la périphérie de la ville. Dieu sait quand il serait en mesure de rouvrir car, si les édiles avaient bien inscrit le déménagement à leur budget, ils n'avaient en revanche rien prévu pour sa nouvelle installation. Cas typique : la politique culturelle était une fois de plus victime de coupes sombres. Que les animaux empaillés restent entre eux.

Marche après marche, Pina gravit l'escalier en s'agrippant à la rampe et en faisant en sorte de s'appuyer le moins possible sur son pied gauche. Néanmoins, elle grimaçait de douleur chaque fois qu'elle le posait. Elle trouva finalement porte close devant le musée. Un panonceau lui apprit qu'il était fermé au public à partir de treize heures. Désemparée, elle inspecta les couloirs en boitant, de porte en porte, de bureau vide en bureau vide. Elle finit par tomber sur une employée à son bureau, de mauvaise humeur, et que son apparition inopinée avait fait sursauter. Son visage était gris comme ses cheveux et les murs de la cage d'escalier, son âge indéfinissable. Elle lisait un journal en mastiquant un *tramezzino*.

Pina demanda d'emblée :

– Manfredi ne travaille pas l'après-midi ?

– Non, c'est plutôt le matin qu'il ne travaille pas. L'après-midi, disons que c'est comme s'il n'était pas là.

La femme ne daigna pas lever les yeux.

– Où est son bureau ?

– Quatre portes plus loin, dit la femme en lui indiquant mollement la direction de la main. Mais il n'y a personne. Ça arrive souvent. On devrait le licencier.

– Il y a quelqu'un d'autre ?

– C'est la pause. Les collègues sont partis manger.

Tout en ingurgitant le reste de son repas, elle n'avait toujours pas levé un œil de sa lecture.

– Jusqu'à quelle heure ?

– Avec la meilleure volonté du monde, je suis incapable de vous dire s'ils reviendront.

Il s'agissait manifestement d'une équipe très motivée qui se serrait les coudes.

Pina finit par sortir sa carte de police et la fourra sous le nez de la femme.

– Manfredi ne reviendra pas ! cria-t-elle à l'ectoplasme. Il en a assez des collègues dans votre genre. Vous avez une clé ou il faut que j'enfonce la porte ?

La femme consentant enfin à lever les yeux, Pina remit sa carte dans sa poche et brandit sa canne.

– Qu'est-ce que ça veut dire, il ne reviendra pas ? Qu'est-ce que vous lui voulez ?

– Il a démissionné.

– Quoi ?

– De la vie.

– Comment ?

– Vous avez une clé, oui ou non ?

La femme fouilla dans son tiroir et en sortit un trousseau. Elle se leva comme à regret et passa devant Pina.

– Qu'est-ce que vous voulez dire ?

– Il est prêt à être empaillé sur le billard du médecin légiste et il se plaint d'avoir froid aux mains et aux pieds, lança Pina lorsque la porte s'ouvrit avec un long grincement, comme si le prix d'une burette d'huile avait grimpé vertigineusement.

– Mort ? interrogea la femme, dont le visage venait subitement de prendre un peu de couleur.

– Quand l'avez-vous vu pour la dernière fois ?

– Vendredi.

– À quelle heure ?

– Il est parti à quatre heures et quart, comme tous les jours. Il lui est arrivé quelque chose ?

– On l'a tué à l'aide d'un joli collier de métal, répondit Pina tout en inspectant la pièce.

Le bureau était relégué dans un coin, sous la fenêtre qui donnait sur la Piazza Hortis. Au milieu de la pièce trônait un long établi sur lequel régnait un désordre indescriptible. Pina aperçut des moulages de squelettes de dinosaures, des oiseaux empaillés sur des branches et effectivement deux écureuils ; des lézards dans des bocaux remplis de formol ; dans un autre, une grosse tête de vipère grise sur un corps roulé en spirale. Et même un ours brun dressé sur ses pattes arrière, plein de poussière, le poil rongé par les mites. Il devait être là depuis que le musée existait et il avait toujours su échapper à l'aspirateur des équipes de nettoyage. Pina s'approcha du bureau, suivie du regard insistant de la femme du musée. Au mur, une trentaine de photos de chiens, qu'elle n'examina pas, ainsi que des cartes postales défraîchies représentant des plages inondées de soleil. Sur le bureau lui-même, des montagnes de papiers qui menaçaient de s'effondrer. Seule une paire de grosses chaussettes de laine avait été soigneusement pliée. Tableau habituel du plan de travail d'un collaborateur zélé du service public.

La femme grise semblait prendre racine, comme si elle faisait partie du musée.

– Dites-moi quand vous aurez terminé, pour que je puisse refermer, dit-elle au bout d'un certain temps.

Pina, qui l'avait complètement oubliée, sursauta. La douleur qu'elle ressentit alors au pied l'incita à s'asseoir sur la chaise placée derrière le bureau.

– Attendez! dit-elle. J'ai quelques questions à vous poser. Depuis combien de temps Manfredi travaillait-il ici?

– Ça fait longtemps! répondit la femme avec un hausse-ment d'épaules. Quinze ans, au moins. Pour en savoir plus, il faut vous adresser au service du personnel municipal.

– Il a toujours été taxidermiste?

– Aussi longtemps que je me souvienne.

– Avez-vous remarqué quelque chose ces derniers temps? Un changement de comportement, de nouvelles habitudes, une certaine nervosité, des appels téléphoniques?

– Marzio changeait continuellement de comportement et la nervosité, c'est lui qui la provoquait chez les autres. Quant à ses appels téléphoniques, je ne m'y suis jamais intéressée.

– Avec qui était-il en contact?

– Autant que je sache, avec personne. Il pointait à l'heure le matin, fermait la porte derrière lui et repartait pile à quatre heures et quart. Il travaillait sur son établi, vidait les bestioles puantes qu'on lui apportait et, tôt ou tard, il y avait un oiseau sur une branche qui avait l'air d'être vivant. Il semblait prendre plaisir à ce travail et l'effectuer correctement. Mais il ne sup-portait pas le stress. Dès que quelqu'un faisait pression sur lui pour qu'il prenne en charge rapidement un modèle d'exposi-tion, il se mettait à pousser des jurons que je ne me permettrai pas de répéter. Regardez l'ours brun. C'est une véritable attrac-tion pour les scolaires, mais il a été impossible de le décider à s'en occuper. Ça fait des semaines que l'animal est ici, les visiteurs le demandent. Mais Monsieur le taxidermiste se pre-nait pour un artiste. Chaque chose en son temps. Quand il en avait terminé, c'était impeccable. Sinon, je vous le dis franche-ment, il valait mieux ne pas trop avoir affaire à lui. C'est peut-être ce métier qui rend cynique. Il n'était aimable qu'avec les vieilles dames qui lui apportaient des animaux qu'elles préten-daient avoir trouvés. Un petit oiseau qui s'était cogné contre la vitre, ou un écureuil, ou un serpent que quelqu'un avait attrapé en se promenant sur le karst. En général, ils passaient d'abord à l'étage au-dessus pour consulter notre zoologue, qui sait tout, en espérant avoir fait une trouvaille exceptionnelle qui leur vaudrait un article dans le journal. Mais qu'est-ce qu'on pourrait bien ramasser par ici qu'on ne connaisse pas encore ? Un jour, une femme seule lui a apporté son caniche qui venait de mourir, pour qu'il l'empaille, mais comme Marzio a refusé, elle a tout simplement jeté la bête dans une poubelle de la Piazza. D'autres questions ?

Pina fit signe que non et ouvrit un autre tiroir du bureau. La femme grise se retira sans bruit. Manfredi n'avait pas de méthode pour ranger ses affaires. Dans ses tiroirs régnait un désordre encore plus grand que dans ceux de Marietta, qui, elle au moins, trouvait du premier coup son vernis à ongles. Pina découvrit des piles usagées à côté de neuves non déballées, des bulletins de salaire qui n'affichaient pas des sommes astronomiques, des bouts de papier remplis d'une écriture puérile, généralement des listes de courses, quelques vieux billets libellés en lires et des contraventions pour stationnement interdit – elle releva le numéro d'immatriculation du véhicule et le transmit à Marietta pour vérification. Celle-ci planchait déjà sur la liste des numéros de téléphone enregistrés sur le portable de Manfredi. Pina trouva enfin un petit carnet plein de nombres et d'abréviations, d'étranges combinaisons de noms séparés par des traits d'union, avec chaque fois un nom barré suivi d'un nombre à quatre chiffres. Pina glissa les bouts de papier et le carnet dans une pochette en plastique – c'était vraiment un travail à effectuer au bureau. Elle interrogerait les collègues de Manfredi, dès qu'elle aurait reçu de la direction des musées municipaux une liste complète du personnel, qu'elle demanderait dès le lendemain matin. Un coup d'œil à sa montre l'avait convaincue qu'il était trop tard pour joindre qui que ce soit à la mairie. Avant de sortir, elle tapa dans le dos de l'ours empaillé, libérant ainsi un nuage de poussière qui la fit tousser. Elle ouvrit la porte donnant sur le couloir, mais s'arrêta et jeta un coup d'œil par-dessus son épaule. Quelque chose clochait chez Maître Balou.

Elle fit demi-tour en sautillant et reprit sa position initiale. Sa main avait laissé des traces sur le pelage de la bête. Elle lui tapa une seconde fois dans le dos, provoquant un nouveau nuage de poussière. Elle palpa l'endroit, machinalement. Elle supposait qu'un portant de bois vermoulu maintenait la peluche debout. Mais elle sentait autre chose sous sa main. L'objet glissait sous ses doigts. Elle posa sa canne et s'y prit à deux mains. Manfredi s'était donc mis au travail depuis longtemps. À la hauteur de la nuque, une ouverture permettait de passer la main à l'intérieur. Pina dut grimper sur une chaise pour approfondir ses investigations. Lorsqu'elle eut plongé tout le bras dans le corps de l'animal, elle put toucher l'objet. De l'acier! Sans descendre de sa chaise, elle composa le numéro de Laurenti. Elle laissa sonner longtemps, renouvela l'appel, mais elle n'obtint qu'une voix anonyme qui lui répétait que son correspondant n'était pas joignable. Il allait faire les yeux ronds!

*

*　*

– Te voilà de nouveau devant une énigme, Laurenti! Autrement, pourquoi me dérangerais-tu?

Galvano, comme d'habitude, se montrait d'une incomparable courtoisie. Cela faisait des années qu'il se disait pressé parce qu'il devait mettre un point final à ses Mémoires. Mais personne, pour l'instant, n'avait encore lu une ligne de l'œuvre du siècle. L'ancien médecin légiste avait pris place dans la voiture de Laurenti, qui était venu les chercher, lui et son chien noir, devant la maison de la Via Diaz.

– J'ai pensé qu'un peu d'air frais vous ferait du bien à tous les deux. Sinon, vous resteriez toute la journée au coin du feu.

Une petite bande de soleil jaune fit miroiter la mer tandis qu'ils empruntaient la Via Commerciale fortement pentue. Toute la journée, un ciel blafard avait couvert la ville et le golfe, une lugubre couche de nuages masquant le pâle soleil d'hiver.

– Si tu savais! protesta Galvano. Clouseau me réveille à l'aube et nous sortons deux fois par jour pour les repas. J'ai passé l'âge de me faire la cuisine.

– Il faut dire que c'est plus sain que tu ne t'y mettes pas toi-même!

– Où allons-nous, si je puis me permettre?

– Tout près du poste-frontière de Fernetti. Rendre visite à un client.

– Quel genre de client? Tu n'as pas été libéré pour la cérémonie officielle?

– Un collègue à toi. Taxidermiste, ajouta Laurenti en faisant la grimace. Un nécrophile, quoi!

– Tu devrais réfléchir avant de parler, Laurenti. Tu n'imagines pas l'habileté qu'il faut pour recoudre un cadavre après l'autopsie, de sorte que la famille ne s'évanouisse pas avant l'enterrement et qu'elle garde au défunt toute son affection.

Quand Galvano commençait par protester, il enchaînait immanquablement avec un interminable discours sur les difficultés de la médecine légale et les progrès qu'elle avait accomplis depuis cinquante ans. Laurenti lui coupa donc la parole.

– N'as-tu pas toi-même collé une moustache à la Hitler à l'un de tes clients, alors qu'il n'en avait jamais porté de sa vie? En ce qui concerne notre escapade, nous irons ensuite prendre l'apéritif au Bar Vatta d'Opicina. Ou bien serais-tu devenu abstinent?

Laurenti doubla le tramway à la hauteur de l'obélisque, en espérant que le vieux n'en profiterait pas pour se glorifier de son intervention lors d'une précédente et spectaculaire affaire. Mais Galvano était ravi de la proposition.

– Ils ont de bons vins, c'est vrai! Mais je croyais qu'on avait fait le vide dans l'établissement.

– C'était début juillet, la nuit, entre trois et quatre heures. La recette du jour et le contenu des machines à sous.

– Des types qui viennent des Balkans, sans aucun doute. Ils disparaissent derrière la frontière dès qu'ils ont fait leur affaire, et vous arrivez toujours trop tard.

– Balivernes, Galvano ! Ils sont d'ici. Chaque fois qu'il arrive quelque chose, la presse raconte que les fauteurs de troubles sont slaves. Mais ce n'est pas vrai dans la plupart des cas. On dirait qu'on est encore en pleine Seconde Guerre mondiale. Même les pays d'Europe de l'Est ont des noms. Les frontières tombent, sauf dans la tête des gens, et certains journalistes se servent encore de clichés éculés pour faire vendre quelques exemplaires de plus. La propagande au service du marketing.

– Inutile de me le rappeler. J'ai vécu l'après-guerre, tu n'étais même pas conçu à l'époque. Le racisme est la plus grande connerie qui soit. La bêtise et l'ignorance n'ont pas d'appartenance ethnique. Je suis italo-américain. Pendant la guerre, j'ai été contre les nazis, contre les fascistes italiens et les collaborateurs slovènes et croates ; puis contre les communistes qui voulaient mettre la main sur Trieste et l'arrière-pays. Même s'il n'y a pas eu tellement de coups de feu. Si tu insistes, je t'en citerai encore d'autres. Je sais de quoi je parle. Pourtant, je maintiens que les cambrioleurs du Bar Vatta venaient de l'autre côté de la frontière. C'est tentant de faire un saut à l'étranger quand on est de retour chez soi en trois minutes.

– Qui te dit que ce n'est pas le voisin du dessus ? On finira bien par les attraper, alors on verra !

– Certainement pas vous ! grincha Galvano. Faudrait que la questure reçoive du sang frais.

Il n'avait jamais digéré d'avoir été mis d'office à la retraite, même s'il avait largement l'âge de la prendre. On lui avait en plus de ça interdit l'accès aux locaux de la médecine légale. Son billard, c'était sa vie !

– Jusqu'à maintenant, on les a tous eus. C'est une question de temps. Au fait, où en sont tes Mémoires ? Combien de centaines de pages as-tu noircies ?

Galvano se contenta d'émettre un grognement. Il n'arrivait pas à dépasser l'année 1954. C'est-à-dire les années de guerre et celles du protectorat, officiellement celles du « Territoire libre de Trieste ». Jeune médecin, il avait alors travaillé pour les

Alliés, mais il était resté en ville lorsque ceux-ci s'étaient retirés. Dans un monde progressivement normalisé, cela avait dû être un traumatisme pour toute une génération d'hommes, qui n'avaient jusque-là connu que la guerre.

Au poste-frontière de Fernetti, en service pour trois jours encore, Laurenti remonta la file de voitures qui attendaient et s'arrêta devant le bâtiment de la police des frontières. Il se fit expliquer la route et se retrouva peu après sur un chemin de terre cahoteux, bordé d'arbustes au feuillage rouge vif. Le froid se faisait attendre, cette année. Quelques virages plus loin, ils s'arrêtèrent devant une grille sortie de ses gonds. Des traces de pneus marquaient l'entrée d'un pré dont l'herbe flétrie n'avait pas été fauchée depuis des années. On découvrait alors, au fond d'une doline, une caravane pleine de détritus, précédée d'un auvent miteux et flanquée d'un mat de quinze mètres de haut portant une antenne parabolique qui ployait sous le vent. Pour parfaire ce tableau idyllique, un chien de berger était attaché à une chaîne tendue en triangle entre l'abri de fortune et deux arbres. Il se fit entendre dès que les deux hommes descendirent de voiture. Inquiet, il allait et venait d'un bout à l'autre de sa chaîne. La tête en arrière, il ululait plus qu'il n'aboyait. Il était vieux, son poil avait perdu son éclat et il boitait.

– Il a mal à la hanche, déclara immédiatement Galvano en passant la laisse à son chien noir, qui avait sauté de la banquette arrière. Et il se sent seul. Ça se voit tout de suite. Il y a longtemps que personne n'est venu ici.

– Son maître a été tué la nuit dernière. Combien de temps peut-on laisser un chien seul sans qu'il devienne fou ?

– Ah bon, il a été tué ? C'est pour ça que tu as besoin de moi ! Ce chien est seul depuis plus longtemps que ça. Si tu tiens Clouseau, je m'occupe de lui.

Galvano sortit deux biscuits, qu'il avait manifestement en permanence dans sa poche, et s'avança vers le chien de berger sans cesser de lui parler avec sa voix grave. L'animal le regardait avec méfiance. Lorsqu'il fut à trois mètres, le vieil homme s'accroupit et lui lança un biscuit, qu'il avala, sans le renifler, en deux bouchées.

– En plus, tu as faim, dit Galvano en lui tendant le second biscuit.

Il continua de lui parler et, sans le regarder, passa devant lui, détacha sa laisse de la chaîne et l'entraîna vers un autre arbre, où il l'attacha. Puis il raccourcit progressivement la laisse jusqu'à pouvoir caresser l'animal.

– Appelle le refuge, dit-il à Laurenti. Il est inoffensif, ce n'est pas un chien de garde. Qu'ils viennent le chercher, il a besoin d'être soigné.

Son téléphone portable ne se remit à fonctionner que lorsque Laurenti eut regagné le bord de la doline. Dans ce genre de dépression, typique du karst, on était certes à l'abri des tempêtes, mais les ondes ne passaient pas. Les protecteurs des animaux, auxquels il décrivit le chemin, promirent de se mettre en route sans délai. Puis il redescendit dans le trou noir, où Galvano s'était lié d'amitié avec le chien de berger.

– Je pourrais aussi le prendre, déclara celui-ci. Mais je crains que le mien ne soit jaloux.

Laurenti enfila des gants en plastique et jeta avec dégoût un coup d'œil à l'intérieur de la caravane, qu'il avait ouverte grâce au trousseau de clés récupéré dans la poche du mort. Comment pouvait-on vivre dans une telle porcherie ? Un sac de couchage immonde sur un matelas défoncé ; à la fenêtre un drapeau, rongé par les mites, du parti d'extrême droite Forza Nuova. Même à Trieste, on trouvait quelques imbéciles au crâne rasé qui tentaient d'attirer l'attention sur ce groupuscule. Dans un coin, un téléviseur dont le câble passait à l'extérieur ; sur un réchaud à gaz, une casserole avec des restes de nourriture qui commençaient à moisir. Une odeur nauséabonde envahissait les lieux. Collées sur les murs, des photos gondolées sous l'effet de l'humidité, montrant des chiens aux oreilles coupées, avec des cicatrices à la tête et au cou. Étrange, pensa Laurenti, ce penchant pour les animaux défigurés. On en voit partout. Ce devait être ce genre de mâtin qui avait planté ses crocs dans le talon de Pina. Idéologie d'extrême droite, chiens de combat agressifs, saleté – cocktail vicieux. Laurenti ne fut pas étonné de découvrir, dominant ce fourbi, une banderole proclamant « Istria libera, Dalmazia nostra ». Sur la table, une assiette avec des restes de pâtes voisinait avec un buste de Mussolini dont l'enduit partait en lambeaux. La fourchette reposait sur une pochette transparente remplie de documents. À côté, quatre bouteilles de deux litres de vin sans étiquette. Laurenti glissa les papiers dans une enveloppe en plastique ; ce n'était vraiment pas l'endroit pour les examiner. Il avait hâte de quitter cet antre. Les collègues spécialistes poursuivraient l'inspection. Ils avaient l'habitude de manipuler le sang et les excréments. Des types bizarres, pour avoir choisi ce métier. Le cas de Galvano n'était pas très différent.

Fouillant dans les poches des quelques vêtements accrochés dans l'armoire, Laurenti ne trouva qu'un billet de cinq euros. N'était-il pas insolite qu'un employé de musée municipal, qui plus est contrebandier, ne ressente pas le besoin de s'installer plus confortablement ? Qu'en conclure sur son caractère ? Ce capharnaüm fournissait-il un indice quant aux circonstances de sa mort ? Laurenti referma la porte, déposa pour les collègues le trousseau de clés derrière la roue au pneu crevé et contourna la caravane. De part et d'autre de la flèche, des bouteilles de gaz vides ou pleines. Le câble de télévision courait jusqu'à un poteau électrique qui n'avait certainement pas été installé dans la légalité. Comme Marietta l'avait prévu, des traces de pas conduisaient à une fosse puante au-dessus de laquelle un simple bâti de bois avait été aménagé. Écœuré, Laurenti rejoignit Galvano, qui discutait avec les hommes du refuge venus chercher le chien de berger.

Comme toujours, le commissaire se gara devant le Bar Vatta sur un emplacement interdit. Quand l'occasion se présentait, il aimait y venir, car c'était l'un des rares établissements en ville, avec le Gran Malabar, à avoir dans sa cave les bouteilles des meilleurs vignerons du karst, des deux côtés de la frontière. Qui avait dégusté une seule fois ce produit naturel au bouquet caractéristique avait ensuite du mal à s'enthousiasmer pour d'autres crus. Laurenti voulut se débarrasser de l'odeur pestilentielle qui lui collait à la peau et courut aux toilettes pour quelques ablutions. À son retour, il trouva Galvano attablé devant deux verres de Vitovka des frères Vodopivec, dont le nectar était livré en amphores.

– La sobriété est une vertu, souffla Laurenti en trinquant avec Galvano, mais pour toi, c'est un mot inconnu.

– Premièrement, ricana Galvano, c'est toi qui paies. Deuxièmement, il n'y en a pas de meilleur. Allez, sors-moi ces papiers. Ne fais pas semblant de ne pas t'y intéresser. C'est bien pour ça qu'on est venus ici, non ?

Laurenti prit une nouvelle paire de gants en plastique dans sa poche et les enfila. Deux clients qui vidaient au comptoir leur deuxième bouteille de billecart-salmon réserve le regardaient, l'air moqueur et sourire en coin. Laurenti les connaissait bien. Le premier, obèse, la quarantaine, s'enrichissait en vendant des poêles en faïence. Son tour de taille était proportionnel aux bénéfices de son entreprise. L'autre, particulièrement gai, faisait fortune en vendant des machines à tricoter des chaussettes dans les pays de l'Est. À voir ce qu'ils consommaient, on devinait que l'argent n'était pas leur problème. Au comptoir se trouvaient également les deux frères du Val Rosandra, producteurs d'une huile d'olive que le jury de l'International Olive Oil Academy venait de déclarer comme étant la meilleure du monde. Ça devait s'arroser ! Ils encadraient un écrivain qui ne leur cédait en rien quant à sa capacité d'absorption, mais dont les livres agaçaient Laurenti. On lui offrait régulièrement des romans policiers nouvellement publiés qui lui indiquaient comment s'y prendre dans son métier.

– Le commissaire est un fin gourmet ! s'écria le marchand de poêles en faïence. Il enfile des gants rien que pour humer le vin.

– Quand on voit ce que ces types ingurgitent, marmonna Galvano, on peut envisager la fin de la crise économique. Il n'y a que les retraites qui n'augmentent pas !

Une épaisse enveloppe s'échappa des papiers que Laurenti étalait sur la table. Celui-ci se pencha vers Galvano de façon que les buveurs n'en voient pas le contenu, dont il avait deviné la nature rien qu'en palpant l'enveloppe. Il compta rapidement et émit un léger sifflement.

– Vingt billets de cinq cents. Dix mille euros ! murmura Laurenti. Et des photos.

Il les montra à Galvano l'une après l'autre. Un homme de grande taille, les cheveux gris, légèrement plus âgé que Laurenti, mais un « monsieur », l'air soigné, la carrure athlétique, photographié dans différentes circonstances. Deux clichés avaient manifestement été repris dans des journaux, trois autres le montraient au guichet d'enregistrement d'un aéroport ; sur le suivant, on le voyait descendre d'une limousine bleu marine sur fond d'immeubles modernes. Les deux derniers semblaient avoir été pris à travers une vitre. En y regardant de plus près, on constatait que l'homme portait chaque fois des gants. Galvano hocha négativement la tête lorsque Laurenti lui demanda si le personnage lui disait quelque chose. Apparut alors un papier où figurait seulement une date : « 22 décembre ». Juste au-dessous, un cachet portant la mention « Istria libera, Dalmazia nostra – *Istra nezauzet, Dalmacija je nasa* » et un poing fermé.

– 22 décembre, quinze heures trente ! Tu sais ce que ça veut dire ? interrogea Laurenti en brandissant le papier sous le nez de Galvano.

Le vieux ne prit même pas la peine de répondre.

– C'est après-demain. Tu entends, Galvano ? Après-demain ! C'est exactement l'heure à laquelle commence la cérémonie officielle au poste-frontière de Rabuiese, l'événement qui me fait courir comme un fou depuis des semaines. Et le clodo de la caravane ne fait certainement pas partie des invités.

– Et alors ? Tu penses à un attentat ? Qu'est-ce que c'est que ce sigle débile ?

– On dirait le logo d'un nouveau mouvement de réfugiés yougoslaves qui espèrent toujours récupérer leurs terres.

– Alors ce ne serait pas un poing serré, mais une main levée. Et le slogan ne serait pas en croate. Ils refusent systématiquement le bilinguisme.

– Et si c'était l'homme aux cheveux gris qui était invité ?

– Regarde la liste de ceux qui ont confirmé leur présence.

– Tu crois qu'ils donnent leur photo ? Ça fait huit cents dossiers à vérifier un par un ! J'espère qu'il a les mains sales et qu'il figure dans nos listings.

Laurenti fit signe au serveur et commanda deux autres verres de vin. Le front soucieux, il fixait la grosse enveloppe. Une découverte à laquelle il ne s'attendait pas. Marietta allait avoir du travail, elle pouvait oublier ses achats de Noël. Laurenti remit l'enveloppe dans la pochette en plastique et sortit son téléphone portable pour appeler le chef de l'équipe technique qui passait la caravane au peigne fin.

– Alfieri, il est possible que vous tombiez sur des armes. Préviens-moi tout de suite, si c'est le cas !

Puis il examina les autres papiers. Marzio Manfredi avait une écriture enfantine qu'il n'était pas bien difficile de déchiffrer. Il notait surtout des mots isolés, des phrases inachevées, des noms ou des lieux suivis de dates incomplètes, se contentant souvent d'indiquer le jour et l'heure. Et quelques numéros de téléphone. Cela aussi nécessiterait de longues investigations, à supposer que le tout ait un sens. La vie des autres ne devient transparente que lorsque l'on connaît leur motivation. De Manfredi, Laurenti ne savait que deux choses : qu'il se promenait avec une valise de caviar et qu'il avait au moins un féroce ennemi qui l'avait éliminé par strangulation.

– Tu es là, Laurenti ? claironna Galvano pour tirer le commissaire de ses réflexions. À quoi penses-tu ?

– Excuse-moi, répondit Laurenti, l'air absent. Il faut que ce soit juste avant Noël que ce genre de problème me tombe dessus.

– Ce cachet me paraît bizarre. «Istrie libre, la Dalmatie est à nous», ça rappelle l'extrême droite que nous connaissons, mais je n'ai jamais entendu parler de ce mouvement. La presse en aurait parlé. Et ils n'auraient pas manqué de barbouiller les murs de leur slogan. Si c'est vraiment un nouveau groupuscule, les collègues croates doivent pouvoir te renseigner. Appelle-les! Tu as d'excellents contacts, là-bas. La jolie procureure de Pula. Ce n'est plus le grand amour, semble-t-il, ou est-ce que je me trompe?

Galvano prenait un malin plaisir à retourner le fer dans la plaie.

– Živa Ravno? dit Laurenti, rêveur.

Pendant quatre ans, il avait eu une liaison avec cette femme, qui avait quinze ans de moins que lui et habitait à cent kilomètres de Trieste. Puis un jour elle l'avait quitté brutalement. Dix-huit mois s'étaient écoulés depuis, mais cela lui fendait toujours le cœur de penser à elle.

– Tu as raison, elle devrait être au courant.

– Ben voilà! Tu as enfin un prétexte pour l'appeler.

Laurenti ne cilla pas. Il n'avait jamais dit un mot à quiconque de cette affaire, mais dans son entourage les ragots proliféraient. Seule Laura n'y avait jamais fait allusion. Ou bien la rumeur n'était pas parvenue jusqu'à elle, ce qui paraissait hautement invraisemblable vu le cercle de bonnes amies qui l'entourait; ou bien elle était si certaine de la fidélité de Laurenti qu'elle ne jugeait pas utile de faire un esclandre.

– As-tu des projets pour les fêtes? demanda Laurenti, qui voulait changer de sujet.

– Il faut que j'avance dans mes Mémoires. Toute interruption nuit à la concentration. J'ai voulu te faire plaisir en acceptant de t'accompagner, c'est un gros sacrifice, même s'il n'est pas apprécié comme tel.

– Et si tu venais à la maison ? Pour le réveillon ou le jour de Noël à midi. Réfléchis !

Laurenti demanda la note et paya.

– Les enfants seront là, ils seraient heureux de te voir !

– Reprenons au début, dit Galvano sur un ton que Laurenti connaissait bien.

Quand le vieux devenait méfiant et qu'il s'apprêtait à décocher une flèche, sa voix devenait pointue et sa diction hachée.

– Ou bien tu as besoin d'un soutien pour ne pas rester seul trois jours au milieu de ton clan. Il y aura peut-être aussi ta mère qui viendra de San Daniele ou l'une des sœurs de Laura ? Toi et Marco serez à deux contre six femmes.

– Ou bien ? reprit Laurenti, sourire aux lèvres.

Voilà des semaines qu'il se réjouissait à l'idée de voir enfin la famille réunie. Sans échéances, sans obligations. Et il connaissait Galvano. Le vieux était tout simplement incapable de manifester la moindre reconnaissance quand il était invité.

– Quoi, ou bien ?

– Tu as dit : « Ou bien… »

– Ou bien, répéta Galvano en durcissant le ton, tu as besoin de moi pour cette enquête et tu essaies de me soudoyer en m'invitant.

*
*   *

La nuit était déjà tombée lorsque Dean rentra de sa visite chez Boris Mervec, lequel occupait un appartement dans la villa d'un ami et partenaire russe, à Pörtschach, au bord du Wörthersee. Aussi longtemps qu'il contesterait juridiquement la demande d'extradition des Croates, il serait obligé de rester en Autriche. Dean était de très mauvaise humeur. Ses relations avec Mervec avaient toujours été bonnes mais, à son grand regret, elles s'étaient dégradées lors de leur dernière rencontre. À peine était-il arrivé chez Mervec que les reproches s'étaient mis à pleuvoir. Pourtant, il n'y était absolument pour rien si Manfredi n'était plus dans le circuit. Ce n'était tout de même pas lui qui l'avait tué. Certes, le taxidermiste se chargeait, à l'occasion, de quelques sales besognes pour son compte, ce qui lui permettait de s'acquitter de ses dettes de jeu astronomiques. Mais qui pouvait dire qu'il ne faisait pas de même pour d'autres personnages ? Cependant, Mervec restait sourd à ses arguments et menaçait de tout dévoiler. Ce qui ne manquait pas d'inquiéter Dean.

Il trouva devant sa porte l'un de ces paquets qu'on y déposait régulièrement depuis le début de l'été. Cent tracts format A3 du mouvement « Istria libera, Dalmazia nostra ». Comme d'habitude présentés à la façon d'un avis de recherche de western, avec pour slogan « Plutôt mort que vif », sous une photo accompagnée de dix lignes de texte annonçant la fin du monde : « Les frontières entre la politique, l'économie et le crime organisé s'effacent. Par de sombres manigances, les hommes de paille de la haute finance européenne, liés aux ex-services secrets de l'ex-Yougoslavie et à l'industrie du tourisme, se sont emparés des côtes de l'Istrie et de la Dalmatie. Les habitants, comme autrefois les Uscoques, sont relégués à l'intérieur des terres. Ce sont des politiciens vendus qui accordent les permis de construire. D'anciens trafiquants d'armes, ceux-là mêmes qui contournaient l'embargo imposé par l'ONU au vu et au su des services secrets occidentaux, constituent aujourd'hui une honorable société qui se partage le pays. La coopération de criminels originaires de Croatie, d'Italie, d'Autriche et d'Allemagne met la démocratie en danger dans toute l'Europe. Les médias se taisent, les organismes de contrôle sont défaillants. Il faudra attendre que le partage soit terminé pour que la Croatie devienne membre de l'Union européenne. »

Dean ne jeta qu'un bref regard aux tracts qu'il jugeait ineptes. Certes, vu son passé chez les barbouzes, il devinait de qui il était question, mais il ne trouvait rien à redire à leur comportement actuel. Ne pas exploiter les beautés de la côte dalmate eût représenté un énorme gâchis et le tourisme sur les bords de l'Adriatique constituait l'une des principales ressources du pays. Chaque année, le flot des vacanciers faisait tripler la population. Dean ouvrit l'enveloppe posée sur le paquet et compta les billets d'une main experte. Trois mille euros. Et maintenant? Mervec avait exigé que le texte soit modifié selon ses indications. Il y en avait pour des heures. Voilà qu'il lui fallait faire le graphiste! Il confierait alors le tout à un ami, qui cette nuit même irait discrètement afficher les tracts dans la péninsule istrienne.

Dean alluma le poste de télévision et programma la chaîne locale. Le premier titre du journal du soir concernait – il fallait s'y attendre – la disparition imminente de la frontière. Cette baudruche de maire de Trieste annonçait que lui aussi participerait à la fête populaire organisée à cette occasion, tandis que les responsables de l'Alleanza Nazionale bouderaient l'ouverture à la Slovénie, en se rendant symboliquement à l'Union des réfugiés. Le contraire eût été surprenant. La visite de Berlusconi dans la région était repoussée à l'année suivante. L'industrie triestine enregistrait en 2007 un net accroissement de ses exportations, en particulier dans le domaine de l'alimentaire. Les achats de Noël, en revanche, accusaient une forte régression. Le porte-monnaie des consommateurs avait souffert d'augmentations de prix spectaculaires en matière de denrées alimentaires, d'énergie, de carburant et de services bancaires. Enfin on annonça la mort mystérieuse du taxidermiste Marzio Manfredi. On montrait sa photo, le pont de chemin de fer d'où l'on avait jeté son corps et, pour finir, sa mère, le visage noyé de larmes, qui répétait que son fils était un brave garçon qui n'avait jamais rien fait de mal. C'est quand sa femme l'avait quitté qu'il avait glissé sur la mauvaise pente. Ah, ces mères! Dean éclata de rire. Lorsque, pour clore le journal, le présentateur signala que Vladimir Poutine avait été élu «homme de l'année» par le *Time Magazine,* il baissa le son et se mit au travail. Que faisait donc son contact d'Izola ? Il fallait absolument trouver le moyen de récupérer, dans la caravane de Manfredi, ce qui leur appartenait, avant que la police mette la main dessus. C'était plus important que les desiderata de Mervec.

*
* *

– Tu es fou ! Je préfère travailler la nuit de Noël au restaurant, s'écria Marco, dès que Laurenti eut raconté qu'il avait invité le vieux solitaire et son chien noir.

Comme chaque année, le Scabar restait ouvert pour les fêtes. Toutes les tables étaient déjà réservées depuis des semaines. Marco s'était battu pour garder sa soirée libre et s'était même attiré les foudres de sa patronne. Laura et Patrizia regardaient Proteo comme s'il avait raconté une histoire scabreuse.

– Tu dérailles complètement ! Galvano à Noël ! Pourquoi faut-il que tu gâches tout ?

– Peut-être refusera-t-il l'invitation. Mais je ne peux plus la retirer. Il est seul depuis que sa femme est morte. Ses enfants, en Amérique, n'attendent que son héritage et ne se soucient guère de lui. Ces dernières années, il a toujours été avec nous. Je ne sais pas ce que vous avez contre lui.

– Chaque année, cela finit de la même façon, dit Patrizia sur un ton modéré – habituellement, elle prenait toujours le parti de son père. Le vieux ingurgite plus de vin que nous tous réunis et, là-dessus, s'envoie une demi-bouteille de grappa. Il se lance alors dans ses anecdotes sur son attitude héroïque sous les drapeaux, enchaîne avec les putains qui se sont enrichies en ville sous l'administration des Alliés et, pour finir, en revient à ses glorieux faits d'armes, sans se laisser interrompre par quiconque.

Elle reprit une part de *zuppa inglese* que sa grand-mère avait préparée l'après-midi sans lésiner sur le rhum.

– Et comme personne ne peut l'interrompre, tout le monde reste bouche cousue. Joyeux Noël !

– Mais vous ne pouvez pas laisser un vieil homme tout seul, dit la mère de Laurenti. Je sais ce que c'est qu'être veuf. Et puis les arbres de Noël coûtent cette année quarante pour cent plus cher qu'il y a deux ans. À cause des Chinois et des Arabes.

– Quel est le rapport avec Galvano ? demanda Proteo, surpris par la logique de sa mère.

D'autant qu'ils n'avaient pas dressé de sapin depuis huit ans. Ils décoraient simplement de quelques guirlandes lumineuses le vieil acacia qui poussait devant la maison et ne les retiraient que lorsque l'arbre commençait à bourgeonner.

– Quand les arbres sont si chers, il vaut mieux avoir une personne de plus qui s'assied dessous. Autrefois, c'était une évidence, ce n'était même pas la peine d'en discuter. S'il ne tenait qu'à moi, le docteur serait des nôtres. C'est clair, Proteo ?

– Mamie pourrait l'emmener danser, intervint Marco avec une horrible grimace. Polka ou valse lente ? Qu'est-ce que tu préfères ?

Il avait du mal à se retenir de pouffer de rire. Tandis que grand-mère Immacolata parlait, Patrizia lui avait flanqué un coup de pied dans le tibia sous la table.

– Je ne comprends vraiment pas ce que vous avez contre Galvano, répéta Laurenti en lançant un regard de défi à la ronde. Nous habitons cette maison parce qu'il l'a échangée contre notre appartement en ville. Bien sûr que c'est un vieillard égocentrique, mais c'est notre ami. Basta !

– Je trouve aussi qu'il devrait venir, dit Laura. Comme cela, votre père ne sera pas le seul à raconter toujours les mêmes histoires.

– Écoute… commença Laurenti, immédiatement interrompu par sa mère.

– Si vous voulez, proposa celle-ci, je vous ferai de la cuisine salernitaine !

Tous dressèrent l'oreille. Mozzarella *in carrozza* ou à la napolitaine avec du jus de citron et de l'huile d'olive, *parmigiana* d'aubergines, *sartù* de riz, soufflé de riz coloré, artichauts de Paestum, *pepata* de moules, spaghetti *alla puttanesca* ou épaisse *pasta fagioli* avec laurier, poivre et poivron et, comme dessert, *pastiera* à la fleur d'oranger : l'eau leur venait à la bouche.

– Je t'aiderai, proclama aussitôt Marco, qui espérait obtenir de sa grand-mère une vieille recette grâce à laquelle il se ferait valoir aux yeux de ses collègues du restaurant.

Il était en deuxième année et passerait bientôt son examen.

– Qu'est-ce que tu as en tête ? Fais-nous quelque chose de typique !

La vieille dame réfléchit un instant.

– Si je me souviens bien, le plat préféré de votre père, c'est de la rate farcie au persil, à la menthe fraîche et au poivron, mijotée dans de l'huile d'olive et du vinaigre.

Proteo se mordit la langue pour ne pas se récrier. Il n'avait jamais aimé ce plat et, dès son enfance, il protestait vigoureusement quand on le lui servait. Comment sa mère pouvait-elle imaginer lui faire plaisir de cette manière ?

– De toute façon, vous mangez déjà suffisamment de poisson. *Frattaglie di bue* par exemple, des tripes de bœuf, foie, poumon, cœur. Délicieux ! C'était le plat préféré de mon frère. L'année prochaine, il y aura soixante-cinq ans que la ville a été libérée et qu'il a trouvé la mort sous les bombardements alliés. Son nom de code était « Opération Avalanche ». Elle a duré de juin à septembre. Gigi venait d'avoir quinze ans, quatre de moins que moi. Le petit dernier. Nous, les grandes sœurs, l'avons incroyablement gâté. Comme ta mère avec toi, Marco !

– Moi, gâté ? s'écria Marco, vexé. Si tu savais ce qu'il faut faire pour s'affirmer contre deux grandes sœurs ! Papa et moi, nous sommes en minorité dans cette maison. Mais depuis que Patrizia et Livia sont parties, on peut respirer plus librement.

Patrizia lui lança sa serviette à la figure et frappa trois coups sur la table.

– Silence ! Mis à part le fait que j'ai encore moins envie de tripes à Noël que d'habitude, même si c'est grand-mère qui les prépare, j'ai une nouvelle importante à vous communiquer. Tout le monde parle de guerre, moi, ajouta-t-elle sur un ton pathétique, je vous annonce… un heureux événement.

Le silence se fit instantanément. On entendit les couverts retomber sur les assiettes.

– Comment ? demanda Laurenti, incrédule, en mâchonnant sa *zuppa inglese*. Qu'est-ce que tu as dit ?

– Je vais avoir un enfant.

– Hein ? s'écrièrent Proteo et Marco à l'unisson, tandis que Laura et sa belle-mère riaient sous cape.

Elles étaient naturellement au courant depuis longtemps.

Dérives

Pile à l'heure, une luxueuse voiture rouge immatriculée à San Marin s'arrêta devant Pina sur la Riva Nazario Saura. La jeune femme écarquilla les yeux lorsqu'un athlète en costume sombre lui ouvrit la portière arrière de la Maserati Quattroporte et l'invita courtoisement à se donner la peine... Elle se trouva plus petite encore quand elle eut pris place sur le siège de cuir ivoire cousu main. Elle admira l'intérieur orné de bois précieux. Le carrosse attirait les regards des passants, chargés de leurs achats de Noël. Certains semblaient avoir de plus en plus d'argent, alors que la hausse des prix touchait durement la majorité de la population.

Les pâtes et les produits laitiers avaient augmenté d'un tiers par rapport aux mois précédents, le prix de l'essence atteignait de nouveaux sommets chaque semaine, et l'on tremblait à l'idée de recevoir la prochaine facture de gaz ou d'électricité. Les compagnies d'assurances et les grandes banques annonçaient des augmentations significatives des frais de gestion, faute de quoi elles se verraient dans l'obligation de licencier en masse. Quand donc les journalistes, au moins eux, se décideraient-ils à appeler les choses par leur nom, puisque les représentants de l'État se voilaient la face ? Il était impossible que ces augmentations, qui tombaient toutes en même temps, aient été décidées sans concertation. Pina s'était souvent demandé avec ses collègues si le concept de criminalité organisée n'était pas applicable à la libre entreprise. S'agissait-il d'autre chose que d'entente illicite, quand cinq magnats de l'énergie faisaient fortement grimper leurs prix malgré la baisse du dollar, alors qu'ils les baissaient à peine quand le cours du brut diminuait ? Cela pouvait-il relever du hasard ? Cependant, au lieu de se révolter, les gens étaient de plus en plus nombreux à admirer ceux qui accumulaient toujours davantage de richesses en profitant des failles de la loi, quand ils ne s'en taillaient pas eux-mêmes à leur mesure.

Les vols de denrées alimentaires se multipliaient depuis quelques mois. Une bande organisée pillait les « buffets », ces restaurants typiques de Trieste où l'on pouvait manger, souvent debout, rapidement, copieusement et pour pas très cher. Le vrai drame, c'étaient les petits larcins que commettaient les retraités. Certes, on voyait déjà depuis quelques années des gens âgés fouiller dans les poubelles, mais voilà que la police se trouvait soudain face à des grand-mères habillées correctement qui avaient dérobé au supermarché quelques produits dont le prix dépassait leurs moyens. Elles rougissaient de honte, avaient longuement hésité avant de passer à l'acte. Ce n'étaient pourtant pas des objets de luxe qu'elles chapardaient. La plupart du temps, le magasin ne portait plainte qu'en cas de récidive. Ces pauvres gens insistaient fébrilement pour que leurs enfants ne soient pas mis au courant. Pina avait appris par le *Piccolo* que le parmesan figurait en tête de la liste des denrées volées, suivi par le jambon cru préemballé. On retrouvait souvent des paquets de pâtes éventrés, dont seule la portion d'une personne avait été subtilisée. Une poignée de nouilles ! Et ce dans la ville qui occupait la seconde place en Italie dans le classement du volume d'épargne par habitant et affichait les plus hauts revenus du nord-est du pays. Les petits commerçants se plaignaient de chiffres d'affaires en net recul, tandis que le président de la chambre de commerce proclamait qu'il était impossible de baisser les prix, la demande restant insuffisante. L'homme devait avoir fait ses études à Harvard ! Ou encore le maire qui, dans une brochure consacrée aux problèmes portuaires, confondait

Rotterdam la concurrente avec Amsterdam, la capitale hollandaise, comme s'il avait quelques grammes dans le nez. C'était inquiétant. Comment ce genre d'individus pouvaient-ils assurer l'avenir de Trieste, quand les personnes âgées et les familles nombreuses subissaient de plein fouet les conséquences de la crise économique? Pina elle-même ne pouvait se permettre aucune fantaisie, bien que fonctionnaire. Et voilà qu'un chauffeur la conduisait dans un véhicule dont elle n'aurait pu tout au plus que s'offrir la roue de secours, et à crédit!

Au poste-frontière de Fernetti, on leur fit signe de passer. Deux jours plus tard, cette formalité ne serait plus qu'un souvenir. Un quart d'heure après, la voiture emprunta la petite route qui grimpait à Jakovce sur la colline couronnée par la villa où le Dr Černik lui avait prodigué les premiers soins. Pina remarqua les caméras vidéo qui surveillaient l'ensemble de la propriété. La limousine franchit le portail de pierre et s'arrêta devant l'entrée principale, à côté de la grande baie vitrée du salon, dont la lumière tamisée éclairait la cour. Tout ce luxe donnait une impression de calme incroyable. Seuls quelques accords assourdis de musique swing rompaient le silence. La vue portait jusqu'à l'horizon. Le ciel était clair, une légère bora rendait l'air cristallin. Pina apercevait au loin les lumières des faubourgs de Trieste qui brillaient sous le firmament étoilé.

Le ronronnement du fauteuil roulant de Sedem la tira de ses pensées. Le jeune homme semblait ravi de sa visite. Il portait une chemise blanche et une veste prince-de-galles.

– Bonsoir! Soyez la bienvenue, Pina! dit-il en se soulevant au maximum pour l'embrasser sur la joue. Comment va votre pied? Quelle belle canne vous avez!

Pina sourit. Elle l'avait achetée chez un antiquaire installé dans l'ancien ghetto, derrière la questure.

– Qui sait à qui elle a appartenu, quels pays elle a vus?

Elle avait astiqué elle-même le pommeau d'argent.

– Venez! Nous allons prendre l'apéritif sur le pouce avant de dîner.

Il la précéda dans son fauteuil roulant, les portes s'ouvrant automatiquement dès qu'il s'en approchait. Au salon, des bûches flambaient dans la cheminée au son du «Creole Love Call» de Duke Ellington. Cependant, Pina ne se sentait pas bien. Une ambiance romantique mise en scène de manière si parfaite la mettait mal à l'aise – elle qui sur le biceps gauche portait un tatouage bicolore représentant un cœur barré sous lequel était inscrit «Basta amore». Elle aperçut son reflet dans une vitre et s'en trouva gênée. Bien sûr, elle s'était changée, mais elle ne possédait aucun vêtement chic, seulement une profusion de pull-overs et de pantalons. L'après-midi, elle avait longuement réfléchi au cadeau qu'elle pourrait apporter. Une bouteille de vin rouge que Walter, du Malabar, lui recommanderait? Un bouquet de fleurs – pour un homme? Un livre – mais lequel? Elle savait si peu de chose de son hôte. Pour finir, elle s'était assise à son bureau et avait crayonné à grands traits une caricature de Sedem sur sa jument lipizzan avec elle-même en croupe. Elle l'avait mise en couleurs, avait ajouté «Mille mercis à mon sauveur», avait roulé la feuille et l'avait attachée avec un ruban bleu. Elle cachait l'objet dans son dos.

– Je vous en prie, asseyez-vous! Que diriez-vous d'un Negroni? Je le préfère à l'Americano. Sans gin, ça n'a pas de goût.

Sedem se dirigea vers le bar et entreprit de mixer les cocktails. Pina entendit des glaçons s'entrechoquer, Sedem jonglait avec les bouteilles de Campari, de gin et de vermouth. Elle se sentait toujours comme une pièce rapportée. Pourquoi avoir accepté cette invitation?

Lorsque Sedem revint vers elle, il portait un plateau avec leurs deux *drinks*.

– Pina, faites comme chez vous! Mon père m'a demandé de vous saluer pour lui, il ne peut malheureusement pas nous tenir compagnie. Les affaires…

Pina prit son verre, trinqua avec Sedem et se résolut à lui remettre son cadeau.

– Un petit souvenir. Je suis désolée, mais je ne savais vraiment pas quoi vous offrir, avoua-t-elle, embarrassée.

Elle avala deux gorgées et se détendit sous l'effet de l'alcool.

– Quel merveilleux dessin ! Dès demain, je le fais encadrer.

Sedem semblait sincèrement touché.

– Merci beaucoup. J'espère avoir la chance de vous sauver à nouveau ; mieux, de le faire très souvent, pour en avoir toute une collection. Si je pouvais me lever, je vous prendrais dans mes bras et je vous embrasserais.

Il tendit la main et, avant que Pina ait eu le temps de décider si elle devait se rapprocher, une voix de femme se fit entendre.

– Ah ! Tu as de la visite. Est-ce la jeune fille dont tu chantes les louanges ?

La dame était très vieille, mais elle se tenait droite. Elle marchait sans canne et vint se planter, altière, à deux mètres devant Pina. Sa coiffure était impeccable.

– Voici Pina, dit Sedem, et voici grand-mère Sonjamaria. Je ne savais pas que tu étais encore debout à cette heure. Veux-tu nous tenir compagnie ? Le dîner est bientôt prêt.

Pina salua timidement, se contentant d'avancer d'un petit pas. Grand-mère ne semblait pas disposée à lui tendre la main.

– Qu'y a-t-il au menu ?

La dame, malgré son âge, était tout de même plus grande que Pina. Elle ne la quittait pas des yeux.

– Italienne ?

Pina acquiesça.

– Une bonne *jota*, ensuite du rôti de porc au thym sauvage.

– Tu aurais dû prévoir de l'ours. La signorina n'en a certainement jamais mangé.

Elle avait une prononciation bizarre. Grammaire et vocabulaire étaient triestins, mais l'accent était allemand. Le slovène, qui, selon le Dr Černik, avait été sa langue maternelle, ne transparaissait pas.

– Veux-tu dîner avec nous ? Je ferai mettre un couvert supplémentaire…

– Je ne pourrai pas vous tenir compagnie toute la soirée.

Grand-mère Sonjamaria jeta un coup d'œil sur le cocktail de Pina.

– Negroni? C'est ce qu'il y a de mieux en Italie! Fais-moi mettre un couvert, Sedem, et dis à Maria de ne pas trop remplir mon assiette.

Elle s'éloigna à petits pas.

– Quand grand-mère décide quelque chose, il faut obéir. Sans discussion.

La vieille dame tenait apparemment la barre. Sedem prit le verre de Pina et se dirigea avec son fauteuil roulant vers une longue table dressée avec un étonnant souci du détail. À l'une des extrémités trônait un bouquet d'arums blancs. La grand-mère avait déjà pris place et attendait les jeunes gens avec impatience. Derrière elle était accroché un grand tableau de Fernand Léger, dont Sedem disait qu'il était le préféré de son père. Il était intitulé *Ouvriers à l'usine*. Quel à-propos! pensa Pina. Elle n'eut aucun mal à trouver sa place. De l'autre côté de la table, il n'y avait pas de chaise.

– Italienne donc, répéta la vieille dame pour rompre un silence pesant. De quelle région?

Le chauffeur de la Maserati servait en gants blancs. Il présenta l'étiquette d'une bouteille de crémant à Sedem, qui approuva de la tête.

– De Calabre, répondit Pina. Costa dei Gelsomini.

– Les Italiens, je les hais! Santé!

Elle leva son verre, fixa la petite inspectrice et trempa ses lèvres dans son breuvage.

Pina se crut obligée de lever son verre également. Les propos de la vieille dame n'étaient pas avenants. Les tensions exacerbées par quelques groupuscules nationalistes de part et d'autre de la frontière ne lui avaient bien sûr pas échappé. Mais, depuis que la décision avait été prise de supprimer la démarcation, tout semblait baigner dans une rare harmonie, les slogans extrémistes se faisaient rares. Même les ligues de réfugiés usaient d'un ton plus modéré, comme si l'extension de l'Europe leur avait coupé l'herbe sous le pied. Leur devise était devenue : «Oui à la disparition de la frontière, non à l'injustice!» Qui n'y souscrirait? Pina restait silencieuse, se demandant ce qui l'attendait.

– Ne vous formalisez pas, Pina, dit Sedem. Grand-mère ne pense pas ce qu'elle dit.

– N'essaie pas de me dédouaner, Sedem, parce que tu penses qu'il est inconvenant de tenir ce genre de propos devant un invité. Mais je sais ce que je dis. Je les hais, les Italiens! Je hais les Autrichiens, les Allemands, les Anglais, les Slovènes, les Américains et aussi les Français. Je les hais tous!

Le visage de la vieille dame restait impassible, elle ne haussait pas non plus le ton, malgré la virulence du discours.

Sans transition et sans ciller, elle poursuivit :

– Quel âge me donnez-vous, Signorina?

– Soixante-quinze ans, mentit Pina, après s'être raclé la gorge.

La cuisinière fit son apparition avec une soupière de *jota* fumante, la soupe aux choux typique de la région. Elle servit d'abord la grand-mère, qui objecta :

– Ne dites pas de bêtises. Je suis trop vieille pour ces simagrées. Rajoutez vingt ans et le compte sera bon. Lorsque j'ai fui la Yougoslavie devant les communistes, j'avais déjà trente-quatre ans. Devinez combien de passeports j'ai eus dans ma vie!

La vieille dame prit une cuillerée de soupe.

Sedem lança à Pina un regard contrarié, mais resta silencieux. Même si elle avait connu la réponse, Pina n'aurait pas eu la certitude que la question s'adressait bien à elle. La vieille dame allait certainement répondre elle-même. Comme le vieux Galvano qui se vantait de son grand âge et de tout ce qu'il avait vécu. Pina se saisit donc de sa cuillère. La soupe, au moins, était délicieuse.

– Eh bien, jusqu'à aujourd'hui, ça fait neuf!

Elle reposa bruyamment sa cuillère sur la table, signifiant qu'elle en avait terminé.

– Je suis née dans ce village en 1912, Signorina, sous les Habsbourg. Après la Première Guerre mondiale – j'avais six ans –, le royaume d'Italie nous a entraînés dans le fascisme. En 1943, les nazis nous ont établi de nouveaux papiers. En 1945, les partisans de Tito y ont apposé leur cachet, sur quoi je me suis enfuie de Trieste. Je n'avais aucune envie de devenir communiste ; de l'autre côté, les Alliés occidentaux. En 1954, j'ai de nouveau fui Trieste ; j'avais quarante-deux ans et le père de Sedem était âgé de sept ans. Quand les Alliés se sont retirés, la ville débordait d'*Italianità* proclamée. Je suis partie en Allemagne et je me suis mariée à Brême, c'est tout là-haut, au nord, ma jeune dame. J'ai donc eu un passeport allemand. Mais dans les années soixante-dix – mon fils Goran était aux États-Unis et mon mari venait de mourir –, je suis revenue ici après un bref séjour américain et l'on m'a attribué un passeport yougoslave, puis slovène après l'indépendance et plus tard, naturellement, un passeport européen. Croyez-moi, ma jeune dame, j'ai vu partout des choses sur lesquelles tout le monde a fait silence, et c'est bien ainsi ! Sinon personne ne pourrait continuer de vivre dans une telle honte. Comment avoir alors le moindre respect pour une nation quelconque ? Je vous le demande. Je ne ressens que mépris pour tous ces peuples. N'en faites pas une affaire personnelle, Signorina, mais j'en ai assez !

À ces mots, elle se leva et vint déposer un baiser sur le front de Sedem.

– Bonne nuit, Sébastien !

Cette fois, elle serra la main de Pina et se retira, l'esquisse d'un sourire sur les lèvres.

– On dirait que grand-mère vous aime bien, dit Sedem en versant une rasade de crémant dans le verre de Pina. Il n'est pas fréquent qu'elle fasse part de ses idées à qui que ce soit. La plupart des gens sont perplexes ou se sentent même blessés, quand elle dit ce qu'elle pense.

– J'imagine, dit sèchement Pina, qui n'avait ni compris ni digéré l'attaque. Il est rare d'entendre autant de sornettes nationalistes.

– Vous avez vraiment compris ce qu'elle a dit, Pina ? dit Sedem en se frottant les mains. Elle a bien dit qui elle détestait. Les Italiens, les Slovènes, les Allemands, les Américains, etc. Sa mère était slovène, son père italien et, parmi ses ancêtres, on compte des Suisses, des Grecs, des Serbes, des Juifs et d'autres encore. Comme d'habitude par ici. Un jour, elle s'est déclarée « raciste universelle » et elle appelle toujours Duke le « souvenir américain ». Son père était GI et, contrairement à ce qu'il affirmait, il n'a jamais eu l'intention d'épouser Sonjamaria. Il est rentré aux États-Unis en 1954 et on n'a plus jamais entendu parler de lui depuis. Quand Duke est allé là-bas pour ses études, il a retrouvé sa trace. Cela a été sa grande chance. Grand-mère avait bien épousé, en Allemagne du Nord, un riche négociant et elle avait veillé à ce que son fils fréquente les meilleures écoles, mais le père biologique de Duke était vraiment fortuné et, de surcroît, il avait un formidable carnet d'adresses. Mais parlons d'autre chose. Ce qui m'intéresse avant tout, c'est de savoir où vous avez appris à dessiner si merveilleusement. Vous êtes une véritable artiste.

La cuisinière servit le rôti de porc enrobé de fleurs de fenouil finement râpées et de thym sauvage. Le chauffeur aux gants blancs déboucha une bouteille de Mora Riserva des frères Klinec de Medana. Pina ne s'y connaissait pas en vins, mais au moins elle se détendit de verre en verre. C'était la première fois, depuis son arrivée à Trieste, qu'elle parlait de sa vie hors du cadre professionnel.

– Et toi ? interrogea-t-elle finalement – après le rôti, ils en étaient venus au tutoiement. Le médecin m'a dit que tu avais six sœurs plus âgées que toi. Où sont-elles ? Et ta mère ?

Sedem parut surpris.

– Voilà ce qui s'appelle respecter le secret professionnel ! remarqua-t-il, un mystérieux sourire aux lèvres. Elles n'ont pas quitté l'Amérique. Elles ne veulent pas entendre parler de l'Europe. Duke avait une conception du mariage plus large que ma mère ne l'aurait souhaité. Elle est originaire de Seattle, où elle est retournée après la séparation. J'avais deux ans, à l'époque. Les filles sont restées avec elle ; moi, j'ai suivi Duke. Nous n'avons pratiquement aucun contact. Un appel téléphonique pour Noël et pour les anniversaires. C'est tout ! Je ne connais même pas mes grands-parents américains.

– Mais qu'est-ce que tu fais toute la journée ?

– C'est bizarre ! Depuis mon accident, il ne vient à l'idée de personne que je puisse travailler, moi aussi. Du fait que je ne peux pas marcher, les gens pensent que je passe ma journée à regarder par la fenêtre.

Pina était confuse. Ce n'était pas ce qu'elle avait voulu dire. Mais Sedem n'avait nullement l'air vexé.

– J'analyse et je spécule. Mon père m'a alloué un budget que je fais fructifier. «Céder les pertes, garder les bénéfices», telle est sa devise, et il s'y tient rigoureusement, sans scrupules. Si quelqu'un sait comment gagner beaucoup d'argent, c'est bien lui. Le profit, c'est tout ce qui compte à ses yeux. Ce n'est pas toujours facile à supporter, surtout quand je m'intéresse à des sujets qu'il considère comme une perte de temps. J'ai une conception quelque peu différente des profits et des pertes. L'argent, c'est important, mais ce n'est pas une valeur en soi, c'est un moyen de paiement. Les tableaux que tu vois ici – il y en a pour des millions – ne sont pour lui que des placements, pas de l'art.

Pina laissa errer son regard sur les murs de la pièce et découvrit de nombreuses œuvres qu'elle ne connaissait que par des reproductions et qu'elle imaginait à l'abri dans des musées.

– Bref, après un sérieux accrochage, je lui ai proposé cet arrangement, qui m'a enfin permis d'agir de manière indépendante. Je lui montre de temps en temps un relevé de compte, qui lui indique que son budget est intact. Plus des intérêts que j'y ajoute par correction. Pour lui, ce n'est de toute façon que de la petite monnaie. Ce que j'ai réellement amassé dans l'intervalle ne le regarde pas.

Pina ouvrait de grands yeux. Elle aurait bien demandé à combien s'élevait le trésor, mais elle n'osa pas.

– Et tu investis dans quoi ?

Après le dessert, ils s'étaient à nouveau installés près de la cheminée et Sedem s'était propulsé de son fauteuil roulant sur le canapé à côté de Pina. À l'aide d'une télécommande, il choisit un autre disque.

– Franz Ferdinand... « The Fallen »... Indie-rock... Indie vient de « Independence ».

Mais lorsqu'il vit la tête de Pina, pour qui Franz Ferdinand n'évoquait qu'un cours d'histoire et dont les goûts musicaux ne dépassaient pas le festival de San Remo, Sedem enclencha rapidement le morceau suivant.

– Voilà qui est plus doux. « Walk Away » : « I love the sound of you walking away ». Qu'est-ce que tu m'as demandé ?

– Tu investis dans quoi ? Tout de même pas dans la musique ?

– Oh non ! Je fais des paris sur l'évolution des marchés d'actions ou sur la conjoncture. Il faut pouvoir le faire. Je ne m'intéresse que marginalement au devenir d'entreprises particulières. C'est trop périlleux.

– Et ça rapporte ?

Pour Pina, les marchés financiers constituaient une énigme.

– Tu as entendu parler aux informations de la crise des banques ?

Pina acquiesça.

– Je l'ai prévue. N'importe qui aurait pu le faire en raisonnant froidement. Le monde s'endette de plus en plus. On peut en tirer profit. Si tu veux un conseil, il suffit de me le demander.

– Et qu'est-ce que tu fais de tout cet argent ?

Pina n'avait que faire de conseils en investissement. Elle avait bien du mal, à la fin de chaque mois, à mettre de côté quelques miettes de son salaire. Elle vivait chichement et ne sortait presque jamais.

– Je crois à la durabilité.

– À quoi ? s'écria Pina, qui ne voyait pas comment la durabilité pouvait rapporter gros.

– La crise des denrées alimentaires et la flambée des prix correspondants ne sont dues qu'aux marchés financiers, reprit Sedem en servant deux whiskies. Les fonds de pension n'ont rien à voir avec l'agriculture. Ils spéculent sur les récoltes à venir et ils ne peuvent réaliser des profits à court terme que si les prix explosent. Alors on fait tout pour que ça arrive, y compris par la désinformation. Les médias ne posent pas les vrais problèmes.

– C'est-à-dire ? demanda Pina, sceptique.

Elle avait du mal à croire que Sedem puisse avoir raison. Elle pensait que le phénomène s'expliquait par l'augmentation du coût de l'énergie et par les longues périodes de sécheresse qu'avaient connues l'Afrique et l'Australie. C'est du moins ce qu'elle avait retenu d'un récent documentaire vu à la télévision et de ses lectures dans la presse.

– Les marchés financiers ont un énorme problème, poursuivit Sedem. Par téléphone ou par réseau informatique, on peut vendre et acheter des actions, prendre des options en quelques secondes sur des denrées dont la production prend des mois et le transport des semaines. Ça n'a plus rien à voir avec les vraies récoltes. Il est urgent de prendre de nouvelles mesures.

– Mais on ne peut pas tout contrôler, Sedem ! protesta Pina. Pourquoi s'énerver là-dessus ?

Un instant, le regard de Sedem se voila. La remarque de Pina l'avait-elle déçu ?

– J'ai des enfants, lança subitement Sedem. Il y va de leur avenir.

– Des enfants ? s'écria Pina, stupéfaite.

Elle aurait su s'y prendre avec un enfant à peu près aussi bien qu'avec un chien. Sedem avait manifestement trop bu, comme elle.

– Trois garçons au Vietnam du Nord, trois filles en Inde. Puis un fils au Sri Lanka, un autre au Cambodge, une fille au Nigeria, une au Burkina Faso, une en Côte d'Ivoire, enfin des jumeaux en Haïti, à Port-au-Prince.

– Treize enfants!

Pina éclata de rire. Ce garçon n'avait vraiment rien de commun!

Mais Sedem précisa leurs prénoms et leurs âges. Il savait quelles écoles ils fréquentaient, quelles notes ils obtenaient, dans quelles matières ils avaient des problèmes. Pina avait la tête qui tournait. L'alcool faisait son effet, mais, contre toute attente, elle était touchée. Elle avait compris que Sedem ne plaisantait pas. Il avait cinq ans de moins qu'elle et parlait de ces enfants avec une sollicitude qui l'émouvait. Un jeune homme handicapé qui n'avait aucun contact avec sa mère, n'avait jamais rencontré deux de ses grands-parents, adoptait des enfants dans le monde entier. Elle l'admirait.

– C'est pour cette raison que je spécule. L'argent que je gagne, je l'investis dans leurs écoles et, quand ils seront grands, je paierai leur formation. À part cela, la moitié de l'humanité ne sait pas de quoi elle se nourrira demain. La menace d'une famine comme on n'en a encore jamais connu pèse sur de nombreux pays. La FAO évoque la nécessité d'une aide immédiate de cinq cents millions de dollars. Broutilles pour les nations industrialisées, mais celles-ci font des manières et se consultent pendant des semaines. La banque mondiale va débloquer une partie de cette somme et faire comme si le problème était réglé, mais dans l'intervalle les besoins auront encore augmenté. Tu comprends?

Pina hocha la tête.

– Pour nourrir leurs propres populations, des pays comme le Vietnam sont obligés de contingenter leurs exportations de riz, qui jusqu'ici constituaient leur principal revenu. Les Vietnamiens ont survécu à cent cinquante années de guerre et n'ont jamais été vraiment vaincus. Mais ce que les armes n'ont pas réussi à faire, l'économie va s'en charger. Cela dit, sur le marché des matières premières, le but de ceux qui poussent à la hausse est tout autre. Celui qui investit aujourd'hui dans une multinationale agro-alimentaire et possède des brevets pour des graines génétiquement modifiées est gagnant. Ceux qui attisent la peur de la famine visent à obtenir l'autorisation des OGM à l'échelle mondiale.

Pina fronça les sourcils. Sedem semblait avoir un faible pour la théorie du complot. Pourtant, elle ne pouvait lui donner entièrement tort. Elle savait bien que les vrais grands patrons des syndicats du crime s'étaient depuis longtemps reconvertis et que leurs sbires occupaient des postes clés dans l'économie ou la politique. Leurs rejetons étudiaient à Oxford, Harvard, Munich ou Paris, puis siégeaient dans des conseils d'administration ou travaillaient pour des cabinets d'avocats huppés. Il fallait bien blanchir l'argent de la drogue, des trafics humains ou de la contrebande d'armes pour pouvoir ensuite l'investir dans des sociétés «normales». Des complices dans les plus hautes instances étaient donc nécessaires. Dans les banques d'affaires, dans les entreprises, dans les partis et les gouvernements.

– Il n'y a qu'une chose que je ne comprends pas, dit finalement Pina à mi-voix. Pourquoi te disputer avec ton père à ce sujet? Tu ne peux pas le convaincre?

– Il y a longtemps que nous ne nous disputons plus. Il ne sait pas ce que je fais, je ne me soucie pas de ce qu'il fait.

Sedem sortit une blague à tabac et se roula un joint avec dextérité.

– Nous sommes capables de parler musique pendant des heures. Là, nous sommes d'accord.

*

* *

– Il n'est pas né, le commissaire qui prendra plaisir à plonger ses mains dans la merde! lança Alfieri lorsque Laurenti pénétra dans son laboratoire.

Le chef de la police scientifique avait l'air dégoûté.

– Regarde ce qu'on a pêché dans la fosse !

Devant lui, un paquet de la taille d'une brique. Même un débutant aurait compris, au premier coup d'œil, que la matière blanche qu'on apercevait à travers plusieurs couches de plastique transparent n'était pas de la lessive en poudre.

– La chose était enveloppée dans une toile noire, le tout dans plusieurs sacs de supermarché. Toutes les empreintes sont celles de Manfredi.

– Tu n'en as pas marre, de ce boulot ?

Laurenti était passé chez son collègue dès le matin pour obtenir des informations de première main.

– Du boulot, non. Mais il arrive que j'en aie par-dessus la tête. Des fois, l'odeur de merde ne te quitte plus.

– Il y en a combien ?

– Deux kilos. De première qualité. Sur le marché, ça vaut dans les deux cent mille.

– Il en faisait, de belles affaires, notre petit empailleur d'écureuils ! D'abord les petits oiseaux, ensuite le caviar, et maintenant la cocaïne.

– C'est vrai qu'il logeait comme un prince !

– On peut le dire. Mais qui trafique aujourd'hui pour quatre sous ? As-tu un indice sur la provenance de la poudre ?

Alfieri désigna une pile de sacs en plastique.

– Aucune idée. Deux sacs viennent d'un supermarché d'Izola d'Istria.

– Ces messieurs devaient se sentir en sécurité. Ils ont laissé d'autres empreintes ?

Alfieri fit non de la tête.

– Ils ont été prudents. Mais ne nous demande pas de procéder à une recherche ADN dans ce merdier.

Depuis quelque temps, on soupçonnait la petite ville d'Izola, sur la côte slovène, de servir de plaque tournante à des trafics de drogues de toutes sortes. De même que les Triestins passaient la frontière pour acheter des cigarettes ou faire le plein, on interceptait régulièrement, à leur retour, de petits consommateurs de marijuana ou de cocaïne. Les polices des deux pays travaillaient main dans la main, mais certains soupçonnaient des membres de la police slovène d'être impliqués dans le trafic. Juguler le petit commerce eût été une erreur. Il valait mieux observer dans l'ombre et remonter jusqu'aux commanditaires. Le port de pêche avait déjà fait parler de lui au Moyen Âge, quand il était sous domination vénitienne. Ses habitants avaient pointé sur leurs voisins de Pirano un canon fabriqué dans le tronc d'un figuier. Lors de la mise à feu, il y avait eu de nombreuses victimes dans leur propre camp, mais le dicton était resté : « Dommages ici, ravages là-bas ! » À cette époque, il y avait en ville plus d'ânes que d'humains.

Laurenti devrait informer sans délai ses collègues slovènes. Cela contribuerait peut-être à débloquer l'affaire.

– Et l'argent ? Où en êtes-vous ?

Laurenti composa sur son téléphone portable le numéro de l'inspectrice. Elle devrait réclamer des relevés de comptes à toutes les banques concernées, ce qui ne manquerait pas de déclencher un certain enthousiasme juste avant Noël. Mais Laurenti voulait tout savoir de ce Manfredi. Il laissa sonner jusqu'à ce qu'une voix lui réponde que le correspondant n'était pas joignable. Où Pina pouvait-elle bien être passée ?

– Dans une heure, on en saura plus, répondit Alfieri. Une chose après l'autre.

– Vous n'avez pas trouvé d'arme ?

– Tu es insatiable, répliqua Alfieri avec un long bâillement. Je suis au laboratoire depuis six heures du matin.

En fait, Alfieri voulait en finir au plus vite afin que samedi, juste après la cérémonie officielle, il puisse embarquer femme, skis et valises déjà prêtes pour la montagne.

– Prends un peu de poudre, si tu te sens faible, lui dit Laurenti en lui tapant sur l'épaule.

– L'inspectrice en a apporté une, hier.

– Apporté quoi ?

– Une arme à feu. Elle est actuellement au service balistique. Mais ça n'a sûrement rien à voir.

– Tiens-moi au courant. Le temps presse.

– Ne m'apporte plus de travail, Laurenti, je passe Noël à Cortina.

– Tu roules sur l'or ? Ne te gêne pas, prends la poudre avec toi ! Là-bas, tu n'auras aucun problème pour l'écouler. Tu pourras au moins te payer l'apéritif !

Le soleil de décembre découpait des ombres sur l'asphalte. Laurenti vira dans le Corso Italia. Le téléphone portable collé à l'oreille, il donnait des instructions à son assistante. Il jeta un coup d'œil dans le rétroviseur et aperçut la lumière d'un gyrophare. Il se gara sur la droite, pensant laisser la voie libre à une patrouille de carabiniers, mais, au lieu de poursuivre leur chemin, ceux-ci s'arrêtèrent juste devant lui. Deux hommes descendirent de voiture et se dirigèrent vers lui.

– Marietta, dit Laurenti, qui n'avait nullement l'intention de se laisser interrompre, je veux qu'on mette sous surveillance le terrain où Manfredi a planté sa caravane. Il est impossible qu'il ait financé deux kilos de cocaïne à lui tout seul. Quelqu'un va vouloir récupérer le colis. Que les collègues se dépêchent !

– Le type fait la une du journal d'aujourd'hui.

– Donc surveillance vidéo et tout le toutim. Dis-leur bien de se rendre invisibles. Sinon, ce n'est pas la peine. Au fait, tu vas devoir faire annuler une contravention de plus !

Un carabinier toquait déjà au carreau d'un doigt impatient. Laurenti éteignit son téléphone portable et baissa la vitre. L'homme ne lui était pas inconnu. C'était le Sicilien qui, depuis vingt ans, sévissait à Trieste et dans ses environs et affectait de ne pas le reconnaître. Il cadrait parfaitement avec la caricature de carabinier qui courait dans les histoires drôles et n'était jamais pris au sérieux par ses collègues de la police d'État. Ce qui le rendait impopulaire, c'était sa manie d'organiser, au moins une fois par semaine, un contrôle juste devant la questure. Il arrêtait systématiquement toutes les voitures qui empruntaient la Via del Teatro Romano et ne faisait aucune exception pour les collègues qui se rendaient à leur travail. Il se murmurait qu'il avait déjà été menacé d'un passage à tabac.

– Maresciallo Saltamerenda, l'apostropha Laurenti. Déjà déjeuné? Comme toujours au bon endroit au bon moment!

Sans attendre d'y être invité, Laurenti sortit sa carte de police, ses papiers et ceux de la voiture, qui portaient la marque du ministère de l'Intérieur.

– Mais dépêchez-vous, je suis en service!

– Vous savez pourquoi je vous ai arrêté? interrogea Saltamerenda en bombant le torse à en faire péter les boutons de sa veste et en feignant de découvrir ces documents comme s'il les voyait pour la première fois. Téléphoner en conduisant : cinq points de moins, cinq cent quatre-vingt-quatorze euros d'amende et jusqu'à trois mois de suspension de permis.

– Uniquement en cas de récidive. Et ça ne s'applique pas si l'on est en service. Dites-moi, Saltamerenda, nous nous connaissons depuis combien de temps? Et vous faites toujours semblant d'avoir une apparition.

– À chaque fois, c'est comme la première fois, commissaire, dit le carabinier d'un air incorruptible.

Trois de ses collègues avaient pourtant été arrêtés récemment : ils rançonnaient les chauffeurs routiers. Ou ceux-ci payaient, ou leur camion se retrouvait en pièces détachées.

– Bon, on s'active, je suis attendu!

Laurenti sortit son gyrophare, le colla sur le toit de son Alfa Romeo et fit brièvement hurler sa sirène. Le carabinier changea enfin d'expression et rendit, comme au ralenti, ses papiers au commissaire.

– Je serai tout de même obligé de faire un rapport! promit Saltamerenda, qui salua et recula d'un pas.

Lorsque Laurenti démarra, le second carabinier lui adressa un signe de connivence.

– Ils y sont déjà et ils font le guet, annonça triomphalement Marietta lorsque Laurenti entra dans son bureau.

– Où est Pina ? Elle ne répond pas !

– Elle est en congé maladie. Pourquoi répondrait-elle ?

– Elle aurait pu l'annoncer sur son répondeur. Quoi de neuf ?

– Des merdouilles ! Cette nuit, quelqu'un a cassé une main à la statue de la Madone de Gretta et l'a emportée. Quelques maisons plus loin, un plaisantin s'est permis une blague qui met en rogne les gens de droite. On a changé le nom de la Villa Prinz et on y a apposé une profession de foi. Elle s'appelle maintenant Villa Primc, comme avant le fascisme. Grosse émotion et interminable discussion historique en perspective. À part ça, le voleur surnommé « Face d'ange » a encore pillé un supermarché, Via Flavia. Il doit être affamé !

– Oui, affamé d'histoires de brigands ! renchérit Laurenti, qui composa derechef le numéro de Pina.

Cette fois, il eut plus de chance. Mais l'inspectrice paraissait bizarre. La voix pâteuse, elle n'arrivait pas à aligner une phrase. Il ne la reconnaissait pas. Il lui demanda si elle était souffrante, si elle avait besoin d'aide, mais elle répondit sèchement qu'elle serait disponible dans une demi-heure.

Laurenti s'enferma dans son bureau pour pouvoir téléphoner tranquillement, sans que Marietta l'écoute. À la dixième sonnerie, Živa Ravno, la procureure de Pula en Croatie, décrocha enfin. Laurenti commençait déjà à penser que son ancienne maîtresse ne répondrait pas si elle reconnaissait son numéro.

– Bonjour, Proteo, dit-elle gaiement. Que puis-je faire pour toi ?

– Je voulais entendre ta voix, Živa, tu sais combien tu me manques. Je suis heureux que tu sois de bonne humeur !

– Oui, répondit-elle en riant. J'ai ma promotion, on vient de me l'apprendre. Je suis mutée à Zagreb dans une unité de lutte contre le crime organisé. Il y a longtemps que je vise ce poste et voilà que ça arrive, juste avant Noël. Tu ne me félicites pas ?

– À Zagreb ? Quand ?

– Dès le début de janvier. Tu sais que ces choses-là se font toujours dans l'urgence.

– C'est loin !

Laurenti pensait avec nostalgie à ses rencontres secrètes avec cette belle femme, dans de petits hôtels de la côte istrienne, à mi-chemin de Pula, où ils étaient sûrs de ne pas être pris en flagrant délit.

– À deux heures et demie de Trieste, répliqua Živa en changeant de ton. Tu es le premier à apprendre la nouvelle, mais ce n'est pas pour ça que tu m'appelles. Qu'est-ce qui se passe ?

– Question professionnelle : connais-tu un groupe dénommé « Istria libera, Dalmazia nostra » ?

– *Istra nezauzet, Dalmacija je nasa*, traduisit Živa. Oui, depuis quelque temps, on peut voir affichés des tracts anonymes qui appellent à stopper la liquidation du pays. Tu as peut-être entendu dire qu'une poignée d'investisseurs achètent d'immenses terrains le long de la côte, qui peu après sont transformés en terrains de construction et valent x-fois plus. Ce sont toujours les mêmes qui tirent les ficelles. Leurs comparses en politique finissent par devenir fondés de pouvoir ou chefs de projets de développement territorial et gagnent des fortunes en peu de temps. Nous avons reçu quelques plaintes à ce sujet, mais nous n'avançons pas dans nos investigations. Ou on se heurte à un mur de silence, ou l'ordre de ne pas toucher à une affaire qui provoquerait trop de remous politiques arrive d'en haut. Le problème, c'est que personne ne veut vider son sac. Un jour, un des dirigeants de la filiale d'une banque autrichienne a été sur le point de le faire ; il a malheureusement été tué dans un accident de voiture.

– Quel hasard ! reprit Laurenti. Quel est le rapport avec le groupe « Istria libera » ?

– Nous enquêtons aussi sur eux. Ils affichent leurs tracts, réalisés avec un simple ordinateur, dans des lieux publics. Ils sont conçus comme des avis de recherche du Far West. En gros la photo d'une personne nommément accusée de corruption – toujours en liaison avec des transactions immobilières décrites de façon très précise. Au-dessous, on peut lire : « Plutôt mort que vif ! » et : « Défendez-vous, l'État vous abandonne. » C'est tout. Cela ressemble davantage à des enfantillages d'individus égarés et frustrés qu'à un véritable complot. Si tu veux, je te faxerai l'un de ces tracts. Pourquoi me demandes-tu tout ça ?

– Connais-tu un certain Marzio Manfredi ?

Živa n'avait jamais entendu parler de lui. Son ordinateur l'ignorait également. Laurenti promit de lui envoyer les photos du mort.

– Une chose est claire, conclut Živa, ça n'a rien à voir avec les néofascistes. À mon avis, il s'agit d'un tout petit groupe qui espère ainsi attirer l'attention.

« Joyeux Noël ! »

Que cela lui soit arrivé, à elle ! Elle ne se le pardonnait pas. À quatre heures et demie, Sedem avait tiré le chauffeur du lit pour qu'il la reconduise à Trieste avec la Maserati. Pendant le trajet, qui avait duré une demi-heure, elle avait pu se contenir, mais une fois chez elle, elle avait eu tout juste le temps de courir aux toilettes pour rendre le contenu de son estomac. Et chaque fois qu'elle tentait de se remettre debout, elle était prise de nouveaux spasmes. Elle réussit enfin, en titubant, à rejoindre son lit, la bouche pâteuse, et sombra dans un profond sommeil, dont elle ne s'éveilla que lorsqu'un vif rayon de soleil lui caressa le visage.

Bons de souscription, obligations, couvertures de défaillance, ordres stop-loss, fonds spéculatifs, options knock-out, actions sous-jacentes, arbitrage, marché au comptant : tout ce jargon du monde de la finance, avec lequel Sedem jonglait en lui expliquant qu'il n'y avait rien de plus simple, lui faisait encore tourner la tête. Il avait même prétendu que trois cents ans auparavant des négociants hollandais, en prenant des options sur les bulbes de tulipe, avaient créé une bulle spéculative telle que leur valeur avait atteint des sommets astronomiques, dépassant même celle de l'or et des pierres précieuses. Leur revente massive avait immédiatement provoqué une crise économique. Sinon, elle ne se souvenait de presque rien. Sedem n'avait cessé de parler. Elle ne savait même plus comment elle était rentrée.

Trois tasses de café et deux Alka-Seltzer plus tard, elle était encore assise à la table de sa cuisine et n'osait même pas hocher la tête de perplexité. Jamais de sa vie Pina Cardareto n'avait autant bu, jamais de sa vie elle ne s'était sentie aussi mal. Comment cela avait-il pu arriver ? Deux personnes incapables de marcher s'étaient jetées l'une sur l'autre comme des loups affamés. Sur le canapé devant la cheminée. Était-ce bien elle qui avait fait le premier pas en caressant les cheveux de Sedem, puis ses jambes inertes, pour finir par l'embrasser ? Qu'était-il arrivé ensuite ? Combien d'alcool avait-elle ingurgité pour qu'elle ait l'impression d'avoir un marteau-piqueur dans la tête ? Et pourquoi – elle n'en revenait pas – avait-elle accepté le joint que Sedem lui avait roulé en riant sous cape alors qu'elle était farouchement contre ? Il s'était moqué d'elle, affirmant qu'elle ne pouvait émettre un avis compétent, si elle n'y avait jamais goûté.

Après avoir pris une douche chaude, Pina chercha son téléphone portable. Elle pensait à Sedem, espérant qu'il n'avait pas pris l'affaire au sérieux. Elle voulait à tout prix éviter d'avoir à lui expliquer qu'elle n'avait pas l'intention d'entamer une liaison. Ils étaient quittes, elle l'avait suffisamment remercié de l'avoir sauvée. Le mieux était d'en rester là. Mais, en regardant son téléphone portable, elle constata qu'il avait déjà cherché à la joindre deux fois dans la matinée. Laurenti aussi. Mince ! Cela faisait déjà trois heures que son chef l'avait appelée. Lorsqu'elle réussit à le joindre, elle fut incapable d'articuler une phrase compréhensible de sa voix éraillée. Elle se sentit mal à nouveau, courut aux toilettes et, après avoir rendu tout le café qu'elle venait d'absorber, elle s'habilla et se mit en route pour le bureau.

– Aïe, aïe, aïe ! s'écria Marietta en apercevant Pina.

Elle lui souffla la fumée de sa cigarette au visage.

– Il y a un malentendu, ou bien tu as la grippe ?

– Quel malentendu ?

– Moi qui pensais que le sexe, ce n'était pas ton truc… Aujourd'hui, tu as la tête de quelqu'un qui vient d'essuyer un vent de force 12 dans les bras d'un robuste matelot. Et tu pues comme si tu avais pris un bain dans un tonneau de rhum.

– Rien n'échappe à l'œil d'une femme expérimentée, répliqua sèchement Pina.

Mais elle ne se sentait pas suffisamment en forme pour se battre avec Marietta. En temps normal, la rencontre aurait déjà fait des étincelles.

– Où est le chef ?

Marietta pointa du doigt la porte de son bureau.

– Il se fait du souci pour toi !

Pina allait se saisir de la poignée quand son téléphone portable sonna. Elle l'extirpa de la poche de sa veste et lut le numéro affiché : Sedem. Elle fit la grimace et rangea l'appareil sans répondre.

Au mur, dans le bureau de Laurenti, les clichés du mort pris par les collègues ; d'innombrables photos de chiens, comme celles que Pina avait trouvées dans l'atelier de Manfredi ; les vues intérieures et extérieures d'une caravane délabrée ; un paquet de drogue ; une liasse de billets ; un tract intitulé « Istria libera » ; et, tout en bas, une série de portraits qui, malgré son état, fit sursauter Pina.

– Vous avez trouvé ça où ? interrogea-t-elle sans saluer Laurenti.

– Au moins, vous n'êtes pas malade ! répliqua Laurenti en faisant un pas en arrière. Mais vous avez une haleine ! Même la bora soufflant à cent quatre-vingts à l'heure ne pourrait rien faire. Vous n'avez pas dormi, la nuit dernière ?

– Lui, là !

Pina montrait du doigt les photos que Laurenti avait trouvées dans la caravane de Manfredi.

– Elles viennent d'où ?

– Vous connaissez cet homme ?

Le commissaire lui résuma la situation et lui tendit un bout de papier indiquant une date et une heure.

119

– «22 décembre, quinze heures trente», lut Pina à haute voix. C'est Duke!

– Qui est Duke? demanda Laurenti.

– J'ai essayé de vous joindre plusieurs fois, hier après-midi. Sans succès, dit Pina sur le ton du reproche.

– Exactement comme moi ce matin! Allons, qu'est-ce qui se passe? Qui est Duke? Pina, réveillez-vous!

– Je n'ai jamais été aussi bien réveillée, commissaire!

La porte du bureau s'ouvrit discrètement. Marietta entra, s'assit et écouta sans mot dire.

– L'arme que j'ai trouvée est un Glock 31 *long range*, poursuivit Pina. Extrême rapidité et grande précision, même à distance moyenne. Quinze balles dans le chargeur. Ce qui me chagrine, c'est qu'il est doté d'un module laser à infrarouge qui permet d'éclairer la cible sans se faire repérer. L'arme est légère et facile à manipuler.

– Donc plutôt pour des non-professionnels?

Ils rassemblèrent les informations qu'ils possédaient maintenant – qui, la veille au soir, leur paraissaient encore si minces. Marietta prit des notes et résuma ce que chacun avait à faire. Puis elle décrocha le téléphone de Laurenti et demanda la communication avec le bureau du procureur.

*

* *

Duke! Elle ne connaissait même pas son vrai prénom! Tout ce qu'elle avait, c'était le numéro d'immatriculation de la Maserati qui était venue la chercher la veille et l'avait conduite à Jakovce. Les collègues de San Marino lui apprirent que le véhicule appartenait à une société financière qui avait là son siège: la «Ceres Libertas». Il ne restait plus qu'à téléphoner au poste de police de Sežana, la ville voisine. Les agents qui avaient recueilli sa plainte le dimanche précédent sauraient de quoi il retournait. On la renvoya de bureau en bureau avant qu'elle tombe sur le bon.

– Goran Newman, le nom de famille est anglais, précisa le collègue slovène, qui l'épela soigneusement, de peur que l'inspectrice n'ait pas compris.

C'est la façon d'expliciter les lettres de l'alphabet qui marque le plus clairement les différences entre les pays d'Europe. Là où les uns se servent de prénoms commençant par la lettre concernée, d'autres utilisent des noms de ville ou de pays, ou encore des mois de l'année.

– Né le 1er juillet 1947 à Trieste. Mère : Sonjamaria Škapin, née en 1912. Père inconnu. Le fils s'appelle Sebastian Newman, citoyen américain. Le numéro de téléphone est le…

– Excusez-moi, cher collègue, dit Pina de son ton le plus aimable. Juste quelques petites questions, si vous me permettez. Ce M. Newman est-il accusé de quoi que ce soit ? Est-ce qu'il figure dans vos fichiers ? Ou puis-je le rencontrer sans appréhension ?

– Signor Duke est un homme d'affaires qui a des relations dans le monde entier. Il n'est pas ce qu'on appelle un homme pauvre. Aucune accusation ne pèse sur lui. Tout ce que vous voulez savoir sur lui, vous le trouverez dans la presse. Ne vous faites aucun souci, vous pouvez lui faire confiance. Au fait, comment va votre pied ?

Pour la forme, Pina demanda s'ils en savaient plus sur le chien à qui elle devait sa mésaventure, mais personne, lui répondit-on, ne l'avait revu. À peine eut-elle raccroché qu'elle lança une recherche sur Internet en tapant le nom de Duke. À son grand étonnement et contre toute attente, elle n'obtint que cinquante-trois occurrences, la plupart en slovène ou en croate. Puis elle tomba sur un blog en italien, dans lequel Duke était soupçonné de tirer les ficelles d'une gigantesque spéculation immobilière en Istrie et en Dalmatie. Il était question de sommes vertigineuses liées à de sombres manipulations évaluées, à l'époque, à cinq cents milliards de lires. Mais l'affaire n'était pas récente. Finalement, Pina trouva le nom de Goran Newman dans un article d'un quotidien autrichien relatant un procès ayant eu lieu à Vienne à l'encontre d'un ancien secrétaire d'État croate nommé Boris Mervec. Sa connaissance des langues slaves ne lui permettait pas d'aller plus loin. Pina imprima les documents. Il fallait qu'elle trouve quelqu'un qui en sache plus qu'elle.

Elle appela ensuite le service du protocole du gouvernement. Au quatrième correspondant, elle put enfin poser sa question : Goran Newman figurait-il sur la liste des invités à la cérémonie officielle avec les hommes d'État et, si oui, avait-il confirmé sa participation ? Au début, elle n'eut droit qu'à une réponse évasive, mais elle fit valoir que, dans ce cas, son chef appellerait directement le président, dont il était l'ami, ce qui eut pour effet d'accélérer les choses. La confirmation de Duke était parvenue au service du protocole slovène dès le lundi, par fax, et on lui avait réservé une place au premier rang des représentants du monde économique, juste derrière les politiques.

Enfin, elle prit son courage à deux mains et composa le numéro de téléphone de Sedem. Elle avait promis à Laurenti d'obtenir un rendez-vous avec Duke, tandis que Marietta s'occuperait des comptes bancaires de Marzio Manfredi.

Sedem répondit si rapidement que Pina en conclut qu'il n'attendait que son appel. Sa voix était claire. Il lui demanda, avec une exquise courtoisie, si elle avait bien dormi, puis se moqua gentiment du tatouage qu'elle portait au bras et voulut savoir quand ils se reverraient. Tandis qu'il devisait gaiement, elle se maudit. Comment avait-elle pu se laisser entraîner dans cette aventure ? Il fallait qu'elle se procure, sans délai, un test de grossesse et une pilule du lendemain. Qu'est-ce qui lui avait pris de se laisser séduire par un infirme ? Tout simplement par un homme ! Le premier depuis six ans. Depuis cette histoire à San Giminiano où un Anglais qui y passait ses vacances avait prétendument prolongé celles-ci pour ses beaux yeux à elle, avant de disparaître du jour au lendemain sous un prétexte fallacieux. Lorsque Pina, lasse d'attendre, avait entrepris des recherches à son sujet, quelques semaines plus tard, elle avait découvert qu'il ne s'agissait pas de l'héritier d'une célèbre famille d'aristocrates, mais d'un homme marié avec trois enfants, comptable chez Rank Xerox à Uxbridge Middlesex, qui avait détourné de l'argent et, dans l'intervalle, avait été incarcéré en Angleterre après avoir été arrêté en France et immédiatement extradé.

– Deux personnes qui ne peuvent pas marcher, chantonnait Sedem. N'est-ce pas merveilleux ?

– J'ai quelque chose à te dire, l'interrompit Pina d'une voix grave qui mit aussitôt fin aux épanchements de Sedem.

– Il faut que je parle à ton père ! Est-ce qu'il est là ?

Sedem éclata de rire.

– Qu'est-ce que tu lui veux ? Lui demander ma main ? N'est-ce pas un peu prématuré ? Tu me connais à peine !

– Je suis sérieuse. Où est-il ? Comment le joindre ?

– Qu'est-ce qui se passe, Pina ? Il rentre cet après-midi de Londres. Qu'est-ce que tu lui veux ?

– À quelle heure revient-il ? Il faut que je lui parle le plus vite possible. Personnellement et professionnellement.

– Il arrive à seize heures, je crois. Faut-il aller te chercher ?

– Non, mon chef m'accompagne. Il n'y en aura pas pour longtemps. Préviens-le. Je t'en dirai plus, mais pas maintenant.

Sedem était déstabilisé, c'était ce qu'elle voulait. Elle avait au moins réussi à ne pas se laisser entraîner sur le terrain des roucoulades romantiques. D'un autre côté, cela lui faisait de la peine de le laisser dans une telle incertitude. Le jeune homme ne méritait pas ça. C'était à elle seule qu'elle en voulait, même si elle aurait sans doute du mal à l'en persuader.

Elle sortit ses copies de l'imprimante et s'approcha en boitant de Laurenti, qui semblait lui aussi engagé dans une conversation délicate. Mais il lui fit signe de s'asseoir et d'attendre.

– Très bien, Biason, vous savez tout. Je vous le confirmerai par écrit. Pour ma part, j'ai fait ce que j'avais à faire. Maintenant, ça dépend de vous. C'est manifestement une menace d'attentat, vous m'avez bien compris ? Vous aurez tout par courrier électronique. Oui. Les photos, le papier avec la date. Tout. Mais, de grâce, prévenez vos collègues slovènes ! La balle est dans leur camp. Oui, naturellement, Biason, je sais que vous savez ce que vous avez à faire. Mais l'affaire sent très, très mauvais. Il faut la prendre au sérieux. On se rappelle.

Furieux, Laurenti reposa violemment l'appareil sur son support et regarda Pina.

– Ces Romains ! Selon une tradition séculaire, il y aurait toujours eu des menaces proférées avant ce genre de cérémonies officielles. Le grand chef est d'avis que c'est normal ! La routine ! D'accord pour faire en sorte que rien n'arrive. Mais ce qui se passe avant et après, j'ai l'impression qu'il s'en contrefout. Ce n'est pas son problème et Monsieur pourra se reposer pendant que nous nous cassons le cul !

Pina connaissait bien cette attitude. Combien d'individus comptaient sur autrui pour se décharger de leur travail ! De même, Laurenti et elle auraient pu se contenter de prévenir les autorités au-delà de la frontière. Mais comment être sûr que l'information tombe en bonnes mains ? En outre, les choses allaient changer radicalement. Avec l'extension de l'espace Schengen, les organes de sécurité auraient le droit, en cas de poursuite nécessaire, de pénétrer jusqu'à trente kilomètres à l'intérieur du pays voisin. Il valait donc mieux entretenir de bons contacts avec les collègues.

– Vous avez pu joindre Duke ? demanda Laurenti.

– Il sera chez lui vers seize heures. Je connais le chemin. Voyez ce que j'ai pu trouver sur Internet. En fait, je pensais qu'il y aurait plus de choses sur un homme aussi important. Il nous faut quelqu'un qui traduise les articles en allemand et en slovène et qui creuse un peu plus, sur le web, au sujet de ces entreprises.

– Pour l'allemand, ma fille aînée peut s'en charger. Pour le slovène, nous avons un spécialiste maison. Demandez à Marietta.

Il consulta sa montre.

– Les collègues ont retrouvé la voiture de Manfredi, dit Marietta, qui fit sursauter Laurenti en lançant la note sur son bureau. Via della Geppa, en face de l'hôtel Columbia. Une vieille Fiat Panda avec quatre roues motrices. Elle est déjà en route pour le dépôt.

Pina intercepta l'avion de papier avant que Laurenti ait pu y jeter un coup d'œil.

– Je m'en occupe.

Il était grand temps pour elle de bouger. Elle avait besoin également de manger quelque chose pour remettre d'aplomb son estomac vide.

Marietta ouvrit de grands yeux.

– Je crois aussi qu'un peu d'air frais te fera du bien! On dirait un yaourt 0 %.

Puis, se tournant vers Laurenti:

– Au fait, les premiers relevés de compte bancaire sont arrivés. Bizarre! Avant Noël, ils travaillent plus vite que d'habitude. Mais il ne s'agit que d'un seul compte. Il est désespérément dans le rouge. Avec son seul salaire, Manfredi ne s'en serait jamais sorti, puisqu'il est saisi intégralement depuis un an. Ça m'étonnerait qu'il ait des comptes ailleurs, sinon à l'étranger. Ses contraventions ne nous avancent pas plus. Se garer en stationnement interdit, ça arrive à tout le monde; dans son cas, c'était toujours à proximité de son lieu de travail. Il ne les a jamais payées. Tout comme l'amende pour conduite sans ceinture de sécurité, qui lui a coûté cinq points de permis. Pas de vignette depuis trois ans: si on l'avait contrôlée, la voiture aurait été immédiatement confisquée. Mais ça n'aurait pas été une grosse perte.

*

* *

Laurenti se mit en route pour assister à la réunion suivante, organisée par le préfet. Ce serait la dernière consacrée à la coordination de la sécurité pour la cérémonie officielle. À défaut de gyrophare, le plus rapide était de marcher jusqu'au ghetto en passant devant les boutiques d'antiquités, puis de traverser la Piazza dell'Unita d'Italia pour rejoindre le Palazzo del Governo. Živa lui avait confirmé que le nom de Goran Newman avait été cité, en compagnie de trois comparses à la réputation douteuse, lors d'un scandale immobilier en Dalmatie, mais que l'affaire avait été rapidement enterrée sur ordre venu d'en haut. Par la suite, l'homme n'avait plus jamais fait parler de lui et la firme AdriaPro, qui appartenait à Schladerer, Mervec et Lebeni, n'affichait pas des résultats sensationnels. Elle avait été supplantée par AdriaFuture, qui opérait depuis Londres. C'est celle-ci, pour l'essentiel, qu'attaquaient les tracts d'«Istria libera, Dalmazia nostra».

Bien qu'on ne soit que le matin du 21 décembre, peu avant onze heures, les bars et les boutiques dégoulinaient déjà de la rituelle guimauve de Noël, de «Jingle Bells» à «White Christmas» en passant par «Douce nuit». Comment pouvait-on supporter cela toute la journée? Il en était de même, assurément, dans le monde entier, à Pyongyang comme à Téhéran ou à Kaboul. Tous les trois mètres, des gens se lançaient un «Joyeux Noël», qu'ils répéteraient des milliers de fois en quelques jours, du premier café du matin au dernier *drink* de la nuit. La grande Piazza, ouverte sur la mer, qui servait de salon à Trieste était défigurée. Les édiles avaient fait planter deux rangées de dix grands sapins dans de gigantesques barriques décorées d'un «Joyeuses fêtes» écrit en dix langues. Ô joie! N'était-il pas un endroit où l'on pouvait échapper à l'hystérie collective?

Avant de paraître devant son supérieur, Proteo Laurenti s'octroya un expresso au Bar Unità et trouva enfin le loisir de récapituler le ratage de la veille. Seule une longue conversation avec sa fille, bien qu'il soit encore mort de fatigue à cause du voyage, pourrait dissiper le malentendu. Pourtant, il n'avait pas tous les torts. Patrizia au quatrième mois? Proteo Laurenti était resté sans voix quand on lui avait servi la nouvelle en guise de dessert.

– Enceinte? avait-il demandé, la gorge sèche.

Il ne se trompait pas : les regards de sa mère, de sa femme et de sa fille pesaient sur lui comme s'il passait un examen. Il s'était passé la langue sur les lèvres pour évacuer un dernier morceau de *zuppa inglese*.

– Un enfant?

Les trois femmes avaient éclaté d'un rire sonore.

– Quoi d'autre?

– N'est-ce pas un peu tôt?

Il ne savait pas s'il devait se réjouir. Trois mois auparavant, ses études d'archéologie terminées, sa fille préférée avait obtenu un poste d'assistante à l'université de Naples. Non sans les bonnes relations politiques du frère aîné de Laurenti, Ignazio, par ailleurs sources de bisbilles à chacune des retrouvailles familiales. Proteo se trouvait politiquement isolé parmi ses frères et sœurs, il s'inquiétait de cet esprit revanchard qui fleurissait dans le pays.

– Je voulais dire... avait-il balbutié, les joues empourprées. Tu en es certaine? Tu n'as que...

– Vingt-trois ans, papa!

Le visage de Patrizia avait conservé la douceur de la Madone de Botticelli, bien qu'elle eût espéré de son père une autre réaction. Elle était la seule de la famille à ne s'être jamais disputée avec lui.

– Tu n'es pas heureux?

– Heureux? avait répété Proteo, qui ne s'était pas encore remis de ses émotions. De quoi?

Il avait alors demandé, en rafale, en comptant les questions sur ses doigts :

– Mais comment ça s'est passé? Quand ça s'est passé? Pourquoi ça s'est passé? Qui est le père? Tout de même pas ce coiffeur qui n'est pas capable de faire une permanente? À quel mois tu es? Tu as un bon médecin? Un vrai, qui ne commet pas d'erreur? Surtout lors du diagnostic! Est-ce une fille ou un garçon? Et pourquoi je n'apprends ça que maintenant?

Laurenti avait repris bruyamment son souffle. Patrizia l'avait regardé, les yeux mouillés de larmes. Grand-mère s'était levée et avait débarrassé la table en silence.

– Il t'a fait le même cinéma, maman ?

Marco semblait bien être le seul à s'amuser de la jalousie de son père.

– Au contraire ! Il était fou de joie, surtout quand toi, tu es venu. Un garçon !

Laura avait hoché la tête.

– Proteo, ceci n'est pas un tribunal. Ta fille attend un enfant et tu seras grand-père. De quoi se réjouir, me semble-t-il. Tu te comportes comme un mari cocu.

– Moi, grand-père ! Fallait que ça arrive ! Et pourquoi faut-il que je sois toujours le dernier à apprendre ce genre de nouvelles ?

– Moi non plus, avait protesté Marco, je ne le savais pas ! Mais qu'est-ce que c'est que cette famille ?

– Tais-toi ! Toi, le tonton, tu ferais bien de te dépêcher d'apprendre à concocter une bouillie pour bébé, avait ajouté Laura avec un petit sourire.

– Moi, tonton ? Houla, pour la bouillie, c'est pas gagné ! Mais, pour l'amour de ma sœur, le petit pourra toujours faire son apprentissage dans mon propre restaurant. Je sais déjà où et quand, avait renchéri Marco avec fierté.

– Quel restaurant ? Finis d'abord ton propre apprentissage ! Patrizia avait regardé son frère d'un œil sceptique. Elle s'était levée.

– Tu verras bien, avait enchaîné Marco. Une bouche de plus à nourrir en ce bas monde ! Vu le prix des denrées alimentaires ! Il faut lui apprendre, dès le début, à se nourrir d'insectes. Ce n'est qu'une question d'habitude. Ils sont riches en protéines et d'un goût délicat.

– Marco, n'exagère pas ! s'était exclamé Laurenti. Pourquoi envisager le pire pour ce garçon ?

– Mais qui vous dit que ce sera un garçon ? avait lancé Patrizia en claquant la porte derrière elle.

Proteo et Marco s'étaient regardés, abasourdis. Laura n'attendait que ce moment où ils se tairaient enfin. Grand-mère Immacolata avait suivi Patrizia pour la consoler.

– Quoi, sinon un garçon ? avait demandé imprudemment Marco.

– Voilà ! Aussi idiots l'un que l'autre ! Vous êtes arrivés à ce que vous vouliez !

Laura avait frappé son verre sur la table.

– Patrizia en est au quatrième mois. Le père n'est pas Santo, mais Gigi. Ça fait six mois qu'elle a rompu avec le coiffeur. Et son médecin n'est pas un imbécile. Ta fille attend un enfant et, si je compte bien, il viendra au monde en mai. Un Gémeaux !

– Quoi ? s'était écrié Marco. Des jumeaux ? Papa, te voilà doublement grand-père !

– Non, Gémeaux, le signe du zodiaque ! Comme moi.

Le sourire en coin de sa mère avait imposé le silence à Marco.

– Un garçon ou une fille, nous ne savons pas. Et nous ne voulons pas savoir, compris ?

Proteo avait froncé les sourcils.

– Qui ça, nous ? Quand pourrai-je avoir des réponses à mes questions ?

Laurenti écumait, sa colère s'était retournée contre sa femme.

– Prends les choses comme elles viennent, avait répondu Laura sans s'énerver. Tu t'y feras !

– Voilà ce que c'est de s'occuper des fresques érotiques de Pompéi !

Marco avait mis machinalement la main dans sa poche pour en tirer de la marijuana, mais il s'était ravisé.

– Il faut que je parte. Le train de Livia arrive bientôt. Je suis curieux de voir comment elle va réagir.

– Au quatrième mois ! avait repris Laurenti, une fois seul avec Laura. Au fait, qui est ce Gigi ?

– À ta place, j'irais immédiatement m'excuser auprès de Patrizia. Qu'est-ce qui t'a pris ? Pose-lui la question, si tu veux savoir !

Patrizia avait boudé un certain temps. Proteo avait dû s'excuser mille fois et lui jurer qu'il était vraiment heureux de devenir grand-père. Il lui avait même assuré qu'il n'avait pas de vœu plus cher au monde que de voir enfin sa fille adorée mettre au monde son premier petit-enfant. Patrizia l'avait alors accusé de mentir, puis elle avait éclaté de rire et embrassé son père, qui avait affirmé qu'il était soulagé que ce ne soit pas arrivé à son petit frère qui, au restaurant, séduisait une apprentie cuisinière après l'autre.

Proteo Laurenti avait finalement appris que les choses s'étaient produites pendant les vacances d'été, sur la plage en contrebas, le matin à quatre heures et demie, à l'heure où le soleil se lève sur le karst et dore la mer de ses premières lueurs safran. C'était le grand amour ! Vraiment ! Patrizia avait rencontré Gigi peu de temps auparavant. Un Triestin âgé de sept ans de plus qu'elle, premier officier sur un porte-conteneurs appartenant à la Lloyd de Trieste. Gigi assurait la ligne Valencia-Vancouver, quatre mois en mer, deux mois de liberté, avant de repartir.

– Un marin ? avait dit Proteo, sceptique.

Ce n'était pas ainsi qu'il avait imaginé son futur gendre.

– Dans deux ans, il sera capitaine. Ne te fais pas de souci !

– Et qui s'occupera de l'enfant ?

– Je suis sûre que tu ne voudras plus le lâcher !

Patrizia s'était blottie dans les bras de son père.

– Mais s'il est constamment absent, ce Gigi, comment feras-tu, toute seule, à Naples ?

– Je reviens à Trieste, papa ! avait annoncé Patrizia, rayonnante.

– Encore une nouveauté ! avait grogné Laurenti.

Un marin, un enfant et Patrizia de retour à Trieste. Ce n'était pas comme cela que Laurenti avait envisagé l'avenir de sa fille. Il ne voulait pas qu'elle abandonne son métier, comme tant d'autres qui le regrettaient par la suite. Et puis elle aurait pu se trouver un autre homme, pas quelqu'un devant porter l'uniforme dans les manifestations officielles. Mais la confiance de Patrizia avait fini par le convaincre. Ils discutaient encore lorsque Marco et Livia avaient fait leur apparition. Ils avaient dû boire plus d'un verre sur le chemin, entre la gare et la maison. Ils sentaient la fumée – pas la fumée de cigarette. Mais Proteo ne tenait pas à lancer une seconde querelle.

En route pour l'enfer

Le trajet est interminable. Sur douze heures de route, trois arrêts seulement pour me dégourdir un peu. Six jours que nous sommes ici, dans cette villa avec des gens inconnus qui sentait le renfermé quand nous sommes arrivés. Le seul chauffage, c'est un feu de bois dans la cheminée. La propriété, entourée d'un vaste terrain, est située sur un plateau d'où on aperçoit la mer au loin. J'ai un goût salé sur la langue. Un grand mur de pierres grises nous isole des regards depuis la route. De l'autre côté, le terrain est légèrement en pente. Des pierres calcaires délavées par la pluie émergent de la terre rouge ; plus bas, des ceps dénudés ; des squelettes de fil de fer se découpent sur l'horizon, soldats vaincus dans leur guerre contre la nature, comme dans les cimetières militaires de la Première Guerre mondiale, nombreux dans la région.

Il fait beaucoup plus chaud qu'à la maison, bien qu'ici aussi ce soit l'hiver. Quand le soleil de décembre perce la couche de nuages, la végétation semble prendre feu. Des feuilles d'un rouge éclatant pendent encore aux buissons. Seule l'eau de la piscine est froide, mais si je nage vigoureusement pendant mes deux heures d'entraînement, ça ne me fait rien. Quand ils me sortent de l'eau, je suis tellement épuisé qu'ils me massent plus longtemps que d'habitude et que la course à côté du vélo est retardée d'une demi-heure. Bien sûr, le programme de la journée est blindé.

La viande crue a un goût différent, peut-être à cause des nouveaux médicaments que je prends depuis que nous sommes ici. Ils me les fourrent dans la gueule et me la tiennent fermée jusqu'à ce que j'avale tout. On me fait aussi deux piqûres dans le côté, l'une le matin, l'autre après la pause de midi. Karol, mon entraîneur depuis six mois, s'énerve quand il s'aperçoit que les médicaments commandés ne sont pas arrivés en même temps que nous. Domenico, celui qui est venu me chercher à la ferme où j'ai grandi, le prend à partie. Le chef va les démolir tous les deux, s'ils ne trouvent pas les produits dopants et si cela me fait perdre ! Karol téléphone longuement à différentes personnes. Quand il revient, il est manifestement soulagé. Un certain Dean va les dépanner, puisque Marzio est introuvable. Disparu sans laisser de traces, ce n'est pas son habitude. Il le connaît depuis longtemps, il n'a pas intérêt à reparaître devant lui, sinon il va voir de quel bois il se chauffe. Le problème, pour rencontrer Dean, c'est qu'il faut aller chez lui car ce dernier ne peut pas passer la frontière. Il est recherché en Italie.

Le jour suivant, ils m'enferment dans le coffre de la voiture, à peine vingt minutes. Nous nous tenons alors devant une ferme qui domine une vallée couverte de prairies. Au nord, une chaîne de montagnes nues. Seules les cimes sont enneigées. Karol frappe plusieurs fois à la porte, personne ne nous ouvre. Il prend alors une canne télescopique dans le coffre et y attache une peau de chat. Il veut rattraper le temps perdu et m'entraîner au flirt pole. Je cours derrière la peau de chat pendant une bonne demi-heure, rapide et souple. Karol dit sans arrêt à Domenico que je suis le meilleur combattant qu'il ait vu de sa carrière. Ni à Kiel, ni à Schleswig, ni à Rostock, ni à Fürstenwalde, on ne lui a jamais confié un spécimen comme moi, pas même autrefois à Świebodzin, entre Poznań et Berlin, où il a connu un chien fantastique qu'on avait fait venir dans la région de Hambourg parce qu'à l'époque il était déjà un des meilleurs entraîneurs.

Je peux enfin planter mes crocs dans la peau de chat, je la secoue comme si c'était un adversaire vivant, Karol m'ordonne d'arrêter et de m'asseoir. Il m'ouvre la gueule avec un bâton, je ne veux pas lâcher ma proie. Alors il tend le doigt, au loin, vers la petite route. Je comprends tout de suite ce qu'il veut dire, je le regarde, prêt à foncer. Lorsque Domenico a lui aussi repéré la cible, Karol me libère. Domenico applaudit frénétiquement.

Je suis fort, je suis rapide, je connais toutes les astuces qui permettent de survivre. Je suis un lutteur et un chasseur. La distance qui me sépare de la cycliste fond à vue d'œil.

*

* *

Dean est un homme peu sympathique, la cinquantaine, le crâne rasé, imposant malgré sa bedaine qui tend le pull-over. Il m'examine en tournant autour de moi, il dit à Karol qu'il peut vérifier immédiatement l'efficacité du produit. Il a un taureau que personne n'ose approcher. Ils n'ont qu'à m'enfermer avec la bête. Il aura vite fait de voir ce que je vaux. Il y a aussi un ours brun dans la région. Domenico a peur que je sois blessé. Dean parle alors de détacher son chien de garde et Karol verra ainsi ce qu'il veut voir. La mise, c'est les médicaments ou leur valeur en euros. Dean refuse d'un geste brusque et nous fait entrer pour conclure l'affaire.

Dans la cuisine, il transvase une bouteille de vin dans une carafe, puis remplit les verres. Les trois hommes trinquent. Dean sort d'un sac de sport une flopée de boîtes étiquetées et les empile devant lui.

– Pour les chocs, j'ai du Solu-Delta-Cortef et de la dexamétazone. Contre la douleur, de la lidocaïne. Contre l'hémorragie, de la vitamine K injectable. Il vous faut de toute façon de l'ampicilline ou de la pénicilline. De l'épinéphrine, c'est-à-dire de l'adrénaline injectable pour le cœur. Naturellement du Speed, liquide ou en injections. De la vitamine B15 qui augmente l'oxygène du sang de vingt-cinq pour cent : produit de première qualité. En provenance directe des États-Unis. Autre chose ? En peroxyde d'hydrogène ou équivalent, vous avez ce qu'il faut. En cocaïne aussi, je suppose.

La négociation est brève. Domenico pose un paquet de billets sur la table et compte la somme convenue sous l'œil brillant de Dean. Puis il emballe les boîtes.

– Où as-tu appris le job ? demande Domenico.

– En Italie, aux États-Unis, en Slovénie, en Allemagne, un peu partout.

– C'est pour ça que tu es recherché en Italie ?

– La convention, c'est pour quand ? reprend Dean, sans répondre à la question.

Il nous raccompagne à la voiture.

– Quelle convention ? réplique Domenico en haussant les épaules.

Il a l'habitude de ne livrer aucune information s'il n'est pas absolument sûr du partenaire.

À notre retour, j'ai droit à une piqûre et l'entraînement reprend comme tous les jours. Dans la piscine, je m'essouffle plus vite que d'habitude. Karol m'examine. Là où la cycliste m'a atteint, j'ai la gueule enflée. Il pousse un juron et sort une des boîtes de médicaments.

– Qu'est-ce qui se passe ? demande Domenico, qui surgit devant nous.

– Un coup de bâton ou un coup de pied, dit Karol. C'est enflé, mais il n'y a pas de dégâts. Dans cinq jours, tout aura disparu. Je vais lui donner une dose de cortisone, il sera prêt pour la convention.

Embrassez-vous
les uns les autres

Vendredi 21 décembre 2007, minuit. Au poste-frontière de Fernetti, là où passe la route qui relie en quarante minutes Trieste à Ljubljana, un feu d'artifice s'éleva au milieu des applaudissements et de la clameur de quatre mille personnes venues du pays voisin et attendant cet instant avec impatience.

– C'est un moment historique, qui nous permet de dépasser pour toujours les divisions et les séquelles du passé causées par les dictatures, les régimes politiques et les idéologies. Tout cela appartient désormais à l'histoire. Nous pouvons, tous ensemble, nous tourner vers un avenir nouveau...

Le haut-parleur rendait un son métallique.

Sous le crépitement des flashs, le maire et les politiciens locaux démontèrent la barrière qui marquait l'ancienne frontière où, pendant des décennies, les bouchons s'étaient accumulés, prétexte à maintes vexations de la part des douaniers sur les automobilistes. Personne n'avait jamais calculé combien de millions de coffres avaient été ouverts et inspectés, combien de marchandises confisquées, combien d'amendes infligées, combien d'individus arrêtés ou refoulés. Aucune des personnes habitant près de la frontière ne pouvait se vanter de n'avoir jamais fait de contrebande. Pour de l'essence ou du fuel, des cigarettes, du vin ou de la viande, du café ou des jeans, des fruits de mer, des devises, de la drogue, des armes ou même des clandestins. Qui vivait à l'intérieur du pays n'avait pas idée de tout ce qui pouvait s'introduire illégalement.

– Que nos peuples, à partir de ce jour, construisent une Europe meilleure, une Europe sans frontières, une Europe fondée sur l'amitié entre voisins…

Ce soir-là, les discours dégoulinaient de formules pathétiques. En revanche, ils étaient plutôt brefs. C'était une fête populaire, la plus gaie que la ville et la région aient connue depuis des décennies. Enfin s'élargissait l'espace Schengen. Enfin tombait la frontière qui passait derrière chez vous, comme on disait en ville. Trieste avait un arrière-pays. Enfin disparaissait cet appendice situé à la pointe nord-est du pays, coincé entre des barrières et un tracé de frontière datant de la guerre froide. La formule de Winston Churchill, « la ville à l'extrémité sud du rideau de fer », appartenait désormais au passé. Il avait fallu attendre soixante ans pour que, du jour au lendemain, les frontaliers des deux côtés puissent circuler librement. Depuis des semaines, la presse locale évoquait les changements à venir et parlait de perspectives illimitées pour Trieste.

Les politiciens parlaient subitement d'une histoire commune de cette partie de l'Italie et de son pendant slovène, ceux-là mêmes qui à chaque élection exploitaient sur le mode populiste les séparations et les différences. Il n'y a rien de plus vieux au monde que le journal de la veille… et la parole d'un homme politique. Tous parlaient désormais, avec des airs d'enfants de chœur, d'*un* avenir et d'*une* culture, pour *une* croissance commune et *une* paix partagée.

– … et voici nos sportives, championnes du monde pour les unes, championnes olympiques pour les autres, qui portent haut à travers le monde les étendards des républiques de Slovénie et d'Italie. Je vous en prie, faites-leur place…

La voiture, attelée à quatre dociles lipizzans, avait du mal à se frayer un chemin. Les blondes athlètes lançaient des baisers à la foule, sans oublier le sourire de circonstance.

Dans le no man's land entre les deux postes de contrôle avait été dressé un simple barnum, et un écran géant retransmettait les événements pour tous ceux qui préféraient s'ébattre à l'extérieur, là où le vin du karst coulait à flots. Un bureau de poste sur quatre roues débitait des timbres commémoratifs et, malgré le froid, une jeune femme hilare dévoilait ses seins, l'un peint du drapeau slovène, l'autre aux couleurs italiennes. Les applaudissements crépitaient. Quelques fêtards demandaient aux douaniers d'appliquer, pour la dernière fois, un cachet sur leur passeport. Pour mémoire. Comme s'ils en avaient reçu l'ordre, les porteurs d'uniforme se mettaient à sourire aimablement, eux qui pendant des décennies, sous l'autorité de leurs gouvernements respectifs, n'avaient cessé de s'épier du coin de l'œil. Voilà qu'ils trinquaient ensemble !

Au milieu de la chaussée, entre les deux voies qui devaient rester libres à la circulation, un jeune homme agitait un gigantesque drapeau européen au son de la *Neuvième* de Beethoven. Comment s'y prenait-il pour ne pas se faire écraser ? Seul son degré d'alcoolisation pouvait l'expliquer. Un semi-remorque roulait au pas à travers la foule et mêlait aux instruments à vent de l'*Ode à la joie*, version Karajan, un klaxon imitant une corne de brume. C'était une fête exubérante, juste avant Noël, qui allait durer toute la nuit.

Ce soir-là, Proteo Laurenti était monté pour la deuxième fois sur le karst. Il avait réservé une table à la Trattoria Valeria d'Opicina pour toute la famille. Même Marco était venu, au grand dam de sa chef et de ses collègues, qu'il laissait se débrouiller. Il était tellement rare de pouvoir réunir tout le monde, ne serait-ce qu'une soirée. Et Marco n'avait rien contre une *jota* suivie d'un *pollo fritto* chez Valeria. Après le dîner, ils grimpèrent tous les six dans la voiture de service de Laurenti. Grâce au gyrophare, ils approcheraient plus facilement du centre névralgique. Grand-mère Immacolata eut beau protester qu'elle n'aurait aucun mal à parcourir à pied quelques kilomètres, les autres eurent vite fait de l'en dissuader. Laurenti fit descendre son petit monde avant de passer la barrière, et alla se garer à l'intérieur du no man's land. Il ne cessait de saluer des amis, il buta même sur une Marietta bien trop décolletée pour la saison, un verre de vin à la main, l'autre dans celle de son ancien assistant Antonio Sgubin. Le petit futé s'était débrouillé pour quitter son poste de Gorizia. Encore un qui préférait faire travailler les autres ! Pourtant, on aurait bien eu besoin de lui à Gorizia, la deuxième ville d'Europe, après Berlin, coupée en deux, où les gens allaient aussi danser toute la nuit dans la rue. Soudain, juste devant lui, Laurenti vit sortir d'une limousine bleu marine le secrétaire d'État auquel il devait toutes ses corvées.

– Ah ! Laurenti, vous voilà aussi ? lança-t-il avec un sourire convenu. Tout est bien en main pour la cérémonie officielle ? Je peux me fier à vous, commissaire ? Vous savez combien nous y attachons d'importance.

– Nous ne pensons qu'à la sécurité des citoyens et de leurs représentants. Nuit et jour, monsieur le secrétaire d'État.

Certains concitoyens, déjà bien éméchés, les bousculaient sans vergogne. Le politicien jeta un regard inquiet autour de lui.

– Tant de monde ! murmura-t-il, comme s'il avait peur de ses électeurs. Où est l'entrée du barnum ?

– Ils pensent à l'avenir, monsieur le secrétaire d'État. Par là, je crois.

En fait, il n'en savait rien et tendait le doigt vers la foule.

– Vous ferez un discours ?

– Je suis bien obligé.

Laurenti n'était pas persuadé que c'était forcément ce que les gens attendaient. Il lui adressa un dernier signe en s'éloignant. Sur l'écran de son portable, il reconnut le numéro de Patrizia.

– Papa, où es-tu ?

– J'arrive, où êtes-vous ?

– À l'entrée du barnum. C'est déjà plein à craquer et le programme n'a rien de folichon. Retrouvons-nous au stand où l'on sert du vin chaud.

– Pas d'alcool, Patrizia. Pense à ton fils !

Dix minutes plus tard, Laurenti avait retrouvé sa famille.

*

* *

Venant du dépôt de la police scientifique, Via Valdirivo, l'inspectrice Pina Cardareto se fit déposer devant le Buffet Rudy. Le moment était venu de faire quelque chose pour son estomac. Un long comptoir traversait toute la salle tapissée de publicités pour des bières allemandes. Une ardoise annonçait les plats du jour. Pina hésita un moment, puis choisit finalement une *jota* et une petite bière bavaroise. Elle s'assit à l'écart et frémit à la première gorgée. Elle entreprit alors d'avaler sa soupe fumante, tout en réfléchissant à ce qu'ils avaient trouvé dans la voiture de Manfredi.

Les collègues avaient mis la main sur une montagne de médicaments : anabolisants, cortisone, sédatifs, adrénaline, coagulants, cocktails de vitamines. Que pouvait bien faire de ces horreurs un spécialiste de taxidermie ? Zerial, le « pathologiste » qu'elle avait appelé, avait eu du mal à expliquer les mentions figurant sur les étiquettes. La caravane de Manfredi s'ornait de photos de chiens et on y avait trouvé un bâton de plastique dur montrant des traces de morsure, ce que le chef de laboratoire avait identifié comme étant un *breaking stick*, que l'on glissait entre les mâchoires des chiens pour les obliger à les desserrer.

Pina s'octroya encore une petite bière et un *panino* au lard fumé assaisonné de raifort râpé. C'était à Trieste qu'elle avait découvert ce condiment particulièrement fort, et la petite Calabraise y avait pris goût, même s'il lui faisait monter les larmes aux yeux et lui picotait le nez. Son estomac s'en trouva subitement beaucoup mieux.

Donc des chiens de combat. Les noms et les sommes en face figurant sur les notes de Manfredi constituaient en ce cas un indice. Elle n'avait jamais entendu parler de ce genre de sport à

Trieste. Antonio Sgubin, qui l'avait précédée comme adjoint de Laurenti, lui avait raconté une drôle d'histoire quand, le dimanche précédent, il était allé la chercher à l'hôpital de Nova Gorica pour la ramener chez elle. À Gorizia, un chômeur avait été attaqué par un mastiff qui l'avait sérieusement amoché. Lorsque, après diverses interventions, l'homme avait été en mesure d'être entendu, il avait expliqué qu'il avait dressé son chien au combat, mais que celui-ci ne s'en était jamais pris aux humains jusque-là. Il prétendait que les combats changeaient sans cesse de lieu, en Vénétie, en Lombardie ou de l'autre côté de la frontière, en Slovénie ou en Croatie. Le propriétaire d'un chien d'exception se voyait même très vite invité en Allemagne du Nord ou en Hollande. Chaque fois, le public était trié sur le volet : des banquiers, des agents immobiliers, des médecins, des notaires, des fonctionnaires et des proxénètes.

Qui pouvait prendre plaisir à voir deux chiens s'entre-déchirer ? Le client de Sgubin avait avoué gagner sa vie grâce aux paris. Il n'avait rien pu en tirer de plus. L'homme avait été condamné pour torture infligée à des animaux, c'est tout. Il portait sa punition sur son visage : il était tellement défiguré que même un mâtin de Naples aurait pris peur en l'apercevant.

S'appuyant sur sa canne, Pina vint payer au comptoir. Malgré ses douleurs au talon, elle décida de ne pas appeler de voiture de service et de retourner au bureau en marchant doucement. Son estomac s'étant remis à fonctionner, elle ressentait l'effet de l'alcool. Un peu d'air frais lui ferait du bien.

Traversant la Piazza Sant'Antonio et se frayant un chemin au milieu des chalets du marché de Noël qui, cette année, vendaient encore plus de camelote que d'habitude, elle décida de faire un crochet jusqu'à la grande tente dressée sur la place devant le Canal Grande. Au-dessus de l'entrée on pouvait lire : « Crèche vivante ». La tente était presque vide, les familles étaient rentrées déjeuner à la maison. Des moutons et des ânes, une vache au pis rebondi qui lui fit penser à Marietta, un lama avec de la paille dans sa toison hirsute, qui ressemblait au procureur, étaient rassemblés là. Pour ménager son pied, elle s'arrêta un instant devant un chameau qui la regardait de ses grands yeux tristes en faisant rouler sa mâchoire inférieure. Il lui rappelait le vieux Galvano, avec son énorme crâne posé sur son long cou qui contrastait avec le reste de son corps, et son regard qui par moments semblait étonnamment vide. Marie, Joseph et le petit Jésus, qui manquaient à l'appel, devaient être en train de déjeuner eux aussi. En observant le chameau, Pina se demanda si elle ne devrait pas consulter le vieux médecin légiste au sujet de tous ces médicaments. Il avait tout vu dans sa vie. Puis Pina réfléchit à la façon dont elle passerait les fêtes de Noël. Certes, elle s'était portée volontaire pour le service d'urgence, mais l'expérience montrait que c'était avant et après les jours fériés qu'il y avait le plus à faire. Sauf si la thèse de Galvano, reprise par Laurenti, selon laquelle l'endroit le plus dangereux du monde était la famille, se révélait exacte.

*
* *

Au commissariat, Laurenti l'attendait avec impatience quand elle arriva à deux heures et demie. Sur le bureau du commissaire, un sac en plastique avec deux bouteilles de vin emballées dans un paquet cadeau, que Laurenti avait négociées avec son ami Walter du Gran Malabar. Il comptait les apporter à ses collègues de Sežana, auxquels il avait annoncé sa visite. Il avait en effet l'intention de se renseigner sur ce Goran Newman que tout le monde appelait Duke, et tenait également à les informer du danger latent, car il doutait que le grand Zampano de Rome l'ait fait.

Il consultait sa montre lorsque la petite inspectrice se laissa tomber sur une chaise et croisa les jambes. Elle plissait le front, elle avait manifestement très mal.

– Des cadeaux de Noël ? demanda Pina.

C'est un fait, même la police recevait des cadeaux avant les fêtes. De parents à qui l'on avait rendu service, mais aussi parfois d'anciens clients ayant recouvré la liberté et entendant soigner leurs relations avec les autorités. Marietta collectionnait les cartes de vœux, les dons étaient rassemblés au rez-de-chaussée, pour être dirigés ensuite vers des maisons de retraite ou des organismes sociaux.

– Pour les collègues de l'autre côté de la frontière, répondit Laurenti. Je n'aime pas arriver les mains vides.

– Mais je leur ai téléphoné ce matin !

Pina était gênée de devoir paraître devant eux avec son chef.

– C'est toujours mieux quand on se connaît personnellement.

Côté italien, le bouchon à la frontière remontait jusqu'à l'autoroute. Le trafic des poids lourds était dense. À partir de samedi, tout serait bouclé pour cinq jours et, après leur récente grève, les routiers roulaient jour et nuit. Depuis que les grandes industries travaillaient à flux tendu, avaient réduit leur durée de stockage à quelques heures et remplacé leurs entrepôts par les autoroutes, aux frais de la communauté, tout allait moins vite. Au bout de quelques minutes, Laurenti perdit patience, baissa sa vitre et mit le gyrophare sur le toit.

– C'est ridicule ! Dans neuf heures, il n'y aura plus de contrôle, mais jusqu'au dernier moment ils vont faire du zèle. J'ose espérer qu'un jour nos descendants ne comprendront pas quand nous leur parlerons de nos traumatismes de frontière.

– À partir de demain, en revanche, les contrôles sont renforcés dans l'arrière-pays. Tout le personnel est réaffecté à l'intérieur.

– C'est sûr, nous sommes un lieu de transit pour tout et n'importe quoi.

Laurenti pensa aux jérémiades de ses amis du karst quant aux contrôles d'alcoolémie qui se multipliaient. Sur le plateau, aucune voiture ne démarrait avant que son propriétaire ait absorbé au moins un demi-litre de vin.

– En tout cas, nous aurons un peu plus de monde dans nos filets, dit Pina avec satisfaction. Les contrôles intérieurs sont plus efficaces.

– Du moins en ce qui concerne les autochtones, grogna Laurenti.

Combien de fois des amis lui avaient demandé son aide, quand ils voyaient leur permis menacé, alors que lui-même n'avait aucun pouvoir en la matière !

Pina gravit à cloche-pied les marches qui conduisaient au bureau des collègues slovènes. Laurenti avait oublié sur son bureau les deux bouteilles qu'il voulait leur offrir.

Mirko Rožman, qui commandait le poste de police de Sežana, était un peu plus âgé que Pina. Il les salua avec un sourire avenant et les présenta aux collègues présents. Puis il leur fit visiter les lieux et proposa de transférer leur conciliabule dans une auberge non loin de là, où l'on pouvait parler tranquillement. Il commanda une chopine de vin et insista pour régler la note.

– Nous aurons de plus en plus souvent à travailler ensemble, Signor Laurenti, dit Rožman. Le nouveau règlement dit qu'en cas de poursuite chacun peut pénétrer jusqu'à trente kilomètres à l'intérieur de l'autre pays. Sans oublier, naturellement, de prévenir les collègues. Tant que tout le monde n'aura pas intégré ça, les frictions ne manqueront pas.

– Le centre de Trieste est à moins que ça, Rožman, répondit Laurenti. Ou alors vous venez en bateau. Vous savez bien que nos villes sont si proches que trente kilomètres, ça tombe en pleine mer.

– Espérons que nous n'en arriverons pas là. En tout cas, je vous suis reconnaissant d'être venu. Les problèmes sont plus faciles à régler en direct. Au fait, vous êtes de service ce soir, vous aussi ?

Laurenti expliqua qu'il avait déjà eu suffisamment à faire pour la cérémonie officielle, mais qu'il viendrait à Fernetti avec toute sa famille pour admirer le feu d'artifice.

– Goran Newman, que tout le monde appelle Duke – je déteste ce genre de surnom –, est étroitement surveillé, dit Rožman. Il n'apparaît presque jamais en public et, quand c'est le cas, il est toujours accompagné par son secrétaire Edvard, un cerveau. Pas de pedigree mais une formation d'élite. Il reste pour nous une énigme, comme son chef.

Laurenti remercia son collègue et l'invita à lui rendre visite à Trieste. Ni l'un ni l'autre ne se doutait que ce serait pour bientôt.

*

* *

Edvard les accueillit dans la cour et les conduisit le long d'un couloir orné de tableaux pop art grand format, sur lequel donnaient les bureaux des collaborateurs : de jeunes hommes habillés à la mode, parlant anglais, téléphone collé à l'oreille, une foule d'écrans sur chaque bureau. Aucun d'entre eux ne leur accorda un regard. Puis Edvard les introduisit dans une pièce remplie d'œuvres d'art contemporaines, à l'exception de deux écrans géants. Sur le bureau, quelques papiers et, dans un coin, une petite statue de marbre que Laurenti identifia comme étant la déesse Cérès. Le sculpteur n'avait oublié aucun de ses attributs : serpent, couronne d'épis, pavot, corne d'abondance et torche. La déesse de l'Agriculture et de la Croissance, du Mariage et de la Mort, qui faisait la loi, forte de toutes ses ressources et qualités.

Duke les invita à s'asseoir. Edvard resta debout derrière le fauteuil de son chef. À ses côtés, Vera, que Duke présenta comme une amie intime, ce que confirma le regard de cette dernière. Chacun appelait les autres par leur prénom, on se serait cru dans le cinquante et unième État américain. Avant de commenter l'information fournie par Laurenti, Duke s'enquit de la santé de Pina. Le commissaire observait les gants de soie grise que Duke ne quittait jamais, même pas sous la douche. Il reconnut quelques-uns des tableaux accrochés aux murs, Lichtenstein, Rosenquist, Noland et Elsworthy. Il y en avait pour une fortune ! Et ce qui clignotait sur les écrans ne donnait qu'une faible idée du potentiel économique de cet empire. Tout cela dans un coin perdu, loin de toute métropole où l'on se serait plutôt attendu à trouver ce type de décor. Pina, qui avait craint que Sedem ne se précipite vers elle dans son fauteuil roulant lorsque le portail s'était refermé derrière eux comme par enchantement, était soulagée qu'il ne se soit pas montré.

– Que me dites-vous là ? Un attentat sur ma personne ?

Duke parlait d'une voix douce, mais gardait les lèvres pincées.

– Pour votre propre sécurité, je vous conseille de renoncer à la cérémonie officielle de Rabuiese.

Laurenti étala des copies des photos sur la table.

– Elles parlent d'elles-mêmes.

Duke les examina en silence.

– Pouvez-vous me dire où elles ont été prises ? demanda Laurenti.

– À l'aéroport de Zurich. Là, c'est à Munich, devant la Bayerische Landesbank, il y a environ un an. Je ne savais pas que la presse économique parlerait de ma visite. Ici c'est à Londres, au siège de mon entreprise. Les autres, je ne vois pas. Edvard, tu te souviens des lieux ?

Il passa les clichés à son secrétaire.

– Il est difficile de vous protéger si l'on ne sait pas contre qui. À la cérémonie, il devrait y avoir sept cents invités. Beaucoup viennent avec leur chauffeur. Plus tous les journalistes, les cameramen et les ingénieurs du son. Au total, plus de mille personnes.

– Je n'ai pas l'intention de renoncer, répondit Duke. Voyez-vous, commissaire, je voyage beaucoup. Personne ne peut être protégé à cent pour cent. Si ce n'est pas à Rabuiese, ce sera peut-être ailleurs. Je préfère encore la cérémonie, où les forces de sécurité seront omniprésentes. Là, s'il arrive quelque chose, l'homme sera fatalement arrêté. Mais dites-moi, pourquoi êtes-vous ici, vous et non vos collègues slovènes ?

– Ils sont informés, Signor Newman...

– Duke ! Appelez-moi Duke, comme tout le monde. C'est plus simple. Vous autres Italiens n'entendez rien à l'anglais.

– Bien, Signor Duke.

– Duke, sans Signor !

– Les collègues sont au courant. Je viens du poste de police de Sežana. En ce qui concerne la cérémonie, les échanges ont lieu au plus haut niveau. L'homme chez qui nous avons trouvé ces documents a été tué, il y a deux jours. Dans le dernier train Venise-Trieste de la journée. Il portait une énorme valise avec soixante-cinq kilos de caviar russe. Il a été poussé hors du wagon, étranglé et jeté d'un pont. La valise avait déjà disparu. Je suis chargé de l'enquête et suis partisan des méthodes directes.

– Moi aussi. Mais vous n'avez pas le droit d'enquêter de ce côté-ci de la frontière.

– De bavarder, si.

Laurenti savait qu'il ne pourrait avancer qu'en en apprenant davantage sur les affaires de cet homme. Mais un coup d'œil sur les écrans suffit à le persuader que cela lui serait interdit.

– Il y va de votre sécurité, dit Laurenti en se levant. Est-ce que ce mouvement « Istria libera, Dalmazia nostra » ne vous dit vraiment rien, Duke ? Il opère en Croatie et fait grand bruit actuellement en exigeant l'élimination des auteurs d'un gigantesque scandale immobilier concernant les terrains sur la côte.

Cette fois, ce fut Vera, jusqu'ici silencieuse, qui répondit.

– Nous avons vu le logo, commissaire. Cela ne nous dit vraiment rien. Nous ne faisons pas d'affaires avec la Croatie, ce n'est pas rentable.

Puis elle pointa du doigt les quatre écrans sur lesquels les chiffres étaient en permanence actualisés.

– Nous nous intéressons aux Bourses de Singapour, Londres, Tokyo, Francfort, New York, Milan, etc. C'est pourquoi nous ne voyons pas le rapport. Mais vous-même le découvrirez certainement, commissaire.

– J'apprécie votre sollicitude, Laurenti, dit Duke en se levant et en lui tendant sa main gantée. Vous savez, mes affaires marchent bien, je n'ignore pas que beaucoup de gens m'envient, voire me haïssent. Ici, je suis à l'abri d'un coup de feu, et je veille à me montrer le plus rarement possible en public. Mais cette cérémonie est importante, j'irai quoi qu'il en soit. C'est un symbole de paix, un trait sur le passé, ainsi qu'une porte ouvrant sur l'avenir. L'économie y trouvera son compte, même si actuellement les indicateurs ne sont pas au beau fixe. J'ai une certaine expérience en la matière. Voyez votre jeune collègue, elle et les plus jeunes encore en verront un jour les fruits. Pina, ajouta-t-il en se tournant vers l'inspectrice, Sedem voudrait vous voir. J'espère que vous n'êtes pas pressée. De toute façon, vous êtes en congé maladie. Ne lui refusez pas ce plaisir. Il est souvent seul et j'ai l'impression qu'il a de l'affection pour vous. Son chauffeur vous reconduira lorsque vous le souhaiterez.

Rouge comme une pivoine, Pina se ressaisit, cherchant vainement une excuse. Elle ne s'y attendait pas, et lorsque Laurenti lui adressa un clin d'œil encourageant, sa gorge se noua.

– La journée est presque terminée, inspectrice, lui dit son chef. La fête populaire à Fernetti tiendra suffisamment les gens en haleine. Allez, faites-vous servir un bon dîner, vous en aurez besoin.

Il lui tapota l'épaule et se fit reconduire par Edvard.

*

* *

– Nous attendons pour demain une livraison de Londres, Edvard. Je ne voudrais pas que Sedem soit au courant. C'est un tableau que je recherche depuis longtemps. Ne laisse pas partir le livreur avant que nous ayons vérifié que le colis n'a subi aucun dommage. Appelle-moi dès que vous l'aurez déballé.

Le secrétaire lui lança un regard interrogateur.

– Mario Schifano : *New York City 65.*

Il avait remporté les enchères à Londres, à trois cent mille livres, et voulait offrir le tableau à son fils pour Noël. Tous ceux qui se trouvaient dans cette maison appartiendraient un jour à Sedem.

– Au fait, félicitations ! Tu as fait du bon boulot. Mais où est passée la valise de caviar dont parlait le commissaire ?

– Elle a quitté le train dès San Donà. À Quarto d'Altino, un homme est monté, il a réveillé Manfredi qui ronflait si fort qu'on n'entendait même plus les annonces du contrôleur. Ils se sont violemment disputés, sans se soucier le moins du monde de ma présence – j'étais pourtant assis juste derrière eux. Ils ont dû penser qu'un curé ne s'intéresserait pas à eux. L'autre reprochait à Manfredi d'avoir deux jours de retard, il a dit qu'il l'attendait depuis dimanche. Il l'a traité de joueur invétéré et a ajouté que sa passion pour les combats de chiens pourrait bien lui coûter la vie. Manfredi avait manifestement perdu plusieurs fois de suite et avait chaque fois augmenté la mise.

Edvard, les mains dans les poches, restait debout contre la porte.

– C'est incroyable le nombre d'imbéciles qui courent les rues !

– Des combats de chiens ? dit Duke. La petite, la nouvelle amie de Sedem, a été mordue par un chien de combat.

– Manfredi n'y est pour rien. Il était à Ancône.

– Que s'est-il passé ensuite ?

– Les deux hommes ont continué de s'engueuler. L'autre, que Manfredi appelait « Stronzo » – j'ignore son vrai nom –, criait qu'il était déjà assez difficile de faire passer la marchandise à la douane depuis que l'importation en était interdite. Trois patrons de Cortina d'Ampezzo avaient passé commande ensemble et avaient déjà perdu deux jours de chiffre d'affaires. Comme si Manfredi croyait que les gens chic se shootaient uniquement à la cocaïne, et pas au caviar ! Mais c'est les deux qu'il leur faut !

Duke eut un regard apitoyé. Il ne supportait pas ces endroits où l'on dépensait beaucoup d'argent uniquement pour être vu. Il trouvait cela de mauvais goût. Une seule fois, ces derniers temps, il lui avait été impossible de refuser. Il était allé à Kitzbühel pour rencontrer un Russe de trente-cinq ans, richissime, qui vivait entre Moscou et Londres. Duke était reparti dès que les accords avaient été conclus pour une stratégie d'investissement qui huit jours après, à la Bourse de Chicago, devait faire faire un bond de soixante-neuf pour cent au blé de Soft Red Winter Wheat. Duke connaissait ce genre d'individus : ils jetaient par les fenêtres l'argent qu'ils gagnaient comme managers surpayés d'entreprises qui ne leur appartenaient pas et que, tôt ou tard, ils seraient amenés à quitter avec d'importantes indemnités. Généralement après avoir mis lesdites entreprises en difficulté, après avoir provoqué des pertes massives et manœuvré pour que leurs successeurs soient les premiers licenciés. Ces messieurs se serraient les coudes, presque comme les membres d'une secte ; leurs temples étaient les lieux où ils passaient leurs vacances ensemble. Duke n'appréciait pas ces gens qui s'exhibaient et faisaient beaucoup trop parler d'eux.

– Et pourquoi as-tu attendu jusqu'à Trieste ?

– C'était le moment idéal. Si j'avais agi avant, j'aurais dû quitter le train moi aussi. Sa photo et ses empreintes figurent, de toute façon, dans le fichier des flics.

– Tu leur as facilité la tâche. Il avait ses papiers sur lui.

– C'était le but. Comment, sinon, ses commanditaires auraient-ils été si vite au courant ?

– Ils doivent être furieux, c'est sûr. Je me demande s'ils ont l'intention de se mettre à la recherche d'un remplaçant pour Manfredi, vu le peu de temps qu'il leur reste. Si j'y vois clair, ils sont au bout du rouleau. Nous le saurons samedi.

– Ne te fais pas de souci. Aussi longtemps que je serai là, il ne t'arrivera rien, conclut Edvard avec un sourire diabolique.

*

* *

– N'oubliez jamais, Pina, dit Duke, que plus on écoute un morceau, plus on pénètre l'âme du musicien. Par exemple, je connais chaque note des *Sunbear Concerts* de Keith Jarrett, que vous entendez là en sourdine : « *Think of your ears as eyes* », disait Jarrett. « Utilise tes oreilles comme des yeux. »

Ils dînaient ensemble. Comme l'avant-veille, grand-mère Sonjamaria trônait sous le tableau de Fernand Léger, tandis que Duke avait pris place à l'autre bout de la grande table, qui aurait pu réunir trois fois plus de convives. Duke parlait sans cesse de musique. Pina ne connaissait aucun des compositeurs et des interprètes, mais elle était impressionnée par la passion que cet homme leur vouait. Si Sedem ne lui avait pas autant parlé de son père et si elle ne l'avait pas vu avant dans son bureau, jamais elle n'aurait imaginé qu'il brassait des millions sur les marchés financiers.

Contrairement à ce qu'elle s'était promis, Pina n'avait pas dit à Sedem, dans le courant de l'après-midi, que ce qui s'était passé entre eux n'était qu'un accident. Elle était toujours persuadée que cela ne pourrait se transformer en une véritable histoire, mais elle appréciait l'humour du jeune homme et son calme la détendait. Sedem lui avait déclaré tout de go qu'il faisait l'amour comme une lesbienne car, depuis sa paralysie, tout ce qui était au-dessous de sa ceinture était presque totalement inhibé.

Il la privait de tous les arguments qu'elle avait concoctés dans sa tête en venant. Elle était sans défense face à sa gentillesse.

Même la grand-mère se conduisit de façon fort civile, faisant des compliments sur la soupe de poisson et sur le turbot que la cuisinière avait préparés. Et Duke continuait de sa voix douce à parler musique, comme s'il avait passé un accord tacite avec son fils et voulait à tout prix éviter d'aborder un sujet qui les divise.

– J'ai connu Keith Jarrett par l'intermédiaire de Chet Baker, à New York. Il a deux ans de plus que moi. Et il m'a présenté Airto Moreira, le percussionniste brésilien.

Il fut immédiatement interrompu par sa mère.

– Et moi, j'ai connu Louis Armstrong, tu avais deux ans ! Le 24 octobre 1949, il a donné un concert au Théâtre Rossetti à Trieste avec, comme chanteuse, Velma Middleton. Plus tard, je me suis liée d'amitié avec John Hendricks, Thelonious Monk et Gerry Mulligan.

– Oui, mamie, et si j'en crois la rumeur, tu as eu une liaison avec Duke Ellington pendant des années, et tu lui as agrémenté sa fin de vie. Pendant les entractes, tu lui jouais du pipeau dans sa loge.

– Tu es indécent ! Cesse de parler de ça, ce n'est pas vrai, fit la vieille dame, indignée. Quand on a un peu de bonté, on vous accuse de toutes les cochonneries !

Duke se tourna vers Pina.

– Après la mort de mon beau-père, elle a habité cinq ans avec moi aux États-Unis, et il est vrai qu'elle connaissait tout le monde. Les musiciens lui plaisaient, elle ne manquait pas d'argent, elle était avide de plaisirs et très séduisante, elle était sans cesse entourée d'une meute de soupirants enamourés. En fait, en Amérique, elle s'est sentie comme un poisson dans l'eau. Puis un jour elle a changé d'avis et elle est rentrée en Europe. Comme par hasard, en Yougoslavie communiste. Dans ce village. Tito était encore vivant. Ce qui s'était réellement passé, elle ne l'a jamais dit à personne.

– Duke Ellington avait déjà soixante-dix ans et c'était un gentleman, pas un goret ! Cesse de me casser les oreilles avec ça, Goran ! Surtout devant cette jeune femme.

Pina avait remarqué que la vieille dame était la seule à appeler son fils et son petit-fils par leur prénom.

– Lorsqu'il m'a présenté Jarrett, poursuivit Duke sans répondre à sa mère, Chet Baker avait déjà perdu une partie de ses dents à cause de sa dépendance à l'héroïne. Il s'est réfugié en Italie en 1959 et a fait deux ans de prison pour avoir falsifié des ordonnances. Mais c'est alors qu'il a enregistré son meilleur album, à Rome, en 1962 : *Chet Is Back.*

– Pourquoi ton père porte-t-il toujours des gants ? demanda Pina après le dîner, une fois seule avec Sedem.

– Un tic. Rien de contagieux. Il a juste peur de se brûler les doigts. Je ne l'ai jamais vu autrement. Mais raconte-moi plutôt comment tu es devenue policière ! Tu as d'autres talents : la peinture, le théâtre…

– Qui permettent de se détendre, pas de gagner sa vie.

C'était la première fois qu'on lui demandait pourquoi elle avait choisi ce métier.

– Peut-être, mais pourquoi la police ? insista Sedem en se rapprochant d'elle avec son fauteuil.

– J'avais six ans quand mon père est mort sous une pluie de balles. C'était pendant les tueries de Motticella.

Elle n'avait pas évoqué cette tragédie depuis des années.

– C'était un règlement de comptes entre deux clans de la'Ndrangheta. Tu sais que je viens de Calabre. Je suis née à Africo, une ville d'un peu plus de trois mille habitants à la pointe de la botte, sur la Costa dei Gelsomini, la Côte des Jasmins. Dans ces petites communes, il y a toujours un parrain local plus ou moins en concurrence avec d'autres. Chez moi, il y avait deux clans, dont les affrontements ont coûté la vie à plus de cinquante personnes en 1983. Mon père en faisait partie.

– C'était l'un des parrains ?

– Non, il était policier.

La question l'avait fait rire, mais elle se reprit et poursuivit d'une voix grave :

– Il est tombé dans une embuscade près de Buzzano Zeffirio, un petit village à l'intérieur du pays, sur la route de Motticella, qui a donné son nom à l'hécatombe. Ils l'ont carrément troué de balles. Aujourd'hui, on n'a toujours pas trouvé les coupables.

– Et les parrains sont toujours les mêmes ?

– Non, c'est Giuseppe Morabito qui a pris le dessus. On l'appelle « Tiradrittù », l'homme qui ne rate jamais son coup. Il a réglé le conflit entre les deux familles, ce qui ne veut pas dire qu'il y ait moins de crimes. Au contraire ! Morabito est devenu l'un des gangsters les plus recherchés du pays. Son clan joue un rôle capital dans le trafic de drogue avec la Colombie, le Pérou et l'Argentine. Il a pris également contact avec la nouvelle Mafia des Balkans et les triades chinoises, et son chiffre d'affaires a considérablement augmenté. Ce qui aurait été impossible sans la complicité des clans établis. Cette collaboration est extrêmement fructueuse et la 'Ndrangheta s'est répandue dans toute l'Europe. En Allemagne, par exemple, elle a des contacts au niveau le plus élevé. Morabito a été arrêté il y a trois ans, il avait apparemment plus d'importance que Provenzano, le dernier parrain sicilien. Mais dans l'intervalle Cosa Nostra et 'Ndrangheta se sont mises à travailler main dans la main dans bien des domaines.

– Tu avais six ans, dit Sedem en prenant Pina dans ses bras et en lui caressant les cheveux. Raconte !

– Ma mère est pharmacienne. En fait, j'ai surtout vécu avec mes grands-parents. Une fois adulte, je n'ai plus eu le choix. Ou bien tu te soumets, ou bien tu pars, si tu tiens à la vie. Mais pour partir, il faut de l'argent ou un métier. C'est pour cela que je suis entrée dans la police. Aujourd'hui, j'aimerais retourner dans le Sud. Dans mon métier, c'est plus excitant et l'on a plus besoin de nous là-bas que dans des villes comme Trieste, où en soixante ans il n'y a pas eu officiellement plus de treize meurtres non élucidés. Si tout va bien, ce sera pour la prochaine promotion. De préférence à Reggio Calabria, pas dans le plat pays. Peut-être même arriverai-je un jour à démasquer les assassins de mon père.

– J'espère que ta promotion se fera encore un peu attendre, dit Sedem. Tu me manquerais. Mais je pourrai toujours sauter dans un avion et te rejoindre.

– Et tu n'auras pas besoin de visa, si la frontière disparaît.

Pina observa attentivement Sedem. Elle ne voulait manquer aucune de ses réactions.

– Un visa? s'étonna Sedem.

– Tu es bien citoyen américain?

– Tu as vérifié?

– Non, je l'ai appris par hasard.

– Mon permis de séjour est valable dans toute l'Europe. Il n'y a pas de problème. Mon père non plus n'a pas de passeport slovène. Il est devenu américain lorsque son père biologique l'a reconnu. Ce qui n'a pas été sans conséquence puisque Duke a été mobilisé en 1969 et expédié au Vietnam. Il n'en parle pas beaucoup, mais grand-mère dit que c'est depuis ce temps-là qu'il porte des gants. Mais changeons de sujet et parlons de nous. Une chose me plaît dans notre rencontre, ajouta Sedem, rayonnant. Tu es devenue policière parce que tu crois à la justice. Tu es idéaliste et tu t'engages. C'est exactement ce que je fais avec Sedem Seven Continents.

– Avec quoi? s'écria Pina, qui ne comprenait pas.

– Avec mon entreprise.

– Pourquoi sept continents? Je n'en connais que cinq.

– Les deux autres s'appellent, pour moi, formation et avenir. L'argent que j'investis ne sert qu'à cela. Qui n'a pas de formation est plus facile à dominer et à tromper. Et ne pourra jamais se nourrir lui-même. Pourquoi, à ton avis, le prix des matières premières explose-t-il?

– La demande asiatique. Les carburants bio, répondit Pina, qui suivait les informations.

– Pourquoi alors n'ont-ils pas augmenté progressivement, mais du jour au lendemain?

Pina haussa les épaules, elle n'y avait pas réfléchi.

– Et que dire des denrées alimentaires ! Tu vas voir que bientôt les OGM seront autorisés à l'échelle mondiale. C'est l'objectif, mais cela ne changera rien à la faim dans le monde. Cela ne fera qu'augmenter les profits des groupes qui détiennent les brevets. Pina, dans la police, comment définissez-vous le crime organisé ?

– Il s'agit de personnes qui s'unissent et commettent des crimes en vue de s'enrichir ou de détenir un pouvoir, répondit Pina, qui se demandait où il voulait en venir. Elles choisissent des domaines qui offrent une marge de profit importante, sont organisées de manière professionnelle, procèdent stratégiquement, s'entraident et utilisent des codes pour communiquer. L'organisation tente de tirer d'affaire les membres impliqués dans des situations délicates.

– Et qu'est-ce alors qu'une falsification de bilan, la corruption, l'escroquerie aux actions et aux devises, les malversations, les délits d'initiés, les ententes sur les prix, pratiques courantes dans les banques ou dans l'industrie ? Est-ce différent ?

– C'est la criminalité économique.

– Mais ce sont des délits que personne ne peut commettre seul. Chez Parmalat, des milliards ont disparu, une vingtaine de managers font l'objet d'une enquête. Pense à Enron ou Worldcom, Stear Bearns ou JP Morgan aux États-Unis, la Bawag en Autriche, la Société générale ou Vivendi en France, l'UBS en Suisse, puis Volkswagen, Flowtex, Mannesmann et BMW en Allemagne. Chez Siemens, l'enquête concerne une centaine de managers.

– Il ne faut pas tout mélanger, protesta Pina. Cela dépend du délit. En matière de banqueroute frauduleuse, de falsification de bilan, d'escroquerie, il existe des lois qui sont claires. Mais la Mafia paie des frais d'avocat, achète des témoins ou les refroidit. Et les enquêteurs et les journalistes trop curieux ont à craindre le même sort. Et elle fait tout pour éviter la prison à ses membres.

– Je suis d'avis qu'on ne réglera pas, sans investigations approfondies, ces questions d'associations de malfaiteurs et de crime organisé. Plus l'infraction est énorme, plus les accusés s'en tirent facilement. Un compromis avec le procureur, on rend une partie de ce qu'on a empoché et l'affaire est close. Au maximum une peine avec sursis. Pratiquement personne ne va en prison.

– Le peuple est en admiration devant les grands truands, dit Pina, parce qu'ils montrent qu'on peut faire fortune en très peu de temps. Billy the Kid ou Bonnie and Clyde n'intéresseraient plus personne, aujourd'hui. Ce sont les nouveaux *outlaws* qui attirent le plus de sympathie.

– Ceux qui s'entendent pour miner la démocratie, dit Sedem, qui voyait son opinion confirmée. Quand on voit avec quelle cupidité les patrons de l'économie lorgnent sur les zones de production où la démocratie est malmenée, la Russie ou la Chine par exemple, on ne peut s'empêcher de soupçonner ces messieurs de ne pas jouer cartes sur table.

– Cette intrication a toujours existé, ce n'est pas nouveau. Les choses ne sont pas aussi graves que tu le crois.

Elle lui passa la main dans les cheveux et lui caressa la joue.

– Tu es vraiment idéaliste, Sedem. Mais cette théorie est audacieuse.

– Si c'était une théorie, oui. Rien que contre Berlusconi, sept cent quatre-vingt-neuf instructions ont été ouvertes entre 1994 et 2006. Selon ses propres déclarations, cela lui a coûté cent soixante-quatorze millions d'euros, quatorze millions et demi par an, quarante mille par jour. À combien s'élève ton salaire, Pina ?

– Un acquittement est le contraire d'un jugement, Sedem. Si tu traitais ces gens de gangsters, tu aurais immédiatement droit à une plainte en diffamation.

– Pour moi, ce sont les pirates de la démocratie.

– Qu'est-ce que cela a de drôle ? demanda Pina lorsque Sedem éclata de rire.

– Tu n'as pas du tout le même ton, quand tu parles de ton métier.

Peu après vingt-trois heures, Pina se fit reconduire à Trieste. Ils devaient se téléphoner le lendemain. La Maserati mit cette fois plus d'une heure pour effectuer le court trajet. Quelques milliers de personnes en goguette bloquaient le passage. Laurenti devait lui aussi se trouver quelque part dans ce brouhaha.

L'enfer de Trebiciano

Un chemin caillouteux plein d'ornières conduit jusqu'ici. Tourner à l'entrée du petit village de Trebiciano, puis longer un ravin de trois cent vingt-neuf mètres de haut, avec en bas le Tivano, une rivière souterraine, et un vaste paysage de dunes millénaire. Nous nous arrêtons à l'entrée de la doline Conca d'Orle, traversée par la frontière italo-slovène et suffisamment éloignée des bourgades alentour pour que nous ne soyons pas importunés. Mon maître sait que les organisateurs de la convention choisissent toujours des endroits isolés pour les grands événements, avec des possibilités de repli au cas où les forces de l'ordre interviendraient. Ces rencontres se déroulent dans un secret absolu. Les participants ne reçoivent en général que de très vagues informations sur le lieu de rendez-vous. Mon maître aussi n'a reçu qu'au dernier moment des indications précises sur l'itinéraire. Règle n° 1 : la discrétion. Règle n° 2 : ne pas laisser aux autorités le temps de réagir. L'enjeu porte sur des millions.

— Et voici le clou de cette soirée ! Cette nuit, plus aucune limite !

Le silence se fait instantanément. La voix du speaker est rauque, il a déjà annoncé cinq combats au cours de la soirée. Il est en sueur, les phares de voitures se reflètent dans ses lunettes de soleil, de la buée se forme devant sa bouche quand il parle.

— Ce que vous avez vu jusqu'ici n'est rien en comparaison de ce qui vous attend. Il faudra attendre des années pour qu'un tel spectacle vous soit à nouveau offert. Les plus anciens d'entre vous se souviennent du duel entre Orka et Nero en 2002, dans le bassin de lignite, aux confins de la Pologne, de la République tchèque et de

l'Allemagne. Le combat a duré cinq heures et trente-huit minutes. Les paris sur Nero s'élevaient à quatre cent trente-cinq mille dollars. Pensez-y aujourd'hui! Ce soir, c'est un show plus sensationnel encore! Les deux combattants sont: Argos, vingt-neuf combats, tous victorieux, vingt-six kilos et neuf cent vingt grammes, champion qui nous vient de Hambourg, il vaut deux cent quatre-vingt mille euros! Face à lui, Mr Spock, de Sarajevo, vingt-quatre victoires au compteur, vingt-six kilos et quatre-vingt-quinze grammes, estimé à deux cent cinquante mille euros. La mise de départ s'élève à cinquante mille euros, acquittée il y a trois mois. La mise minimum est aujourd'hui de dix mille euros. Vous pouvez miser sur le vainqueur ou sur la durée du combat. Sur la vie ou la mort du vaincu. Et maintenant, éteignez vos phares.

Un projecteur à la lumière crue, accroché à un câble entre deux arbres, éclaire l'arène. Sur une table de camping, un homme encaisse et écrit sur un tableau mal éclairé. Derrière lui, trois molosses avec des armes de gros calibre sous leurs vestes. Sur la table, les mises atteignent quatre cent douze mille euros, le montant est affiché. Deux autres individus, dans la foule, prennent les paris et distribuent des reçus. Ils communiquent les sommes au bookmaker, qui fait crisser sa craie sur le tableau. Les parieurs sont de tous âges et vêtus fort différemment. D'après les plaques d'immatriculation, ils viennent de différents pays d'Europe, ils se parlent en anglais, avec des accents différents selon leurs origines.

– Faites vos jeux, friends, *le bureau ferme à minuit. À minuit pile commence le* game.

Un générateur se déclenche. On nous descend dans l'arène, quatre mètres sur quatre, délimitée par des planches au sol recouvertes d'un tissu blanc taché du sang des autres combats. Je ne lâche pas des yeux mon adversaire, lui non plus. Un pitbull-terrier comme moi, son pelage n'est pas tacheté de brun comme moi, sa peau est blanche avec des reflets roses sous le poil ras. Il a une longue cicatrice sur le flanc gauche, une autre à l'encolure et une dernière entre les oreilles. Il me fixe, il observe les traces de mes précédents combats, que je porte comme un trophée.

Une scratch-line traverse l'arène en diagonale. On me place dans un des demi-cercles. On m'enlève le peignoir. Mon maître me retient jusqu'au signal.

– Face them !

Mon maître me retourne.

L'autre me fixe. Son maître a gagné le toss, le droit de passer le premier la scratch-line. Alors seulement on peut me lâcher. C'est un moment décisif du point de vue tactique. Il va me foncer dessus, mais s'il va trop vite, j'esquive et je le chope avant qu'il retrouve son équilibre. S'il attend, c'est à qui mord le premier.

Je ne ressens d'habitude aucune douleur, l'entraînement m'a endurci. Et je ne pardonne pas quand l'autre se soumet. Autrefois, quand j'essayais de m'échapper, on me punissait. Des électrochocs et des coups. La même chose si je me montrais clément. Un chien en position de soumission n'est pas fiable, c'est un asocial pour son maître. Plus je suis agressif, plus Karol me félicite. Quand je résous un problème, le suivant est encore plus compliqué. Je ne cherche pas le contact avec les autres chiens, je mords immédiatement, si possible à la tête ou sur la truffe. Ou alors dans le poitrail, je suis un chest dog. J'ai assez vu comment étaient traités les perdants. Assommés à coups de marteau, pendus à un arbre, ou arrosés d'essence et brûlés vifs. Mais j'ai en moi l'agressivité comme d'autres ont en eux un cœur. On ne peut forcer personne à l'attaque, s'il ne l'a pas déjà en lui. Moi, je ne connais que l'attaque, j'ai ça en moi. Je suis bien préparé. Mon maître n'a le droit de pénétrer dans l'arène que quand l'arbitre nous sépare, parce que nos morsures s'annulent ou qu'aucun des deux n'attaque plus, trop épuisé. Ou parce qu'une de mes canines transperce mes lèvres. Alors on me décoince, je retourne dans mon coin et le combat reprend. Les règles sont intangibles.

La petite aiguille tombe sur le douze, l'arbitre crie aussitôt :

– Let go !

Le blanc-bec a vite fait de franchir la scratch-line. Karol me lâche immédiatement. J'attrape l'autre par la gueule et j'essaie, de toutes mes forces, de le mettre à terre. Il est fort, il se dégage, saigne, mais attaque de nouveau. *Je le saisis encore le premier, je le mords un peu plus profondément, je le secoue, il fait un bond et me repousse, il fait demi-tour, mais détourne la tête et l'encolure, il faut alors interrompre le combat. L'arbitre s'approche et crie :* « New turn ! » *Il glisse le breaking-stick entre mes mâchoires. Karol me ramène dans mon coin. Il m'éponge rapidement. L'arbitre lance alors :* « Fifty seconds ! »

Il baisse le bras au bout de cinquante secondes exactement. Le premier round dure plus d'une demi-heure. À chaque attaque, le public explose en hurlements frénétiques et applaudissements. Seuls Karol et l'autre maître ont interdiction de donner des ordres, c'est contre les règles. Ils doivent attendre en dehors de l'arène que l'arbitre leur fasse signe de pénétrer.

Au round suivant, c'est moi qui pars le premier. L'autre est lâché avant que j'aie franchi la scratch-line, mais l'arbitre ne réagit pas. Les spectateurs protestent, c'est contre les règles. Un individu lance une bouteille qui vient s'écraser près de la table du bookmaker. Cette fois, c'est le blanc-bec qui est plus rapide, il enfonce ses crocs dans mon flanc, c'est un stomach dog, mais je le mets à terre et je le saisis à la patte arrière. Il accuse le coup, sans desserrer son étreinte, et me met à terre. Je cherche à me remettre d'aplomb et le traîne à travers l'arène. Aucun des deux ne lâche prise. Temps mort. On nous sépare et nous ramène chacun dans notre coin.

Le blanc-bec boite. Je saigne par le flanc, lui à la patte et à l'oreille. C'est son tour de démarrer. Il m'attrape encore une fois par le flanc. Je détourne la tête et l'encolure. On lui desserre les mâchoires, on nous ramène dans nos coins respectifs et on nous relâche immédiatement après. Cette fois, je le saisis au poitrail et je plonge mes crocs dans sa chair. Il se cabre et pousse un cri. Inhabituel pour un chien de combat, car l'entraînement nous a appris à taire la douleur, et les drogues font le reste. Finalement il se ravise, se dresse sur ses pattes arrière et me fait tomber. Je ne le lâche pas. Il s'empare alors d'une de mes pattes avant. L'os craque. Les spectateurs s'égosillent. On nous sépare. Karol me ramène dans mon coin, me passe une éponge. L'arbitre annonce encore une fois :

« Fifty seconds », et Karol me tourne vers le centre de l'arène. J'ai la patte cassée, je franchis la scratch-line sur les trois autres, le blanc-bec se précipite et je saisis au vol son museau. Cette fois, il ne m'échappera pas. Je le retourne dans tous les sens sans qu'il puisse me contrer. Il essaie de me repousser, se débat, se redresse, mais d'un bond je suis sur lui et ne lâche plus prise. Ce n'est pas un adversaire facile, sa truffe est en lambeaux, la peau de sa mâchoire inférieure pend, ses os sont à vif, du sang coule de sa gueule et de son poitrail. Nous nous neutralisons par les épaules, nous sommes bloqués, incapables de faire un pas en avant ou en arrière. Nous sommes à nouveau séparés. New turn. Les rounds sont plus courts. Deux heures se sont écoulées, j'ai perdu des forces. Avec une patte cassée, je ne peux plus le jeter à terre. Mais le blanc-bec a le souffle court. On continue quand même. On m'éponge encore une fois. Le speaker annonce au public que les mises sont à huit cent soixante-dix-sept mille euros. Tout le monde sait que le combat touche à sa fin.

Le round suivant est pour moi. Je saisis immédiatement le blanc-bec à la gorge. Il s'agite, se débat. Je plonge mes crocs de plus en plus profondément et je le secoue jusqu'à ce que je ne sente plus aucune résistance. Il est encore vivant, mais il ne bouge plus. Sa respiration est faible, son regard se perd dans le vague.

Je reste dix minutes sur lui. Je le tiens ferme.

Enfin, mon maître vient me chercher, me ramène dans mon coin et lève les bras en signe de triomphe.

Le public exulte. Des bouteilles volent. Quelque part, une bagarre éclate, un nouveau cercle se forme. D'autres descendent dans l'arène et regardent partir le blanc-bec que son maître, furieux, enferme dans le coffre d'un 4 × 4 japonais.

– C'est contre les règles ! hurle-t-il. Il n'a pas attaqué dans les dix secondes réglementaires. Je veux mon argent !

Autour de lui, des vociférations. Du verre se brise.

Sous la lumière blanche de l'halogène, le bookmaker prend les reçus et paie. Puis il fourre un gros paquet de billets dans sa sacoche. Les cinq molosses l'accompagnent à sa voiture, trois *partent avec lui. Les deux autres nous rejoignent, Karol et moi. Mon maître m'a enfilé mon peignoir, il me dépose sur le siège arrière de sa voiture et referme la portière. Il repart, j'entends des cris, des hurlements, puis quatre détonations. Karol et Domenico claquent les portières derrière eux et démarrent sur les chapeaux de roues. Un coup de feu transperce une vitre. La tête de Karol retombe sur le dossier. Du sang gicle. Domenico s'essuie comme il peut et fonce sur le chemin de terre pour rejoindre la route. Lorsqu'il arrive sur l'asphalte, les pneus crissent, je suis ballotté à chaque virage. Peu après, Domenico freine brusquement, oblique dans un sous-bois. Il bondit hors de la voiture, ouvre la portière de Karol et va le dissimuler sous un buisson. Il prend un jerricane dans le coffre – un vent frais me fait grelotter – et retourne dans le sous-bois. Ça sent l'essence. Soudain, du feu! Je lève péniblement la tête, Domenico reprend le volant après avoir jeté un paquet d'argent sur le siège du passager. Il démarre. Il accélère au maximum. Il regarde régulièrement dans le rétroviseur, parle tout seul, fait la grimace. Puis il réduit la vitesse. Je perds alors connaissance.*

No man's land

Pour la première fois depuis des années, Galvano se montrait en public sans son vieux chien noir. Laurenti l'avait rencontré par hasard à un stand qui servait du vin chaud et où il devait retrouver toute sa famille. Il fut surpris de voir le vieil homme sans son compagnon.

– Qu'est-ce que tu fais ici ? demanda le commissaire en lui tendant un gobelet en plastique plein du breuvage fumant.

– J'ai vu tracer cette frontière et, comme je suis toujours en vie, je veux également être là quand elle tombera. C'est aussi simple que cela, Laurenti. Il y a eu quatre grands bouleversements depuis que je suis arrivé avec les Alliés en tant que jeune médecin légiste. Subitement, tout le monde fait comme si nous étions frères et que la folie nationaliste n'était que l'invention solitaire d'un malade mental.

Laurenti l'arrêta net.

– Je vais te présenter ma mère, Galvano. Elle ne connaît pas encore toutes tes histoires.

– Mais je connais ta mère ! s'insurgea Galvano.

Marco et Livia s'esquivèrent lorsqu'ils aperçurent le vieux et Laura resta à l'abri derrière grand-mère Immacolata, qui prit aussitôt la parole.

– C'est vraiment gentil d'accepter de passer Noël avec nous, dit-elle, rayonnante. Proteo m'a demandé de préparer un plat typiquement salernitain. Il adore la rate farcie.

– Dommage que Galvano ne soit plus en fonction, intervint Laurenti. Il aurait pu t'en apporter une du service, et gratis. Il fit promettre aux deux ancêtres de ne pas se quitter des yeux et entraîna Laura vers la piste de danse.

*

*   *

Lorsque, dans le courant de la matinée, il s'engagea sur le chemin de terre conduisant à la doline où Manfredi avait planté sa caravane, il aperçut soudain deux hommes près d'une voiture. Il pila, poussa un juron et enclencha aussitôt la marche arrière afin de ne pas être repéré. Les deux individus venaient de briser les scellés du portillon. Dean alla se garer à quelques centaines de mètres sur la route d'Opicina, puis revint à pied à travers la broussaille en prenant soin de ne pas marcher sur les branches mortes. Lorsqu'il eut à nouveau les deux hommes dans son champ de vision, il se dissimula derrière un bloc de calcaire gris et les observa. Ils manipulaient une caméra sans fil en réglant la mise au point à partir d'un moniteur installé dans le coffre de leur voiture. Il recula vivement lorsque la caméra se tourna dans sa direction.

Dean changea de plan. Pour avoir une chance de récupérer la marchandise, il fallait opérer dans l'obscurité. Il reviendrait le soir même. C'était parfait : avec la gigantesque party et le feu d'artifice, il passerait inaperçu.

À vingt-trois heures trente, il prit à gauche au centre de Sežana et emprunta la petite route d'Orlek, qui se trouvait encore du côté slovène. Il se gara à la sortie du village et suivit la voie de chemin de fer qui traversait la frontière. Il constata avec agacement qu'à la Conca d'Orle des voitures immatriculées dans de nombreux pays d'Europe formaient un cercle avec leurs phares et qu'une bonne centaine de personnes bordaient le précipice, comme dans un amphithéâtre. Des combats de chiens ? S'agissait-il de la convention dont ses clients n'avaient pas voulu lui révéler le lieu ? Il entendit la voix rauque d'un homme haranguer les parieurs. Mais Dean ne pouvait s'arrêter. Le chemin devenait impraticable, il faisait attention à ne pas se tordre le pied, parfois il devait faire demi-tour, arrêté par les broussailles. Il était trop gros pour ce genre d'aventure. Il suait sang et eau, et songea qu'il lui faudrait maigrir. Mais il touchait au but. Peu avant minuit, il était sur les lieux. Il enfila un masque noir et de longs gants en plastique. Puis il explora le terrain à l'aide d'un équipement à infrarouge qu'il avait gardé de son passage dans les services secrets yougoslaves, l'UDBA. De l'autre côté de la doline, il aperçut la silhouette des deux hommes vêtus de sombre qui s'en allaient à pied vers Fernetti, où retentissaient haut-parleurs et musique. Lorsque débuta l'Ode à la joie de Beethoven et que les premières fusées explosèrent, Dean courut jusqu'à la caravane. Il ne tenta même pas de l'ouvrir. Si le paquet avait été à l'intérieur, la police l'aurait trouvé et saisi depuis longtemps. Un jour, il avait vu Manfredi enfouir un objet étanche dans le cloaque. Il trouva une pelle et remua la fange en se pinçant le nez. Enfin, il tomba sur ce qu'il cherchait et le tira à la surface. La puanteur était horrible. Il déchira l'emballage et fourra le paquet dans son sac à dos. Tout était si simple.

Lorsque le bouquet final du feu d'artifice éclata sous les vivats de la foule, il remonta la pente de la doline. La disparition de la frontière était célébrée dans le ciel nocturne par des gerbes bleu-blanc-rouge, rouge-blanc-vert et bleu-jaune. Dean atteignit en ahanant le bord de la doline et retira son masque. À proximité de la Conca d'Orle, il ralentit le pas et s'approcha du précipice. Un halogène éclairait une arène au centre de laquelle deux chiens combattaient. Dean essuya la sueur qui lui piquait les yeux et aperçut le tableau qui affichait le montant des paris. Il en fut impressionné. Il repéra également, dans leur coin, Karol et Domenico fascinés par le combat de leur cabot, pour lequel le dimanche précédent ils avaient payé si cher les produits dopants et autres substances illicites. Dean s'étonna du lieu de la convention. Bien choisi, d'ailleurs. La frontière passait juste au milieu et les clameurs du public se confondaient avec le charivari de Fernetti. Mais Dean était pressé. Il fallait mettre la marchandise en sûreté. Mario, son contact à Izola, viendrait en prendre livraison dès le lendemain matin. Un autre que Manfredi veillerait à ce que Noël soit «blanc» à Trieste.

*
* *

À deux heures et demie du matin, Proteo et Laura regagnèrent leur voiture garée dans le no man's land. Ils étaient fatigués d'avoir dansé, mais d'humeur joyeuse. Galvano s'était proposé pour raccompagner grand-mère Immacolata à la maison. Ainsi que Patrizia, qui se plaignait de brûlures d'estomac, ce que Laura avait immédiatement attribué à sa grossesse. Marco, en revanche, qui cachait un joint dans son dos, avait déclaré que Livia et lui continuaient à faire la fête avec des amis.

Au moment précis où Laurenti ouvrait la portière de la voiture, on entendit des coups de klaxon, suivis aussitôt par des cris et un moteur de voiture poussé à fond. Il se retourna, vit des gens autour d'un corps allongé et un Combi Mercedes noir immatriculé en Allemagne qui fonçait pleins gaz vers l'autoroute slovène, une vitre ayant volé en éclats. La foule hurlait.

– Délit de fuite! Vite, Laura! cria Laurenti.

Il s'engouffra dans sa voiture de service et démarra sur les chapeaux de roues. Laura eut à peine le temps de claquer sa portière. Il sortit le gyrophare et enclencha la sirène.

– Tu n'es pas en service, protesta Laura en bouclant sa ceinture, et tu es du mauvais côté de la frontière.

Laurenti lui tendit son téléphone portable.

– Vas-y, appelle. Cherche à R comme Rožman.

Il avait enregistré le numéro de son collègue slovène dans l'après-midi.

– Qu'ils bouclent l'autoroute !

Ils traversèrent en trombe le tunnel de Sežana. Lorsqu'ils dévalèrent le val de Dane et eurent doublé cinq voitures, l'aiguille du compteur de l'Alfa Romeo dépassait les 240. Les feux arrière du Combi se rapprochaient.

Rožman mit un certain temps à décrocher. Il indiqua à Laura qu'une voiture était en route et que, par chance, une patrouille était postée au restoroute de Povir. Que Laurenti ne prenne pas de risques.

– Pense à nos vies, maudit flic ! lança Laura. Tu vas être grand-père !

Au péage, le chauffeur du Combi donna son ticket et redémarra pile au moment où Laurenti stoppait. Pendant une seconde, il avait eu envie de foncer dans la barrière. Mais à l'idée de tous les formulaires et rapports qu'il aurait à remplir et à instruire pour satisfaire les exigences d'une double administration, il renonça. Avec sa voiture de service, de nuit et sur une autoroute presque vide, il aurait vite fait de rattraper l'autre.

Peu après, en effet, il aperçut de nouveau les feux arrière du Combi Mercedes et mit les pleins phares. On distinguait les gyrophares de la patrouille slovène, mais le chauffeur ne songeait pas apparemment à ralentir. Laurenti coupa ses phares. Terrorisée, Laura le regardait, les yeux grands ouverts, les doigts crispés sur sa ceinture de sécurité.

– Accroupis-toi, Laura ! Plonge ! On ne sait jamais !

– Pas question ! Je veux voir la mort en face !

Un kilomètre avant le barrage, Laurenti entreprit de doubler le Combi. Lorsqu'il eut une demi-longueur d'avance, il ralluma ses phares, rétablit le gyrophare, enclencha la sirène et freina à mort. Le Combi ne pouvait plus éviter le barrage. Il s'arrêta à un millimètre du véhicule de la police slovène. Laurenti recula et manœuvra pour lui couper toute retraite, tandis que les collègues slovènes, armes au poing, criaient au conducteur du Combi de sortir les bras en l'air. Celui-ci sembla alors prendre tout son temps. Il obéit au ralenti et posa les mains sur le toit de sa voiture. Les hommes en uniforme le fouillèrent dans les règles, lui passèrent les menottes et le poussèrent sur le siège arrière de leur véhicule. L'un d'eux se dirigea vers Laurenti.

– Vous êtes ici en territoire étranger! Vos papiers!

Puis, après avoir inspecté l'intérieur de l'Alfa Romeo :

– Et ceux de votre collègue!

– Vous pourriez au moins dire merci! répliqua Laurenti.

*

* *

Le commandant Rožman arriva dix minutes après. Sans même jeter un coup d'œil à Laurenti, il s'adressa directement à ses collègues. Ils lui remirent un sac en plastique et démarrèrent en embarquant le chauffeur du Combi. Alors seulement Rožman se tourna vers Laurenti.

– Vous voilà, Rožman! dit le commissaire italien en territoire slovène. Il faut voir un vétérinaire de toute urgence!

Il se pencha à l'intérieur du Combi et souleva la tête d'un chien aux oreilles coupées, qui n'avait même plus la force d'ouvrir l'œil.

– Qui a fait ça?

Laurenti hocha la tête avec dégoût.

– Le siège du passager est également plein de sang et la vitre a explosé.

– Nous devrions lui donner le coup de grâce, dit Rožman après avoir examiné l'animal et l'avoir recouvert du peignoir abandonné sur le siège arrière.

Rožman adressa quelques mots en slovène à l'homme en uniforme qui l'accompagnait, lequel transmit le message par radio.

– Nous allons le conduire à la clinique vétérinaire de Ljubljana. Comment peut-on amocher une bête à ce point?

– Et ça, c'est quoi? interrogea Laurenti en montrant le sac en plastique.

– Ce qu'il avait dans ses poches. Une belle somme d'argent ! Et un Magnum 44.

– Vous avez les papiers du conducteur ?

Rožman feuilleta le passeport.

– Un compatriote à vous, Laurenti. Domenico Calamizzi, domicilié à Reinbek, Allemagne.

Laurenti prit note.

– On verra s'il figure dans nos fichiers.

Il nota également l'immatriculation du Combi.

– Notre nouvelle collaboration commence bien, dit Rožman. Nous allons faire la une des journaux. Je suggère que nous remettions les formalités à demain, ajouta-t-il après un regard à sa montre.

Puis il tendit la main à Laura.

– Je ne connais pas encore votre nouvelle collaboratrice.

– Laura, ma femme, fit Laurenti. Mais pourquoi l'homme s'est-il enfui ?

– Une femme lui est rentrée dedans. Pas de blessure grave. La chance des ivrognes. Elle était manifestement dans son tort. C'est d'autant plus étonnant qu'il ait pris la poudre d'escampette. Mais comment se fait-il que vous ayez réagi aussi vite ?

– Nous allions rentrer, il s'est tiré juste devant nous.

La sonnerie du téléphone mobile de Laurenti les interrompit. Reconnaissant le numéro de la petite inspectrice, il fit quelques pas de côté, mais Laura et le collègue de Sežana l'entendirent pousser un énorme juron.

– Enfin, qu'est-ce qui se passe ? Pina, allez-y et notez tout. Les morts ne sont pas pressés. Je suis en Slovénie. Ce n'est pas possible !

Il revint vers Rožman.

– Encore un mort. De notre côté. Un cadavre calciné à l'entrée d'un sous-bois. Je parie qu'il y a un rapport avec notre affaire.

*
*   *

Sedem avait jeté une veste sur ses épaules et poussé son fauteuil roulant sur la terrasse pour contempler le ciel étoilé. La porte du salon était restée ouverte et le swing moderne d'Amy Winehouse, «Love Is A Losing Game», réchauffait l'atmosphère. Sedem voyait s'amenuiser au loin les feux arrière de la Maserati qui lui enlevait Pina. Que lui était-il donc arrivé? N'avait-il pas une idée précise de son avenir? Il n'avait rien contre la police, au contraire. Et il avait beaucoup en commun avec la petite inspectrice: idéalisme, sens de la justice, professionnalisme, scepticisme, besoin de clarté dans tous les domaines de la vie, refus du compromis et respect mutuel. Elle avait même, malgré son appréhension et contre tous ses principes, fumé deux joints avec lui. Mais jamais il n'aurait imaginé pouvoir ici même, dans la maison de son père, devenir intime avec qui que ce soit. Depuis son accident, il se sentait libre comme l'air, il n'avait plus besoin d'une justification quelconque pour adopter une conduite différente de celle qu'on attendait de lui. Et il avait l'habitude d'être seul.

Il avait vu sa vie différemment. Il pensait à un avenir dans un pays asiatique, peut-être au Vietnam, où son père était allé dans sa jeunesse et où il avait vu des choses dont il ne parlait jamais. Un couturier de Londres lui confectionnait, depuis, des gants qu'il ne quittait jamais. Sedem ne se souvenait pas d'avoir jamais vu les mains de son père.

Il tira longuement sur son joint. Dès qu'il aurait mené à bien la première étape de ses affaires, il passerait à la phase suivante. Il savait que les quatorze millions amassés jusque-là ne suffiraient pas. Il rêvait d'une avancée spectaculaire dans le monde. Les ONG, trop soucieuses de maintenir en place leurs propres structures, en étaient incapables. Les nations qui souffraient n'étaient que des cobayes pour les représentants des pays industrialisés, obsédés par la croissance. Sedem avait suffisamment de loisirs pour observer le cours des choses, il tirait d'autres conclusions des informations livrées par les médias. D'après lui, les moyens pour nourrir la planète ne manquaient pas. C'était la politique agricole qui était truquée. La faim ne sévissait en Afrique que parce qu'il était aussi peu rentable de planter que d'exporter. On cassait les prix sur place et les multinationales raflaient les subventions, faisant de l'aide humanitaire une affaire juteuse. Les profits, comme les leviers de la domination mondiale, restaient concentrés dans quelques mains de fer. C'est là qu'intervenaient les spéculateurs comme Duke et autres requins de la finance. Le projet de Sedem était radicalement différent, ses objectifs étaient l'autonomie, l'indépendance, la formation et l'avenir : avec Sedem Seven Continents, son entreprise, il espérait avoir les moyens de son ambition.

Les feux arrière de la Maserati disparurent après un dernier virage. Du salon parvenait le « Fuck Me Pumps » d'Amy Winehouse. Sedem trempa ses lèvres dans son verre et tira sur son joint. La marijuana qu'il avait achetée à Dean était de première qualité. Celui-ci prétendait qu'elle provenait d'un petit producteur qui la cultivait dans un bois au milieu du no man's land près de Lipizza. Garantie pure et cueillie à la main. L'après-midi, il avait lu que le coût du papier bible avait terriblement augmenté parce que les Chinois fumaient trop. S'il l'avait su plus tôt, il en aurait profité. Il écrasa son joint. Au loin, il aperçut les fusées du feu d'artifice qui jaillissaient en plein ciel et retombaient les unes après les autres. Une barrière était tombée. Il était seul, assis sur la terrasse, pensait à Pina et se demandait que faire.

Ô joie, étincelle divine !

– Calamizzi Domenico, né le jour de la Saint-Valentin en 1978 à Petilia Policastro, province de Crotone, en Calabre. Les collègues de Milan l'avaient à l'œil parce qu'il rackettait, dans le Quarto Oggiaro, pour le clan des Carvelli, originaires de la même région. Ils tiennent le quartier, non seulement pour la drogue, mais pour les logements sociaux loués illégalement. Ils ont de bons rapports avec les Albanais. Il est également question de pitbulls : ils s'en servent pour intimider les mauvais payeurs. Jusqu'ici, toutes les dénonciations étaient couvertes par l'anonymat. Personne ne porte plainte directement.

Bien que Marietta n'ait pas lésiné sur le maquillage, on voyait qu'elle avait les yeux cernés. Dans quoi avait-elle entraîné Sgubin, la nuit précédente ?

– À chaque interrogatoire, il est ressorti libre. En 2006, il s'est retiré des affaires. Le consulat italien de Hambourg lui a délivré il y a six mois un nouveau passeport, l'ancien étant périmé. Sinon, il ne s'y serait probablement pas présenté. L'adresse à Reinbek est purement formelle.

C'était le lendemain de la fête, mais le jour de la cérémonie officielle. Tout le monde était en retard, sauf Proteo Laurenti, qui voulait être le premier à informer le procureur des événements de la nuit. Les médias allaient faire leurs choux gras de la poursuite infernale et il valait mieux se couvrir d'entrée de jeu. En outre, un tel rassemblement de VIP allait requérir toutes ses forces. Laurenti avait l'impression d'être passé sous un camion. Il avait hâte de voir venir les congés de Noël, pour rattraper toutes les heures de sommeil perdues. Laura ne lui avait fait aucun reproche lors du retour, mais sa mine en disait long. Depuis vingt-six ans, elle était mariée à un policier, habituée aux coups de téléphone qui les réveillaient en pleine nuit ou les interrompaient en plein repas, provoquant un départ immédiat. Elle n'avait elle-même échappé que de justesse à un attentat qui visait son mari. Mais jamais elle n'avait accompagné Laurenti lors d'une intervention. Elle n'avait pas eu peur quand il avait bloqué le Combi Mercedes. La tension s'était relâchée après et une profonde fatigue l'avait alors envahie. Ils étaient rentrés à la maison à quatre heures du matin. Marco était en train de s'affairer dans la cuisine, avec des explications plus que floues. Il avait bredouillé en ricanant qu'il faisait bouillir du lait d'amande avec du gingembre frais pour soulager les brûlures d'estomac de sa sœur. Laura s'était retirée sans un mot dans la chambre, tandis que Laurenti s'était retenu à grand-peine de faire un sermon à son fils, pour qu'il boive moins et cesse de fumer. Dans son état, il n'aurait pas pris son père au sérieux.

– Le commandant Rožman a appelé, poursuivit Marietta. Il demande si tu peux venir à Sežana vers midi, pour régler les formalités.

– Manquait plus que ça !

– Ils sont en train de vérifier les appels de ce Calamizzi. Je me suis chargée des numéros italiens. Devine qui j'ai trouvé !

– Manfredi ?

– Exactement ! Leur dernière conversation remonte à mardi matin.

– Alors qu'il était déjà parti pour son dernier voyage. Je constate que Rožman sait y faire. Un simple appel à mon assistante et plus besoin de toute la paperasse pour se faire communiquer des informations de l'étranger.

– Tu peux faire pareil, reprit Marietta en brandissant un papier qu'elle avait trouvé sur son bureau avant d'ouvrir l'ordinateur. Nous avons tous les relevés des fournisseurs d'accès concernant les appels de Manfredi. Tu peux demander la réciproque à Rožman, si tu le vois. Mais tu vas faire les yeux ronds.

Marietta avait souligné plusieurs rubriques au marqueur rouge.

– Tous des hommes du Quarto Oggiaro, le quartier à problèmes de Milan, où la'Ndrangheta et la Camorra tiennent le haut du pavé et non la Ligue du Nord. Je ne serais pas étonnée qu'ils dirigent aussi le trafic de drogue à Trieste, peut-être même au-delà de la frontière à Izola. Si je ne me trompe, tu as fourré par hasard tes pieds dans un gigantesque guêpier.

– Comment ça, par hasard? protesta Laurenti en examinant la suite de la liste. C'est un peu fort!

Son regard était attiré par des numéros de téléphone de Trieste et des environs que Marietta avait surlignés en bleu. Il en connaissait certains titulaires personnellement. Il comptait même des amis parmi eux. Aucun ne lui était inconnu.

– ... Noël blanc à Trieste! Il y a là la moitié de la haute société, de gauche comme de droite!

– S'il gagnait sa vie en dealant, c'est qu'il devait disposer d'une sacrée clientèle! Regarde un peu ces noms! ajouta Marietta avec jubilation.

– Et moi qui pensais que sniffer dépendait de la saison! Mets cette liste en lieu sûr. Si je m'en occupe, ce ne sera pas avant l'année prochaine.

– Oui, mais si c'est un de ceux-là qui a Manfredi sur la conscience? objecta Pina, à qui ce flegme était étranger.

– Raison de plus pour attendre l'année prochaine, reprit Laurenti. Le client est roi. Si j'interroge tout ce petit monde avant les fêtes, il y aura du grabuge. Personne ne va disparaître, inutile de s'inquiéter. Ils vont tout au plus passer quelques jours à Cortina d'Ampezzo et seront tous là pour l'Épiphanie. Je ne perds pas la face et, dans l'intervalle, nous accumulons les charges pour faire éclater le scandale.

– J'ai déjà transmis discrètement une demande d'informations aux collègues de Milan, précisa Marietta en glissant la liste dans une chemise. Par ailleurs, une journaliste du *Piccolo* a appelé pour obtenir une interview. Elle envoie un photographe. Idem avec un reporter de la RAI.

– Essaie de t'en débarrasser. Renvoie-les après la cérémonie de Rabuiese. Dis-leur que je suis en intervention extérieure, ou alors qu'ils s'adressent au questeur. Le chef était hier soir chez lui dans son salon, il est donc parfaitement informé. Je voudrais encore un expresso, personne ne le fait comme toi. Je suggérerai au procureur d'engager une procédure d'extradition à l'encontre des Calamizzi. Rožman n'y trouvera rien à redire. Ça lui fera du travail en moins. Et puis j'irai sur les lieux où on a trouvé le cadavre carbonisé.

– Je viens avec vous, annonça Pina. On y verra mieux en plein jour. L'autopsie n'est pas terminée, mais une chose est sûre : l'homme a été abattu avant d'être brûlé. Le Dr Zerial parle d'un impact juste au-dessus de l'os malaire droit. En ressortant, la balle lui a arraché la moitié de l'occiput.

À neuf heures trente, Laurenti engagea sa voiture sur le petit chemin qui conduisait au Stari Kal, l'étang de Banne. Il s'arrêta juste après un virage. Il aurait trouvé même sans l'aide de Pina, car l'endroit était délimité par un ruban de plastique. Les collègues de la police scientifique, en combinaison blanche, étaient en train de le passer au peigne fin. Quelques points précis étaient marqués par un panonceau numéroté. Une tache noire de deux mètres de diamètre portait le numéro 1. L'herbe avait roussi, les contours du corps avaient été dessinés à la craie blanche. Laurenti n'avait nulle envie de franchir la lice. Il jeta un coup d'œil autour de lui. La doline où Manfredi laissait sa caravane n'était pas loin. Un chemin de terre aboutissait à la frontière, mais on n'y relevait aucune trace de pneus. De toute façon, la végétation d'un rouge flamboyant n'aurait pas laissé le passage à un véhicule. Plus près de la route, on apercevait à travers les arbres dénudés le pignon de la Scuola Julius Kugy.

– Apparemment, on l'a déchargé ici et on l'a aspergé d'essence, dit Alfieri, le chef de la police scientifique, en tapant dans ses mains pour se réchauffer. Même si l'hiver est doux, on gèle au bout de trois heures, si le soleil ne perce pas. Nous sommes ici depuis très tôt ce matin. Une couche de nuages enveloppait la terre de grisaille, comme si le ciel avait scrupule à réveiller tous ceux qui avaient bu et dansé jusqu'à l'aube.

– Celui qui a fait ça ne connaissait pas les lieux, déclara Laurenti. Sinon il se serait avancé davantage et aurait caché le corps de façon que personne ne le trouve avant des semaines. Donc il était pressé, peut-être poursuivi, et il ne s'est arrêté que lorsqu'il s'est cru hors de portée.

– Il y a une demi-heure, des gens de Trebiciano sont passés. Des curieux, comme d'habitude. L'un d'eux a dit que, la nuit dernière, plusieurs grosses voitures immatriculées dans différents pays avaient traversé le village. Il a pensé que c'étaient des joueurs du casino de Lipizza qui profitaient de la disparition de la frontière pour rejoindre plus vite l'autoroute.

– Et le mort ? interrogea Laurenti.

– Les vêtements sont carbonisés, répondit Zerial, il n'y a rien à en tirer. Rien dans les poches. D'après sa dentition, l'homme avait entre trente et quarante ans. Avec un peu de chance, on trouvera bien la moitié d'une empreinte digitale. Il était appuyé sur la main droite. Mais ne te fais pas d'illusions. Au fait, nous avons découvert un lambeau relativement intact de passeport issu de l'Union européenne. Illisible, certes, mais l'analyse nous dira de quel pays il vient.

– Quand ? demanda Laurenti.

– L'année prochaine, répondit Alfieri. Avant Noël, rien ne se fera.

– Tu plaisantes ! Il est possible que nous tenions déjà le coupable. Du moins les collègues de Sežana. Ne me laisse pas tomber !

– Je t'avais pourtant bien dit de ne plus me coller d'affaire cette année, grogna Alfieri en s'éloignant. Les morts ne sont pas pressés.

– Mais moi, je suis vivant! lança Laurenti. Alors fais un effort!

– De grosses cylindrées à Trebiciano, dit Pina en rejoignant la voiture du chef. Personne ne m'en a parlé, cette nuit.

– Commençons par interroger les gens eux-mêmes.

Entouré de mûriers, le joli village de Trebiciano était célèbre pour son gouffre qui, de faille en faille, conduisait au cours souterrain du mythique Timavo déjà chanté par Virgile. Lorsqu'on s'était mis à la recherche de nouvelles ressources en eau pour la grande ville côtière, on avait découvert dans les profondeurs un petit animal blanc, une espèce vieille de plusieurs centaines de milliers d'années, qui avait valu bien des sarcasmes au commissaire, à ses débuts à Trieste – le protée « *Proteus anguinus Laurentii* ». Quelques années auparavant, Laurenti était descendu avec deux amis bien équipés dans le gouffre, mais, hormis de sérieuses courbatures et une truite – la première depuis cent quarante et un ans –, ils n'avaient rien ramené à la surface. En ville, les gens âgés connaissaient encore ce village du karst car, jusque dans les années soixante, les femmes de Trebiciano descendaient à pied le lait dans des bidons spéciaux qu'elles portaient sur la tête. Au retour, elles faisaient une halte dans une *osteria* et buvaient un verre de vin, à une époque où, dans le reste de l'Europe, aucune femme n'aurait osé entrer seule dans un café. En cela, elles n'étaient pas différentes des Triestines. Aujourd'hui, il n'y avait plus de vaches au village. Mais un adage concernant ses habitants avait toujours cours : « Ils ronronnent comme des chats autour des mûriers. » L'emblème du club sportif était effectivement une tête de chat noir.

Laurenti se gara sur la place de l'église, au milieu de laquelle se dressait un monument dédié aux morts de la Seconde Guerre mondiale, une stèle de trois mètres de hauteur, en calcaire du haut plateau, burinée par les intempéries et portant une plaque rédigée en slovène. Une femme assise sur un banc voulut bien la leur traduire : « Les morts seront le flambeau d'un jour nouveau, / une lumière sans cesse plus vive, / symbole d'espoir, / force qui apaise la tempête. »

– Elle a été érigée en 1946 dans l'espoir de jours meilleurs, d'une période de paix, ajouta la femme. Maintenant que la frontière a disparu, nous y sommes peut-être. Nous avons dansé jusqu'à quatre heures du matin.

Laurenti repéra un petit bar dans la rue principale, où l'on vendait des cigarettes et des billets de loterie. Pina acheta un ticket et commanda un expresso. Laurenti opta pour un vin blanc-limonade. Plusieurs clients confirmèrent avoir vu, en début de soirée, de grosses voitures obliquer dans le petit chemin en direction de la doline, mais personne ne s'en était soucié.

Revenus à l'entrée du village, Laurenti et Pina empruntèrent un chemin caillouteux qui conduisait à un chalet de spéléologues et longeait le précipice. Ils découvrirent alors, en contrebas, des traces de pneus qui avaient foulé l'herbe et la broussaille.

– Restez assise, Pina. Ménagez votre pied.

– Là-bas, regardez ! s'écria la petite inspectrice, tout excitée, en pointant du doigt le bosquet. Il y a quelque chose qui pend !

Elle ouvrit la portière brusquement et s'élança en boitant.

Laurenti n'en croyait pas ses yeux. À deux mètres de hauteur était accroché à une branche, une corde autour du cou, le cadavre ensanglanté d'un chien dont le pelage avait dû être blanc et qui avait probablement subi une mort atroce. Ses pattes avant s'étaient recroquevillées, comme s'il avait voulu courir ; un lambeau de peau pendait de sa mâchoire inférieure ; l'os était à nu. Sur son poitrail, une plaie béante ; du sang coagulé couvrait son ventre.

Les deux policiers échangèrent un regard de dégoût.

– Il ressemble à celui qui m'a mordue. Même race, mais d'une autre couleur.

Pina tournait autour de la bête en se tordant les chevilles sur les cailloux. Laurent composa le numéro d'Alfieri.

– Tu peux faire une croix sur ton séjour à Cortina, lança-t-il en guise de salutations. Dès que vous êtes prêts, rejoignez-nous près du gouffre de Trebiciano.

– Encore un mort ? demanda Alfieri, incrédule. Mais qu'est-ce qui se passe ? On n'en a jamais eu autant d'un seul coup depuis la fin de la Seconde Guerre mondiale !

– C'est vrai, reconnut Laurenti. Un cadavre de chien et une multitude de traces de pneus. Il y a du sang partout dans la doline. Du verre cassé aussi, une vitre de voiture.

– Peut-être le père Noël, répliqua sèchement Alfieri, qui voyait s'envoler ses vacances d'hiver.

– Il faut ratisser tout le terrain. À grande échelle. À ta place, je demanderais du renfort. On a tiré des coups de feu ici, ajouta Laurenti, qui venait de remarquer un impact dans l'écorce d'un tronc d'arbre.

– Tout de même pas pour un chien !

– Non, à cause du grand brûlé. Je parie qu'il est venu ici. Amenez des détecteurs de métaux, vous trouverez sûrement une balle.

Laurenti raccrocha et composa le numéro de Rožman. Le collègue slovène répondit immédiatement.

– Je suis devant la Conca d'Orle, entre Trebiciano et Orlek. Juste sur la frontière. Un pied en territoire italien, l'autre en territoire slovène. Il a dû se passer quelque chose de terrible, ici. Je crois que vous devriez vous mettre à la recherche de fragments d'os et de projectiles dans le Combi Mercedes. Venez, s'il vous plaît, il faut que nous nous mettions d'accord sur la répartition des compétences sans l'aide d'un arpenteur. Nous sommes tous les deux concernés.

À peine avait-il raccroché que Marietta appela.

– C'est cette nuit que le paquet de Manfredi a été repêché dans la fosse à purin.

– À quelle heure ?

– Minuit environ.

– Et ils ont arrêté les types ?

– Non.

– Pourquoi ?

– Les deux agents ont fait quelques pas en direction de Fernetti pour mieux voir le feu d'artifice. Ils affirment ne pas s'être éloignés de plus de cent mètres et avoir toujours gardé un œil sur l'accès à la doline.

– Baratin ! Et la surveillance vidéo. Ils ont récupéré la bande ?

– On distingue juste un homme vêtu de noir. Masqué. De forte stature. Agile, malgré une bonne bedaine. Et sachant parfaitement où fouiller dans la merde.

*
* *

Peu avant une heure du matin, Dean, rentré chez lui, brûlait son matériel. Son regard effleura avec satisfaction le paquet qui trônait sur la table de la cuisine, et la troisième bouffée tirée de son joint lui permit enfin de se détendre. Il portait à ses lèvres une rasade de brinjevec, un genièvre à fort taux d'alcool produit illégalement, lorsqu'on tambourina à la porte. Dean sursauta, renversant son verre qui laissa une tache sombre sur son pull-over tendu sur le ventre et flottant aux épaules. Dean consulta sa montre et se leva en soupirant. Il avait les pieds endoloris d'avoir marché sur des cailloux pointus à travers les broussailles. Il descendit l'escalier et ouvrit la porte. Mario, son contact d'Izola, se présentait plus tôt que prévu.

– Tu as la marchandise ?

– Qu'est-ce que tu crois ?

Ils passèrent à la cuisine. Dean servit du vin blanc, tandis que l'autre contemplait avec délectation le paquet sur la table, le soupesait, le retournait, avant de finir par le reposer.

– Il était où ?

– Dans la fosse.

– Une chance !

– On peut le dire. Les flics étaient venus et avaient même installé des caméras, mais ils ne mettent jamais la main dans la merde, même s'ils y sont *obligés*. Je les ai roulés, ajouta-t-il avec un sourire cynique.

– Imagine ce qui se serait passé, si ça n'avait pas été le cas !

– Tu as le flingue ?

Mario prit dans sa poche un automatique enveloppé dans un chiffon et trois chargeurs, qu'il posa sur la table.

– Il est *clean* ?

– Il sort de la fabrique, sans numéro de série. Quarante-cinq coups. Avec ça, tu peux partir en guerre.

Puis il sortit d'une poche intérieure une enveloppe tape-à-l'œil.

– Et voilà ton billet d'entrée.

Dean l'ouvrit et en tira un document officiel. C'était une invitation, destinée aux VIP, à la cérémonie officielle organisée au poste de Rabuiese. Un coupon bleu lui réservait une place de parking à proximité du barnum.

Tout s'était bien passé. Mais Dean ne devait pas tarder à se rendre compte que Manfredi l'avait doublé. La sonnerie du téléphone le tira du profond sommeil dans lequel, soulagé de l'issue des événements de la journée, il avait sombré. Il était content de lui, il avait résolu au moins un de ses problèmes. Il pouvait désormais répondre aux ordres de Mervec. En tâtonnant pour attraper le téléphone, il entrevit les aiguilles du réveil. Il n'y avait pas trois heures que Mario lui avait rendu visite. Que voulait-il encore ?

– Il y a un problème, Dean. Je ne voudrais pas être à ta place.

Mario parlait d'une voix que le plus pathétique des curés n'aurait pas adoptée pour l'enterrement du diable.

– La marchandise est trafiquée !

– Quoi ? fit Dean, le souffle court. J'ai repêché le paquet dans la fosse exactement là où Manfredi l'avait mis !

– Tu sais ce qui arrive aux traîtres. Et à ceux qui veulent travailler pour leur propre compte et truander la famille.

– Ce n'est pas de ma faute.

Dean toussota, tira nerveusement une cigarette de son paquet.

– Il y a quoi, dans le paquet ?

– Uniquement des produits pour couper la marchandise. De la levure et de l'E 421, du mannitol, du laxatif pour bébés qu'on trouve à la pharmacie. Et c'est à toi que ça arrive ! Tu as jusqu'à demain soir !

– Mais…

Il s'interrompit brutalement. La cendre de sa cigarette venait de tomber sur sa bedaine et de faire un gros trou dans le pull-over.

– Manfredi était un homme à toi, le coupa sèchement Mario. Nos amis de Milan sont très énervés. N'oublie pas. Demain soir. La marchandise ou l'argent. Pas un jour de plus.

– Ça fait des années qu'on travaille ensemble et tu supposes…

Mais il parla dans le vide. L'autre avait raccroché. Il en avait des sueurs froides. Il balaya les cendres sur son pull-over et se mit à aller et venir fébrilement. Il était coincé. D'une part, Mervec menaçait de le brûler et il en avait les moyens. Malgré ses réticences, il avait dû prendre la relève de Manfredi. Pourquoi ce salaud s'était-il fait trucider ? Et pourquoi avait-il truandé, à en croire Mario ? D'autre part, comment réunir une si grande quantité de cocaïne en si peu de temps ? Il savait exactement ce qui l'attendait, s'il ne répondait pas à l'ultimatum. Il consulta sa montre et fit chauffer de l'eau pour le café. Bien que cela lui en coûte énormément, il ne lui restait plus qu'à prendre sa voiture et à se rendre à Klagenfurt. Il serait l'un des premiers clients de la banque et retirerait deux cent cinquante mille euros sur son compte personnel.

– Je ne sais pas, annonça le commandant Rožman, mais il n'est pas exclu que l'échelon supérieur, à Koper, récupère l'affaire. J'ai passé quasiment toute la matinée à rédiger des rapports.

Ils déjeunaient à la Gostilna Ravbar, à Dutovlje, du côté slovène du karst, comme Rožman l'avait proposé. Pour la première fois, Laurenti avait traversé la frontière sans s'arrêter, alors que, cinq cents mètres avant, il palpait machinalement ses poches à la recherche de ses papiers.

– On m'a à l'œil depuis un moment, précisa Rožman. À Sežana, j'ai été muté d'office. Auparavant, j'étais directeur adjoint de la police à Celje. Il y a quelques années, j'ai enquêté sur un politicien, qui avait naturellement de meilleures relations que moi. Les Chevaliers de Malte sont puissants chez nous et occupent de hautes fonctions. J'aurais dû le savoir, j'étais trop idéaliste. La Slovénie est un petit pays et tout le monde connaît tout le monde. Mais, je vous rassure, ils ne se sont pas encore débarrassés de moi. Et je ne leur rendrai pas la tâche facile. Si un jour il y a un changement de gouvernement, je serai à nouveau dans la course.

Pina s'attaqua, pour la première fois de sa vie, à une ljubljanska, une énorme escalope panée fourrée au jambon et au fromage. Proteo Laurenti avait opté pour un rôti de veau, plus léger, précédé d'une soupe de gruau. Il écoutait attentivement son collègue, qui s'attaquait, lui, à un magnifique jarret de veau. Les numéros de téléphone que Laurenti lui avait transmis étaient en cours d'identification. Rožman attendait les résultats d'un moment à l'autre. Il précisa qu'il avait interrogé dans la matinée Domenico Calamizzi, dont l'arme se trouvait déjà à Ljubljana pour examen balistique. Il n'y avait aucun doute, elle avait servi, mais le projectile fiché dans le plafond du Combi Mercedes n'en provenait pas. Il n'y avait pas grand-chose à retenir contre Calamizzi. Mauvais traitements à animal, certes, mais il affirmait avoir découvert le chien blessé et s'être immédiatement mis à la recherche d'un vétérinaire. Comme il connaissait la région, il avait accéléré à fond pour arriver plus vite à la capitale, où il espérait trouver quelqu'un de compétent. La question : « Pourquoi pas à Trieste ? » resta sans réponse. Il se tut également sur l'origine des cent quatre-vingt-dix mille euros qu'il avait en poche. Son véhicule avait déjà été transféré à Ljubljana ; dans l'après-midi, on disposerait des résultats de l'analyse ADN des taches de sang et des fragments d'os. Laurenti appela Zerial et le pressa de clore son rapport concernant le cadavre qu'il avait entre les mains à Trieste.

– Je suis né à Koper, poursuivit Rožman, qui fit signe à la patronne de leur remettre une carafe de teran, un vin aux reflets sombres. Ce qui fait mal, quand on est muté d'office, c'est la perte de pouvoir. Sinon, cela n'aurait pas beaucoup d'importance, la Slovénie ne se compose pratiquement que de provinces frontalières. Les frontières avec la Hongrie, l'Autriche et l'Italie ont disparu cette nuit, mais celle qui nous sépare de la Croatie est plus imperméable que jamais. J'ai de la famille en Istrie. Vous pouvez rentrer dans l'espace Schengen avec une simple carte d'identité. C'est fou ! Les querelles concernant les compétences territoriales vont se rallumer, comme cela arrive régulièrement depuis l'indépendance de 1991. Quand tous deux faisaient partie de la Yougoslavie, la délimitation des pays frères n'était pas très utile, mais maintenant cela ne suffit plus.

– Qui a défini, après la guerre, le tracé de la frontière autour de Trieste ? demanda Pina entre deux bouchées.

Elle avait déjà englouti la moitié de son impressionnante portion. Comme tous ceux qui n'étaient pas de la région et n'étaient pas de la vieille génération, elle en savait peu sur la question.

– C'est une histoire compliquée, comme beaucoup de choses par ici.

Rožman agita la main devant sa bouche, comme s'il s'était brûlé le palais.

– Jusqu'en 1954, le territoire de Trieste, placé sous administration alliée, était scindé en zones A et B. C'était un protectorat des Nations unies dénommé Free Territory of Trieste, FTT, ou TLT, Territorio Libero di Trieste. En 1947, des arpenteurs anglo-américains avaient été chargés de tracer la ligne de partage sur le karst en essayant de s'appuyer sur les registres cadastraux. Ils ont tout mesuré, mètre par mètre, et marqué la limite avec des poteaux et des bornes qui se déplaçaient nuitamment, parfois de quelques mètres seulement. Parlez-en aux anciens, ils vous en raconteront de bien bonnes. Le TLT comprenait la moitié de l'Istrie, y compris Buie et Citanova, qui devint Novigrad sous Tito. Mais avec le mémorandum de Londres, qui stipulait que la zone B revenait à la Yougoslavie, il a fallu redéfinir la frontière au sud de Trieste. L'affaire est restée en l'état et la partition a été finalement reconnue par les deux pays en 1975. Voyez, par exemple, mon ami Marino, l'ancien maire de Duino-Aurisina. Si l'on en croit ses papiers, il est né dans deux endroits différents. Incroyable ! En fait, il a vu le jour dans la maison familiale, à Caldania, village istrien proche de Buie, secteur de Pirano, c'est-à-dire en zone B. Sur son permis de conduire, qu'il a passé à Trieste en 1968, est indiqué Pirano, Slovénie, comme lieu de naissance. Mais sur sa carte d'identité c'est Buie, Croatie, qui figure, parce que, dans l'intervalle, la frontière a bougé. Il n'y a plus que les vieux pour vous donner des détails là-dessus.

– Dieu merci, soupira Pina, tout cela est derrière nous.

Sous les yeux ébahis des deux hommes, elle avala une énorme bouchée de viande. C'était fou ce qu'elle pouvait ingurgiter !

– Mais le chemin a été long, intervint Laurenti. Dommage que l'Union européenne soit si ambiguë. Les fonctionnaires de Bruxelles n'ont que le maintien de la diversité à la bouche, mais, en fin de compte, c'est d'une union économique qu'il s'agit, dans laquelle les lobbyistes font la loi. Tout est normé, du siège de tracteur pour champ de betteraves au préservatif. Lorsque la Slovénie a adhéré le 1er mai 2004, les barrières commerciales sont tombées, la circulation des marchandises est devenue libre, puis sont venus l'alliance militaire et enfin l'euro. Les hommes sont la cinquième roue du carrosse de l'extension de l'Union européenne.

Le téléphone portable de Laurenti sonna. La conversation fut brève. Sourcils froncés, le commissaire remercia et éteignit l'appareil.

– C'était la procureure générale de Pula. En Istrie, des affiches du groupe « Istria libera » ont refait leur apparition.

– Belles relations ! fit Rožman, admiratif.

– Et devinez qui est sur la photo ?

Rožman et Pina dressèrent l'oreille.

– Duke. Avec la mention : « Plutôt mort que vif. »

Laurenti composa un nouveau numéro.

– Vous tenez enfin votre fantôme ? attaqua Biason, qui avait répondu dès la deuxième sonnerie.

Laurenti informa brièvement l'homme du ministère de l'Intérieur.

– Je rappelle Ljubljana, conclut Biason. Mais ni eux ni moi ne croyons qu'il faille s'inquiéter. Ce qui ne nous empêche pas de renforcer les mesures de sécurité à son entrée. Il s'agit d'une personnalité importante. Je me suis renseigné auprès des collègues américains. Votre Goran Newman est membre du IAB du CFR des États-Unis et…

– De quoi ? l'interrompit Laurenti.

– Un think tank…

– Mais encore ?

– Bref, l'homme est influent. Son père était haut placé au Département d'État. En 1995, celui-ci s'est doté d'un Conseil pour les relations extérieures, le CFR, Council for Foreign Relations, dont il a été pendant des années le sous-directeur. On y trouve des politiciens, des scientifiques, des journalistes et surtout beaucoup de représentants du monde de l'économie…

– … qui, je suppose, indiquent au gouvernement les pays dans lesquels il faut débarquer pour améliorer la situation économique…

– Si l'on veut, poursuivit Biason sans s'émouvoir. Il s'agit de définir les relations extérieures. Et ce CFR a lui-même une instance de conseil, l'IAB, International Advisory Board, où Goran Newman a été admis, probablement grâce à l'entremise de son père, encore vivant à l'époque. L'IAB a son siège à New York et compte trente-trois membres, qui viennent de pratiquement autant de pays. Ce sont presque exclusivement des responsables économiques. Leur rôle est de fournir un diagnostic aussi précis que possible.

Laurenti émit un sifflement admiratif.

– Ce qui signifie que Duke est membre d'un aréopage qui décide de l'avenir du monde ? Quelqu'un d'ici ? À peine croyable !

– Pourquoi pas, Laurenti ? Il fait des milliards avec ses fonds d'investissement. Auparavant, il était conseiller économique auprès de l'ambassade américaine à Moscou.

– Il a l'air parfaitement normal !

– Il ne fait rien d'illégal. Mais sa position fait beaucoup d'envieux. Les gauchistes se ruent volontiers sur ce genre de personne. Laurenti, ne vous faites pas de souci, nous gardons un œil sur lui. Nous nous voyons demain à Rabuiese. Je démarre dans une heure.

Laurenti n'était pas rassuré pour autant. Il résuma la situation à Rožman et à Pina. Il avait l'appétit coupé, bien que le rôti soit délicieux. Il s'excusa auprès de la patronne d'en laisser la moitié. Rožman et Pina commandèrent encore deux rigojanci, des tartelettes au chocolat. Laurenti se contenta d'un expresso.

Ils restèrent attablés au Gostilna Ravbar. En attendant qu'on les rappelle, Rožman remplit plusieurs formulaires, qu'il fit signer à Laurenti. Ils concernaient la poursuite de la nuit précédente. Le téléphone portable du commissaire sonna le premier. Zerial lui indiqua le groupe sanguin du mort et compléta son rapport. L'homme était déjà mort quand on l'avait arrosé d'essence et brûlé. Laurenti lui demanda simplement de communiquer par mail ces résultats à la police scientifique de Ljubljana, comme convenu avec les collègues. Puis Rožman annonça que l'un des numéros du téléphone portable de Domenico Calamizzi était également enregistré sur l'appareil de Manfredi. Trois autres personnes étaient interrogées à Izola, depuis longtemps soupçonnées de tremper dans le trafic de drogue.

– Dean Čuk, fit Rožman, je le connais. Il habite une ferme du Val Wippach, à environ dix kilomètres de notre ami Duke. Personnage douteux. Autrefois, il faisait partie de l'UDBA, les services secrets yougoslaves. Ensuite, pendant deux ans, de la SOVA, l'organisation slovène qui lui a succédé. Puis il a décroché et il est venu s'installer ici. Comme tous les types de son espèce, il a gardé d'excellentes relations. Mais, pour l'instant, rien à lui reprocher. Si nous passions un accord, Laurenti ? Cette liste de numéros d'Izola est un coup de chance. Vous avez les contacts italiens à Milan, du Quarto Oggiaro, également les numéros de Trieste. Que diriez-vous si nous procédions de façon coordonnée, si nous mettions nos informations en commun, pour éventuellement aller plus loin ? Je ne pense pas qu'il faille frapper fort dès maintenant.

Pina ouvrit de grands yeux. C'était exactement ce que Laurenti avait dit, le matin même. Elle, elle aurait procédé autrement. Elle aurait immédiatement pris rendez-vous avec le procureur pour demander une mise sur écoute. Mais les deux vieux renards ne s'affolaient pas. Étaient-ils si sûrs que personne ne leur échapperait ?

– Rožman, dit Laurenti, que se passera-t-il si nous réussissons ?

– Ma position s'en trouverait extrêmement améliorée.

– Un empailleur d'écureuils néofasciste et un Calabrais, qui appartient probablement à la 'Ndrangheta et qui se promène avec un chien près d'expirer : tous les deux ont le numéro de ce Dean. Vous avez eu vent de combats de chiens ?

– Chez nous, ils sont interdits depuis quelques années, mais on en entend parler régulièrement. Ils sont aux mains d'une communauté particulièrement discrète, difficile à approcher. Les sanctions ne sont pas dissuasives. Mauvais traitements à animal. Personne ne va en prison pour ça. En revanche, les paris sont organisés par la pègre. En Bosnie et en Serbie, le phénomène est fréquent. Ici, non.

– Dites-moi, Rožman, combien de temps pouvez-vous effectivement retenir ce Calamizzi ?

– En fonction des éléments dont je dispose, je devrai le relâcher demain soir.

Rožman sortit son téléphone portable.

– Voyons où en est la police scientifique de Ljubljana avec le Combi Mercedes.

Le résultat fut sans surprise. Le mort sans nom occupait bien le siège du passager lorsque la balle l'avait atteint. L'ADN correspondait à cent pour cent au constat de Zerial.

– Calamizzi reste donc à l'ombre, dit Rožman. Normalement, si nous ne nous connaissions pas tout à fait par hasard, nous devrions être en train de nous battre sur la question des compétences. Cela entraînerait des démêlés diplomatiques sans fin. La disparition de la frontière n'y changerait rien.

– Laissez-le courir, dit soudain Laurenti. Mais au bon moment et dans la bonne direction.

Rožman hésitait.

– Disons demain matin à huit heures ? finit-il par répondre. J'ai envie de le laisser se morfondre encore un peu.

– Non, surtout pas ! implora Laurenti. Demain, je suis de la cérémonie officielle de Rabuiese. Les hystériques vont sévir dès l'aube.

– Il est quinze heures, dit Rožman en consultant une pendule murale. Disons dans une heure ? Je vous envoie une voiture de patrouille. Attendez à la frontière. Pendant ce temps-là, j'irai rendre visite à ce Dean, je déclarerai que Calamizzi a pris la fuite en cours d'interrogatoire. Il fera donc toujours l'objet de recherches. ʼ

– Notre ami risque gros, dit Laurenti sur le chemin du retour. S'il se fait coincer, il peut s'attendre à être relégué à la circulation dans un trou perdu.

Pina se contenta de hocher la tête. Laurenti n'avait pas besoin de lui demander de la boucler.

– Pina, pouvez-vous nous organiser la prise en charge de Calamizzi ? demanda Laurenti dès qu'ils furent descendus devant la questure. Une patrouille et vous. J'ai encore à faire et, pour ça, vous n'avez pas besoin de moi. Enfermez-le, interrogez-le. Soyez dure, très dure avec lui. Prévenez le procureur. Dites que vous étiez là par hasard quand il a franchi la frontière. Ça vous fera des points pour l'avancement. Soupçon de meurtre ! Officiellement, vous n'avez pas connaissance des résultats des analyses de Ljubljana. Compris ?

– Pas de problème, commissaire, répliqua Pina, heureuse d'être enfin à la manœuvre.

Elle allait en faire voir de toutes les couleurs à Calamizzi.

– Au fait, Pina, demanda Laurenti à brûle-pourpoint, quel genre de musique écoutent les jeunes gens comme vous ?

Pina n'en crut pas ses oreilles. Elisa, la chanteuse de Monfalcone, en tête du hit-parade, lui vint à l'esprit, ou Vasco Rossi et Destiny's Child. Mais Sedem avait fait la grimace à l'évocation de ces noms. Elle cita alors :

– Amy Winehouse, Gorillaz, avec un « z » à la fin, les Strokes ou Franz Ferdinand. Indies.

– Indies ? répéta Laurenti en fronçant les sourcils.

– Des indépendants, répondit fièrement Pina. Ou du swing.

*

* *

Laura avait insisté pour que son époux l'accompagne au Bollicine, Piazza Sant'Antonio, où elle avait donné rendez-vous au gérant de sa banque et à sa femme pour l'apéritif. Laurenti avait de la peine à supporter l'individu, mais Laura avait parfois besoin de lui pour un crédit temporaire, lorsqu'elle achetait un lot important à la salle des ventes. Surtout, Laurenti avait repéré le numéro du banquier parmi les contacts de Marzio Manfredi. Il ne pouvait laisser passer une telle occasion. Cependant, il arriva avec un quart d'heure de retard, les bras chargés de courses.

Au bureau, il avait trouvé Marietta en train de se préparer pour le soir.

– Te voilà enfin ! avait-elle dit en se remettant du rouge à lèvres et en rectifiant sa coiffure. Il ne s'est rien passé, le courrier du jour est sur ton bureau.

– C'est pour moi que tu te pomponnes ? avait lancé Laurenti.

– Il faut tout de même que j'aille faire des courses, avait-elle répliqué en ouvrant un bouton supplémentaire de son corsage noir, laissant apparaître la dentelle de son soutien-gorge, de la même couleur que son rouge à lèvres.

– Il doit y en avoir pas mal qui n'attendent que ça ! avait dit Laurenti en faisant demi-tour.

– J'ai beaucoup d'amis ! avait-elle soupiré en attrapant son sac à main.

– Alors tu as de quoi faire !

– Mais pas encore un seul cadeau de Noël ! avait-elle ajouté en tournant les talons.

L'assistante de Laurenti faisait partie de ces personnes qui, avant Noël, ne passent pas une seule soirée à la maison. Feuilletant le courrier, le commissaire était tombé sur une note d'Alfieri signalant que le fragment de passeport qui n'avait pas brûlé était de fabrication polonaise, et qu'il avait pu récupérer une partie du numéro de série du document. Seuls les deux premiers chiffres manquaient. Alfieri avait ajouté de sa main : « Meilleurs vœux ! » Il n'avait donc pas encore renoncé à son séjour à Cortina. Une note de Marietta précisait que les données avaient été transmises à Interpol à Lyon, ainsi qu'aux collègues de Varsovie. Il n'y avait plus qu'à attendre.

Proteo Laurenti avait donc décidé de profiter de ce répit,

avant l'apéritif, pour acheter des cadeaux de Noël. Pour Laura, des gants et une écharpe horriblement chers. Au rayon musique de Feltrinelli, les CD de *pop music* étaient pris d'assaut, mais personne ne semblait s'intéresser au swing. Pour lui-même, il avait choisi un disque des Squirell Nut Zippers baptisé « Bad Businessman » ; pour Pina, « I Want A Little Boy » de Lavay Smith & Her Red Hot Skillet Lickers. Puis il s'était enquis auprès de la vendeuse des tout derniers enregistrements des Gorillaz avec un « z » à la fin, d'Amy Winehouse et de Franz Ferdinand. Ils pourraient plaire à ses enfants. Via Genova, il avait déniché un adorable nounours, qui pourrait faire office de premier cadeau pour le bébé de Patrizia. Dans la boutique d'à côté, il avait fait l'acquisition, pour Galvano et son chien noir, d'une nouvelle laisse et d'une boîte de faux os à base d'avoine, prétendument pour une dentition saine. Dans la première librairie qu'il avait rencontrée sur son chemin, il avait trouvé le cadeau idéal pour sa mère : un roman policier qui se passait à Trieste ; elle découvrirait son travail quotidien et en saurait un peu plus sur la ville. Partout on lui avait souhaité de joyeuses fêtes, il avait eu envie de calme et avait fait un crochet par le Malabar. Mais là aussi, on frisait la surchauffe et les cernes de l'ami Walter étaient de plus en plus sombres. Laurenti s'était octroyé un verre de vitovska, qu'il avait bu beaucoup trop vite car les « Joyeux Noël ! » n'en finissaient pas. À un stand de la Piazza Sant'Antonio, il avait fait l'emplette, in extremis, d'un pull-over à col roulé en faux cachemire, afin que Marietta ne prenne pas froid. Il était arrivé au rendez-vous complètement épuisé.

Laura nota avec étonnement que son époux avait déjà fait sa moisson de cadeaux de Noël. D'habitude, il se mettait en chasse dans la matinée du 24. Les plus importants, c'était d'ailleurs elle qui s'en chargeait. Examinant les emballages, elle devina qu'elle aurait droit, une fois de plus, à une écharpe et à des gants. Après les fêtes, elle irait discrètement les échanger.

Laurenti supportait mal le banquier, qui ne cessait de lui prendre familièrement le bras, de lui taper dans le dos en éclatant de rire, proférant une banalité après l'autre et lui gâchant le plaisir qu'il prenait à savourer les délicieux amuse-gueules préparés par Fabio, le jeune cuistot. Il décida de mettre un terme à la comédie.

– Tu ne connaîtrais pas un certain Marzio Manfredi ? lança-t-il à brûle-pourpoint en lui prenant le bras à son tour, comme s'il allait l'arrêter.

L'homme rougit instantanément et se gratta le nez.

– Il a été mon client, dit-il enfin. Pauvre type. Où en est l'enquête ?

– Il ne devait pas être si pauvre que ça, répliqua Laurenti. Il avait des liasses d'argent liquide chez lui et deux kilos de cocaïne dans le purin. Tu liras tout ça dans les journaux, demain matin. Et c'est à nous de vérifier tous ses contacts téléphoniques ! Comme si on n'avait que ça à faire ! Tu crois qu'il y aura un Noël blanc, cette année ?

Éclatant de rire, il tapa sur l'épaule du banquier en regardant par la fenêtre. Celui-ci se força à rire, mais l'ambiance était tendue. Le banquier régla la note et, après les traditionnels échanges de baisers sur la joue, sans oublier les «Joyeuses fêtes», il s'éclipsa avec sa femme.

– Cela a été vite, tout d'un coup ! dit Laura lorsqu'ils se retrouvèrent seuls avec un verre de K&K d'Edi Kante à la main.

– Tant mieux, répondit Proteo. Je ne le supporte pas.

– Qu'est-ce que tu lui as dit pour qu'il soit subitement si pressé de partir ?

– Il figure sur la liste des clients d'un dealer. Et je lui ai fait comprendre que j'allais bientôt m'occuper de lui.

– Ah ! Mon Dieu, Proteo ! Je ne l'apprécie guère non plus, mais j'ai besoin de lui pour mes affaires.

– Ne te fais pas de souci. À l'avenir, je crois qu'il sera à tes pieds.

Laurenti, qui avait quelques heures de sommeil à rattraper, était sur le point de se coucher lorsque son fils appela.

– Papa, il faut absolument que je te raconte quelque chose !

Que pouvait-il avoir de si important à lui dire à cette heure ? Marco ne prenait jamais l'initiative de téléphoner.

– Ne me dis pas que tu vas être père !

– Tu veux rire ! Mais c'est ta naine d'inspectrice qui a un amant ! Tu aurais cru ça ?

– De quoi est-ce que tu parles ? Et d'abord où es-tu ?

Laurenti entendait une musique tonitruante en arrière-plan.

– Au Grip. Ce soir, ils jouent les Motherfuckers. Les cocktails sont de première. Je suis en train de boire une patanka.

– Quoi ? Fais-moi le plaisir de sortir devant la porte. Je te comprends mal.

Laurenti connaissait l'établissement sur le Colle di San Giusto. Il n'ouvrait jamais avant vingt-deux heures. Cela chauffait à partir de minuit, jusqu'à cinq heures du matin. Un public jeune, évidemment. Au-delà de quarante ans, on avait l'air d'un ancêtre et il valait mieux passer son chemin.

– Ta collaboratrice de poche est raide dingue amoureuse ! Et moi qui pensais qu'elle n'en avait rien à faire, des hommes ! J'aurais voulu que tu la voies !

– Et en quoi ça me regarde ?

– Pina en minijupe et en corsage de soie aussi déboutonné que celui de Marietta, qui en a quand même plus à montrer. Pina est venue dîner au restaurant, ce soir, avec un jeune homme qui se coiffe exactement comme elle et qui se déplace en fauteuil roulant. Dehors, une superbe Maserati Quattroporte rouge les attendait. Tu n'en reviens pas, hein ?

– Tu fumes trop ! Combien de fois je t'ai dit d'arrêter avec ça ?

– Ça n'a rien à voir. Je pensais que ça t'intéresserait.

Marco avait déjà raccroché. Laurenti se dit qu'il fallait qu'il lui parle le plus tôt possible. Le garçon s'abrutissait dangereusement. Il exagérait aussi avec l'alcool. Laurenti lui avait pourtant expliqué qu'il risquait plus que son permis quand il fonçait, de nuit, par n'importe quel temps, dans les rues de la ville avec sa Vespa. Mais, en cette période festive, Marco le prenait encore moins au sérieux que d'habitude. Personne, ces jours-là, n'était complètement à jeun.

– Qu'est-ce que voulait Marco ? demanda Laura.

– Il déborde d'imagination. Et il fume trop !

– Ce n'est pas pire qu'une bouteille de vin ! fit Laura en éteignant la lumière.

*
* *

– J'ai étudié les mathématiques et la philosophie, dit Sedem, lorsque fut servi le risotto Vitovska aux noix de Saint-Jacques légèrement grillées – nouveauté sur la carte d'Ami Scabar. À Londres. J'ai décroché en troisième année, bien que les deux disciplines me fascinent encore aujourd'hui. Je n'ai pas besoin de passer des examens pour vivre. Je continue d'étudier sur Internet, quand j'en trouve le temps. Mais malgré ou peut-être à cause de cet appareil – il tapota son fauteuil –, j'avais hâte de passer à des choses plus concrètes.

Toute la journée, Pina avait attendu d'être seule pour répondre aux appels de Sedem. En composant son numéro, elle avait songé que, le dimanche suivant, le surlendemain donc, cela ferait une semaine qu'ils se connaissaient et elle était toujours perplexe.

Elle avait d'abord perçu les accords de « Prelude To a Kiss » de Duke Ellington, puis la voix de Sedem. Comme à l'accoutumée, il était gai, détendu, et il lui avait immédiatement proposé de l'emmener dîner dans le meilleur restaurant de la ville, où il était connu pour ses généreux pourboires.

L'arrestation de Domenico Calamizzi s'était déroulée sans aucun problème à l'ex-poste-frontière de Fernetti. L'homme était si décontenancé qu'il n'avait pas opposé la moindre résistance. Il n'empêche que l'interrogatoire qui s'était ensuivi avait été peu productif, bien que Pina eût usé de toutes les ficelles apprises dans le manuel – menaces et cris alternant avec des moments de détente. La seule chose qui avait inquiété Calamizzi, c'était lorsqu'il avait compris qu'il ne serait pas transféré à Milan avant que l'inspectrice en ait fini avec lui. Un cadavre calciné, dont l'ADN coïncidait avec les traces de sang dans son véhicule et des fragments d'os provenant d'un crâne humain.

– Ça suffit pour t'inculper de meurtre ! avait hurlé Pina.

Mais Calamizzi était resté muet, la défiant du regard. Il était parfaitement détendu, impassible. Pina connaissait ce genre d'individus, qui préféraient apparemment se faire condamner à plusieurs années de détention plutôt que d'avouer et de trahir le clan. Peu avant sept heures, elle avait interrompu l'interrogatoire et fait reconduire Calamizzi dans sa cellule. Il fallait qu'elle se dépêche. En rentrant chez elle, elle avait réussi, à la dernière minute, à se dénicher une tenue chic dans une boutique et à se maquiller en quatrième vitesse. Sedem n'en avait pas cru ses yeux lorsqu'il l'avait aperçue. Pina portait une mini-jupe rouge et un corsage de soie également rouge. Le collant rose constituait une évidente faute de goût. De plus, n'ayant jamais marché qu'avec des chaussures plates, elle se tordait les pieds, sans parler du pansement qui lui collait au talon.

– J'ai interrompu mes études et je suis rentré, bien que cela m'ait coûté de vivre à nouveau à la maison. Mon père a la manie de vouloir tout contrôler. J'en sais pourtant plus sur lui que lui sur moi. À l'origine, j'avais l'intention de bâtir mon propre système d'information, je pensais que les médias étaient trop partisans et trop superficiels. Est-ce que cela m'intéresse de savoir que Paris Hilton mord son chien et ne porte pas de culotte ? Dans les émissions les plus regardées de la journée ! Les sujets importants ne sont pas approfondis. En Europe de l'Est, les magnats de la presse occidentale ont pris la place que leur ont laissée les Russes, certains journaux sont aux mains du

Vatican, d'autres aux mains de politiciens ou même de la Mafia. Les loups ne se dévorent pas entre eux.

– À propos, l'interrompit Pina en lui touchant la main et en baissant le ton. Tu sais que ton père est menacé ?

– Duke ? fit Sedem, incrédule.

– Dans la partie croate de l'Istrie, on a vu aujourd'hui des affiches d'un groupuscule dont les membres se disent « idéalistes militants » et répandent le slogan « Istria libera, Dalmazia nostra ». Voilà un moment que ça dure, mais cette fois, le portrait de Duke figure comme cible avec la mention « Plutôt mort que vif ».

Sedem en resta bouche bée.

– « Istria libera » ?

Ils furent interrompus par le serveur qui apportait le plat principal : filets d'ombrine à la truffe blanche d'Istrie.

– Mon chef a tenté de le dissuader de participer, demain, à la cérémonie officielle de Rabuiese. Rien à faire. Duke insiste pour s'y montrer, bien que nous ayons des indices concrets concernant un projet d'attentat.

– À qui viendrait une telle idée ? La police sera présente en force.

– C'est exactement ce que ton père a répondu.

– Personne ne peut approcher Duke tant qu'Edvard est à ses côtés. Et même si Vera était d'accord avec moi, nous n'aurions aucune chance. Depuis quand es-tu au courant ?

– Les informations de Laurenti datent de mercredi.

– Ta première soirée avec moi. Pourquoi ne m'as-tu rien dit ?

– Je ne le savais pas encore. Et nous nous connaissions à peine.

Pina ne parvenait pas à détacher son regard du jeune homme.

– Que fais-tu demain ? demanda-t-elle lorsqu'ils en furent au dessert.

– Samedi ? Les Bourses sont fermées, je suis libre. Je commence par une heure d'équitation. Je ne peux pas décevoir ma petite jument.

– Je suis libre également.

– Tu ne vas pas à la cérémonie officielle ?

– Je suis en congé de maladie, répondit Pina en agitant sa canne.

– Alors faisons une excursion, proposa tranquillement Sedem. Allons en Istrie, je voudrais voir ces affiches. Nous pourrions faire des courses au marché de Rijeka. Tous les paysans des environs y apportent leurs légumes, et avec un peu de chance, nous trouverions des langoustines de l'île de Cres – un délice. À midi, nous ferions halte chez Morgan à Brtonigla, une ferme-auberge qui fabrique les meilleures saucisses de toute l'Istrie.

Pina était enthousiaste. Elle connaissait à peine le paysage vallonné de l'Istrie, pourtant toute proche de Trieste.

– Si je continue de manger autant que ces jours-ci, je vais grossir ! Dès que mon pied sera remis, je doublerai mon programme d'entraînement pour retrouver la forme !

– Uniquement si je t'en laisse le temps. Où habites-tu, exactement ?

– Troisième étage sans ascenseur.

– Alors viens chez moi !

– Mais ne me fais plus fumer cette horreur !

Après l'enfer

Des cris. J'essaie de me redresser. La portière s'ouvre brusquement, un courant d'air froid pénètre dans la voiture, Domenico sort, les mains levées. Deux pistolets sont pointés sur lui, il pose les mains sur le toit du véhicule et baisse la tête. Il proteste avec véhémence. Un homme musclé le palpe de haut en bas, vide ses poches, un gros paquet d'argent, une arme et son passeport. Il vérifie celui-ci, tandis que l'autre homme lui tord les bras dans le dos et lui passe les menottes. Ils entraînent Domenico, le jettent sur le siège arrière de la voiture qui nous précède, sur laquelle tourne un gyrophare.

Un homme qui sent l'alcool se penche sur moi, me soulève la tête, examine mes blessures, l'air soucieux ; il parle à un autre homme et me recouvre avec le peignoir. Il referme la portière, ça parlemente dehors. Je sombre. Quand je me réveille, un homme en blouse blanche me prend le pouls, il me soulève une paupière et m'aveugle avec sa lampe. Il inspecte mes plaies, ma babine en lambeaux, l'os cassé de ma patte avant droite, le sang coagulé sur mon front et le triangle de peau qui pend sur mon flanc. Il secoue la tête. Il n'a jamais rien vu d'aussi effrayant. Je ne ressens pas la douleur, je suis vigilant malgré l'épuisement. L'homme prépare une seringue, il me la plante dans l'épaule, je sombre.

Je reviens à moi. La salle est vivement éclairée. Cela sent le désinfectant, les médicaments, le détergent. Ma patte avant est prise dans un plâtre. J'ai un tuyau transparent dans la cuisse. Ma peau est rasée tout autour. À l'autre bout du tube, une poche remplie de liquide. J'ai soif. J'essaie de me soulever, mais deux courroies de cuir me tiennent. On a tiré sur moi une légère couverture verte, d'où ne dépasse que ma tête. Sur une table à proximité, des objets métalliques scintillent sous le néon.

J'entends des voix, j'écoute attentivement, aux aguets. Deux femmes en blouse blanche sont à mes côtés, leurs voix sont bienveillantes. L'une retire la couverture. La blonde, qui porte des gants et parle sans arrêt, palpe mes anciennes blessures, que Karol recousait lui-même après les combats. Chaque fois qu'il partait pour une convention, il prenait un grand sac avec le matériel nécessaire. Où est Karol ? La blonde s'étonne que je ne réagisse pas quand elle touche mes blessures, mais je ne connais pas la douleur. Elle lave mes plaies, me donne à boire un liquide qui sent la pharmacie. Puis elle recoud les lambeaux de peau. Une odeur de désinfectant envahit la pièce. Finalement elle sort, mais revient peu de temps après. Elle tient en laisse un caniche noir, qui frémit dès qu'il m'aperçoit. Moi, je tremble de tout mon corps. Si je n'étais pas retenu, je le mettrais en pièces. Le caniche est évacué, je le regarde partir avec regret. Les deux femmes se concertent, elles me détachent, puis me transfèrent dans une salle éclairée par la seule lumière du jour. Elles me déposent sur un support moelleux et me rattachent. Pourquoi ? La femme blonde avec des gants me refait une piqûre. Je sombre à nouveau.

Tous les hommes seront frères

La nuit était tombée depuis longtemps sur la vallée quand Dean rentra en fin d'après-midi de Klagenfurt. Nerveux et fâché d'avoir dû puiser dans sa réserve personnelle, en ne laissant que le minimum sur son compte bancaire. Après avoir caché l'argent qu'il allait remettre à contrecœur à son contact d'Izola ce samedi soir, il se versa un verre de vin et se tailla une tranche de jambon du karst. À dix-huit heures, un véhicule pénétra dans la cour. Il n'attendait personne et jeta un coup d'œil au-dehors. C'était une voiture blanche de la police. Dean poussa un juron, vida son verre et descendit l'escalier. Il ouvrit la porte brusquement, avant qu'on ait frappé. Devant lui, Mirko Rožman, commandant du poste de Sežana, qui venait d'écraser sa cigarette par terre et lui soufflait la fumée au visage. Curieusement, le policier semblait être seul.

– Je suis déjà passé cet après-midi, dit d'emblée Rožman.

– Je n'étais pas là. Vous n'avez pas le téléphone ?

Dean restait dans l'embrasure de la porte. La température avait chuté et un vent froid balayait la vallée. La bedaine de Dean prenait tellement de place que Rožman dut redescendre d'une marche.

– Rien ne remplace une conversation personnelle. Nous cherchons des témoins.

– De quoi ?

– Un pitbull se promène librement dans le coin et attaque

les gens. Il est dangereux. Taches brunes sur fond blanc. Vous n'avez rien vu ?

– Quand ?

– Dimanche dernier et les jours suivants. Mais commençons par dimanche.

Dean hocha la tête avec agacement.

– J'ai un chien de berger qui n'est guère courageux, rien d'autre.

Il tendit le doigt vers un enclos. La tête de l'animal sortait de sa niche. Il n'avait même pas aboyé quand Rožman était arrivé, même si deux panneaux bien visibles annonçaient un chien méchant.

– Les témoignages sont unanimes : il vient d'ici.

– Je ne passe pas mon temps à regarder par la fenêtre.

– Et l'étable ?

– Je ne fais que la louer. Je l'agrandirai un de ces jours. Quelques vaches. Des porcs. Rien d'autre.

– Et hier ? demanda Rožman, qui n'avait pas vu de tas de fumier.

Dean recula d'un pas et posa ostensiblement la main sur la poignée de la porte.

– J'avais à faire. Comme aujourd'hui. Je ne suis pas à la retraite.

– Les affaires marchent ?

– Je ne me plains pas, surtout maintenant que la frontière est ouverte.

Dean commençait à refermer la porte.

– Appelez-moi, si vous vous souvenez d'un pitbull. De toute façon, je repasserai, l'affaire semble importante. Ordre d'en haut.

Rožman le salua et rejoignit sa voiture. C'est alors qu'il distingua nettement, sur le sol, des traces de sabots. Il fit demi-tour et frappa à la porte.

– Quoi encore ?

Dean avait déjà grimpé la moitié de l'escalier. Il ne fit que passer la tête par la porte entrouverte.

– Vous avez des chevaux ?

– Non. Pourquoi ?

– Je vois des traces de sabots dans la cour.

– Et alors ? Elles ne sont pas de moi. Il m'arrive de recevoir des visites.

– De cavaliers ?

– Apparemment.

– Au fait, il paraît que ce Manfredi qui habitait une caravane sur la doline de l'autre côté de la frontière et qui a été tué à Trieste a été souvent vu par ici. C'est du moins ce que disent les journaux, mentit Rožman. Si cela vous fait penser à quelque chose, appelez-moi immédiatement.

Cette fois, Dean claqua carrément la porte et la ferma à double tour.

Et voilà que cela recommençait au petit matin. Il n'était pas sept heures, il aurait volontiers dormi davantage. À la porte, le tambourinement n'en finissait pas, bien qu'il ne répondît pas. Encore ce commandant de police ? À l'aube ? Dean poussa un juron. Il connaissait la méthode. Son chef d'alors, Mervec, prétendait qu'on était plus efficace quand l'on surgissait à n'importe quelle heure. Combien de fois Dean avait-il dirigé l'une des unités de la police politique dans ce genre d'interventions et tiré les gens du sommeil au moment où ils n'étaient pas en état de réagir ? Mais lui dormait l'après-midi, et Mervec procédait lui-même à la plupart des interrogatoires.

Furieux, Dean sauta de son lit et ouvrit la fenêtre.

– Bon Dieu ! lança-t-il. Si je n'ouvre pas, c'est que je n'ai pas envie d'être dérangé !

C'est alors qu'il distingua, dans l'obscurité, la jument lipizzan qui piaffait. Sedem le regardait.

– Tu es déjà en manque ? demanda sèchement Dean. Tu fumes beaucoup, ces temps-ci. Je t'ai pourtant donné une belle dose, avant-hier.

– Il faut que je te parle, dit Sedem sans s'énerver, Dean l'étant suffisamment. Descends !

Dean referma la fenêtre. Il enfila une robe de chambre, poussa de côté une étagère et prit dans un coffre mural une enveloppe contenant cent grammes de marijuana.

– Merci, dit Sedem, j'en avais encore, mais on ne sait jamais…

– Comment ça : on ne sait jamais ?

– La police est déjà venue te voir deux fois. Ça s'est vite ébruité. Cela me ferait de la peine qu'ils t'embarquent. Il faudrait que je cherche un autre dealer.

Dean était stupéfait de voir un infirme manifester une telle assurance.

– Au fait, qu'est-ce que tu as fait des affiches ? demanda Sedem.

– Elles sont partout, comme convenu. Pourquoi cette question ?

– Telles que je te les ai données ?

Sedem avait subitement adopté un ton cassant. Son regard mettait Dean mal à l'aise.

– Qu'est-ce qui se passe ? demanda Dean en se grattant l'oreille, ne sachant pas sur quel pied danser.

– C'est bien, dit Sedem en donnant le signal du départ à son cheval. Je serais très déçu, si je m'apercevais que tu ne mérites pas ma confiance. Il faudrait que je le dise à Edvard.

Dean en eut des sueurs froides. Les menaces pleuvaient de partout en même temps. Il avait déjà assez de problèmes comme ça avec Mervec ; son contact à Izola tenait des propos sans la moindre équivoque ; là-dessus était arrivé ce policier qui posait des questions bizarres, même s'il était évident que c'était pour d'autres raisons qu'il était venu. Et maintenant, les allusions de Sedem. Dean avait rencontré une seule fois le secrétaire de Duke, tout au début, alors qu'il s'était mis en tête de fourrer son nez dans les affaires de ses voisins, comme sa vie antérieure l'y avait habitué. Il avait mis plusieurs mois à guérir de ses côtes cassées. Comment être certain que Sedem ne se confie pas au sbire de son père ?

*

* *

Le moteur électrique du fauteuil roulant de Sedem réveilla Pina. Elle cligna des yeux sous la lumière qui filtrait par la fenêtre. La journée s'annonçait ensoleillée. Sedem avait les cheveux mouillés, il avait pris un bain après sa chevauchée matinale, l'air frais lui avait rosi les joues. Il tenait de la main gauche un plateau avec un expresso, tandis que de la droite il manipulait la manette qui lui servait à se diriger.

– J'étais presque sûr que tu le prenais sans lait. J'ai mis deux cuillères de sucre. Je me suis trompé ?

– Comment as-tu deviné ? Quelle heure est-il ?

– Un peu plus de huit heures. Si tu veux voir le marché de Rijeka, il faut bientôt partir. Après, il y a trop de monde, j'aurai du mal à me frayer un passage.

Pina se leva d'un bond.

– Le temps que tu me prépares un autre café, je suis prête. Qu'est-ce que tu caches derrière ton dos ?

– Excuse-moi, j'ai pensé que les couleurs iraient mieux ensemble.

Sedem lui tendit un paquet : une paire de bas transparents. Pina le lui arracha des mains et disparut dans la salle de bains.

De nombreux édifices de Rijeka rappelaient à Pina ceux de Trieste. Les ferries de la Jadrolinija ancrés dans le port offraient un spectacle ravissant. La Maserati créa l'événement, lorsqu'elle s'arrêta sur la place de l'Opéra. Sedem et Pina passèrent devant la statue du compositeur Ivan Zajc et gagnèrent la vieille halle Velika Tržnica, à l'autre bout de la place. Le pittoresque marché aux poissons attirait de nombreux clients. Dans les rues adjacentes, les stands regorgeaient de légumes produits par les paysans des environs. Pina aimait cette animation, les cris des vendeurs qui vantaient leurs victuailles. On oubliait ici l'atmosphère frénétique des grandes villes à la veille de Noël. Ils finirent lourdement chargés, Sedem achetait sans retenue.

– Il faut en profiter, dit-il.

Il venait de faire l'achat d'une caisse de *scampi* tout frais et était en train de négocier le prix d'une énorme daurade de trois kilos.

– Nous la mangerons ce soir, quand Duke et Vera seront rentrés de la cérémonie officielle.

Lorsqu'ils arrivèrent dans le secteur des légumes, Sedem s'arrêta net. Pina, qui marchait devant, ne s'en aperçut pas immédiatement. Au mur de la vieille halle, une affiche avec le portrait de son père souligné par ce slogan en deux langues : «Plutôt mort que vif». En en-tête, dix lignes de polémique, dont Pina connaissait le contenu grâce à l'exemplaire qu'avait Laurenti dans son bureau.

– Nous y voilà !

Sedem, rouge de colère, rompait enfin le silence. Mais c'est à lui-même qu'il semblait parler.

– Attends un peu ! Je vais t'apprendre ce qu'il en coûte de me truander.

Il regarda enfin Pina. Son regard avait changé, il était devenu glacial.

– C'est tout de même mon père. Décolle-la. Je veux l'emporter.

Il fallut un moment à Sedem pour reprendre ses esprits. Il indiqua à Pina un bar qui même en hiver laissait des tables dehors. Il lui demanda de lui commander un Coca et disparut hors de sa vue avec son fauteuil roulant. Elle avait fini d'avaler un expresso insipide lorsqu'elle le vit revenir. Il sentait la fumée, mais au moins il était de bonne humeur.

– Qu'est-ce que ton père a à voir avec cette histoire de terrains ?

– Je vais le lui demander. Jusqu'ici, j'ignorais tout de l'affaire.

*
* *

— Voilà votre homme à abattre, dit Biason en refermant le dossier qu'il venait de feuilleter et qu'il remit en place. Mais il ne semblait pas avoir l'intention de quitter le fauteuil du commissaire, où il s'était installé.

— Et les toutous sur vos murs ? Ils ont à voir avec lui ?

— Je ne savais pas que vous étiez chargé de mon job, dit Laurenti qui, en entrant dans son bureau, n'avait pas été peu surpris de constater que l'homme des services secrets avait pris sa place et fouillait dans ses dossiers.

Ils n'avaient même pas rendez-vous.

— Vous n'avez tout de même pas été dégradé ?

Laurenti avait enfin réussi à dormir une heure de plus, et il ne s'était réveillé que lorsqu'il avait reniflé l'arôme du café que Laura lui tenait sous le nez. Il avait balayé le réveil de la table de nuit et s'était rendormi.

Lorsqu'il était entré dans le salon, sa mère et Patrizia parlaient layette. Il avait bu son deuxième expresso dans la cuisine et était parti. Il voulait contacter Rožman une dernière fois avant la cérémonie officielle. Mais, en cours de route, c'était Galvano qui l'avait appelé.

— Tu ne m'as pas raconté tes exploits ! s'était-il exclamé d'un ton de reproche.

— De quoi tu parles ?

— Les journaux ne parlent que de ça. Je lis : « Italie-Slovénie : Un avenir commun sous le signe de la sécurité. Le vice-questeur de Trieste, le commissaire Laurenti, a inauguré la collaboration des forces de l'ordre de nos deux pays par une poursuite infernale en Slovénie. » Tu veux que je te lise le reste ?

— Non, s'il te plaît ! J'achèterai le journal.

— Tu pourrais me rendre un service ?

— Lequel ?

213

– Je voudrais bien, moi aussi, assister à la cérémonie de Rabuiese. Tu ne pourrais pas me faire rentrer ?

– Tu t'y prends tard ! Il faudrait que tu sois sur la liste des invités.

– C'est pour cela que je t'appelle. J'espérais que, vu mes mérites, je recevrais automatiquement une invitation. Mais la boîte aux lettres est restée vide.

Laurenti soupira.

– Ce n'est pas de ma faute, Galvano. Pourquoi n'as-tu pas appelé le service du protocole ? Ils t'auraient immédiatement invité. Mais maintenant les listes sont closes, et de jolies hôtesses les vérifieront et refouleront sans pitié ceux qui n'y figurent pas. Comme autrefois la police lorsque quelqu'un n'avait pas ses papiers en règle.

– Tu veux dire que tu ne peux rien pour moi, Laurenti ? Moi qui t'ai si souvent aidé quand j'étais en service ?

Galvano en était presque à larmoyer. Avec la meilleure volonté du monde, Laurenti n'arrivait pas à saisir ce qu'il pouvait y avoir d'attrayant à rester assis sous un barnum de luxe, au milieu de tous les VIP de la politique et de l'économie, à écouter des discours dont on pouvait prévoir le contenu.

– Je ne peux rien te promettre, dit prudemment Laurenti, qui avait vraiment autre chose à faire. Je t'appelle si je trouve un moyen.

Le secrétariat était vide, Marietta avait manifestement oublié de se réveiller. Mais Pina n'était pas là non plus. Il finit par se rappeler que, la veille, elle avait annoncé qu'elle laisserait reposer son pied et qu'elle suivrait les événements à la télévision. Seuls trois agents occupaient les locaux, tous les autres étaient à Rabuiese. Le préfet avait suspendu tous les congés, ce qui avait mis les collègues de mauvaise humeur. Des forces de police d'autres régions avaient été affectées en renfort à Trieste et même Antonio Sgubin, l'ancien adjoint de Laurenti, avait été réquisitionné. L'Europe élargie ne pouvait tenir compte des desiderata personnels. Depuis l'avant-veille, c'était une transhumance de fonctionnaires sans précédent, à commencer par les pays baltes, suivant le tracé de l'ancien rideau de fer, du nord vers le sud : Pologne, République tchèque, Slovaquie, Hongrie, Slovénie. Un journaliste avait parlé de « Schengen-rave ». Seule l'île de Malte avait été exemptée.

– J'ai eu envie de passer vous voir avant que ça commence, annonça Biason, revenant à la charge. À Rome, à cette heure-ci, ils sont déjà tous au travail.

Laurenti, bien que d'un tout autre avis sur l'éthique professionnelle des Romains, s'abstint de tout commentaire.

– Alors faites-moi plaisir, dit-il après avoir lancé le *Piccolo* sur la table réservée aux visiteurs et mis en route la nouvelle machine à café du secrétariat. Levez-vous de mon fauteuil et lisez le journal en m'attendant. La une m'est consacrée pour moitié, le reste est pour les festivités.

Il avait survolé les titres en venant. Comme Claudio Magris, il avait toujours droit à une photo de jeunesse, alors que celle de Rožman semblait dater de la veille.

– Vos informations concernant l'Istrie, vous les tenez directement de la procureure générale de Pula, n'est-ce pas ? demanda l'homme du ministère de l'Intérieur en se levant enfin.

Laurenti n'en revenait pas.

– Rien ne vous échappe !

– C'est en toutes lettres dans votre dossier personnel.

Quelques années auparavant, Laurenti s'était vu mettre des bâtons dans les roues parce qu'il s'en était pris à certains citoyens honorables, connus et influents, soupçonnés de corruption. Il avait alors été question de ses relations avec Živa Ravno, bien que ce fût de l'histoire ancienne. Il avait été réhabilité, mais les traces n'avaient manifestement pas disparu de son dossier. Officiellement, il n'avait fait que suivre les instructions ministérielles, qui recommandaient une étroite collaboration avec les États voisins. Personne n'avait précisé jusqu'où cela pouvait aller.

– Rien ne vaut une bonne information.

Laurenti ignora la perfidie.

– Alors, qu'avez-vous décidé en ce qui concerne Goran Newman ?

– Il aura sa propre escorte qui l'accompagnera de sa voiture au barnum. Il se déplace en Mercedes AMG, cinq cents chevaux sous le capot. C'est son garde du corps qui conduit. Il a suivi un entraînement spécial avec les Américains. D'ailleurs, Goran Newman aussi, ça vous étonne ?

Avec Duke, on n'en était pas à une surprise près.

– Nous ne pouvons pas en faire plus pour sa sécurité. Le coin sera truffé de tireurs d'élite, il n'y a pas de souci à se faire. Vous avez fait sa connaissance ?

– Très aimable, avec une voix douce qu'on n'imaginerait pas chez un homme possédant une telle fortune. On a du mal à voir en lui un capitaliste sans scrupules.

– Ah ! Laurenti, vous avez encore bien des choses à apprendre sur l'humanité.

– Au fait, croyez-vous que Berlusconi soit aussi un bon conducteur ?

*

* *

À la frontière entre la Croatie et la Slovénie, la file d'attente s'allongeait. À l'approche du poste de Plovanija/Šecovlje, à proximité des anciennes salines du golfe de Pirano, la Maserati roulait au pas comme tout le monde.

– Voilà l'Europe, dit Pina. Rožman l'a bien dit. Tout à coup, on parle de circuler librement du Portugal à la Baltique et de Finlande jusqu'en Grèce, mais cette frontière-ci est devenue infranchissable. À quarante kilomètres de chez nous. Je me demande si, la prochaine fois que je me présenterai avec mon vélo, ils me laisseront passer sans problème comme avant.

– Pour aller en Suisse, dit Sedem, il faut montrer ses papiers et les Allemands bloquent à juste titre l'entrée du Liechtenstein.

Mais Bruxelles met la pression. Ça va plus vite qu'en Croatie. La corruption n'est pas partout la même.

– Enfin tout le monde peut disposer de son argent sale sans être contrôlé. Tranquillement. Plus de scandales, de dons illégaux aux partis politiques. Même les vrais gangsters y trouvent leur compte.

Après le déjeuner, à la fois copieux et goûteux, chez Morgan à Brtonigla, où Sedem avait été reçu à bras ouverts, le patron leur avait fait visiter sa petite exploitation agricole. Volailles au plumage multicolore courant en liberté, chèvres, moutons et porcs. Sedem avait négocié le prix d'un demi-porc au prochain abattage, fin janvier, et de deux chevreaux pour Pâques. Le marché avait été conclu d'un double claquement de mains et Sedem avait versé des arrhes. Le poisson et les légumes qui attendaient dans le coffre ne semblaient pas lui suffire. Il faisait des provisions pour toute sa maisonnée et restait mince comme un hareng.

– Avec les options, c'est simple, expliqua Sedem, tandis qu'ils longeaient la côte où s'alignaient hôtels et villas, et où il n'y aurait bientôt plus un seul terrain à bâtir. Je viens de prendre une option sur la moitié d'un porc, qui sera abattu dans quelques semaines. Il est encore vivant, il ne m'appartient pas. Mais je pourrais te revendre mes arrhes plus cher si je n'en voulais plus. Si je ne trouve pas d'acheteur au nouveau prix, je ne gagne rien et je suis obligé de payer le reste quand l'animal sera abattu.

– Et comment fais-tu pour que la viande passe la frontière ?

L'importation, dans l'Union européenne, était sévèrement réglementée et il n'était pas rare qu'ici les douaniers vérifient le contenu des coffres.

– Il suffit de ne pas se faire prendre. Tu imagines un douanier soupçonner le propriétaire de ce genre de voiture d'aller faire ses courses en Croatie ? Surtout avec un jeune homme handicapé sur le siège arrière et un fauteuil roulant par-dessus le reste dans le coffre.

À Savudrija, au nord-ouest de la péninsule istrienne, Sedem demanda au chauffeur de les conduire jusqu'au phare, visible de nuit jusqu'à Trieste. Le soleil était déjà bas et plongerait, une heure plus tard, dans la mer à Grado ; pour le moment, il teintait les cumulus dans le ciel d'un intense rougeoiement. Les météorologues prévoyaient jusqu'à Noël un temps frais mais beau, avec une bora persistante.

Pina ouvrit un portillon afin que Sedem puisse accéder, avec son fauteuil roulant, à la terrasse d'un restaurant fermé en hiver, au pied du phare.

– Tu vois cet hôtel, là-haut ? dit Sedem. Il a sa propre histoire. Cela ressemble aux projets qu'on reproche à Duke sur l'affiche. Le terrain a été acheté à un prix dérisoire. Plus tard, il est mystérieusement devenu terrain à bâtir et, après une spectaculaire faillite, dont politiciens, banquiers et quelques figures de l'extrême droite italienne, autrichienne et croate ont sans aucun doute su tirer profit, il a été repris par une chaîne internationale. Cette forme moderne de colonisation, de conquête, dont on soupçonne Duke, telle qu'elle se pratique de façon criminelle tout le long de la côte croate, est la version contemporaine de l'expropriation. La population est rejetée à l'intérieur, privée tout à fait légalement de ce qui pourrait assurer son avenir. On ne les garde que comme serveurs ou personnel d'entretien. Même en parler te met en danger. Tu vois à l'œuvre le nouvel ordre européen, le processus de répartition. Dès qu'il sera achevé, la Croatie entrera dans l'Union européenne.

– Pourquoi pas avant ? demanda Pina. Économiquement parlant, la Croatie est plus solide que la Roumanie ou la Bulgarie.

Elle avait bien sûr entendu parler de ces magouilles à Trieste. La ville comptait assez d'hommes d'affaires habiles qui utilisaient leurs anciennes relations au-delà des frontières. La guerre était officiellement terminée, mais les vieilles coteries subsistaient, tant qu'elles avaient les mains libres. Autrefois, c'est d'ici que s'organisait le trafic d'armes pour contourner l'embargo des Nations unies. À présent, on bradait le pays.

– … Parce que les lois européennes vont entrer en vigueur, bien qu'on puisse douter qu'elles remettent en cause le fait accompli. Il ne s'agit pas que de terrains. Regarde entre quelles mains se trouve la distribution, ou le marché de l'énergie ou de l'eau, sans parler de celui de la communication. Bruxelles a exigé des privatisations dans le domaine du tourisme, mais il n'y a guère de Croates parmi les nouveaux propriétaires. Combien d'argent a dû couler en sous-main !

– Et pourquoi personne ne fait rien ? demanda Pina.

– Les politiciens qui croient à ce qu'ils disent quand ils parlent de protéger la diversité sont des abrutis. La réalité est très différente. Le moment est venu de faire quelque chose. Ce groupe, « Istria libera », m'est finalement sympathique. S'ils n'avaient pas adopté ce slogan ridicule, qui ne fait que rappeler de vieux clichés, je prendrais contact avec eux et je les soutiendrais. Ce serait peut-être la seule façon d'attirer l'attention.

*
* *

Dans l'écurie, Dean gardait une Land Rover immatriculée en Italie, dont personne n'avait remarqué l'absence. Il l'avait conservée, après avoir enterré le cadavre de son propriétaire au coin d'un bois, deux ans auparavant, près de Lipizza, et planté un jeune sapin sur la tombe. Il ne connaissait pas l'homme qu'il avait tué sur ordre de Mervec, mais, selon ses papiers, il s'agissait d'un Albanais vivant à Milan. Comment imaginer que quelqu'un aille en signaler la disparition à la police ? Dean avait empoché vingt mille euros de la part de Mervec.

Dean chargea dans le coffre une pierre de dix kilos sur laquelle il avait fixé, à l'aide d'un ruban adhésif, trois grenades d'origine soviétique – il en avait trois caisses en réserve. Il jeta une bâche sur le tout, ajouta une tronçonneuse, des cordes,

des gants et des lunettes de protection, enfin des chaussures de travail comme en portent les forestiers.

Il était trois heures moins le quart. Il se changea en prenant son temps. Il n'avait aucune envie d'entrer le premier dans le barnum. Il avait acheté pour l'occasion un costume sombre qu'il avait dû faire retailler, car, si les épaules tombaient juste, il n'arrivait pas à boutonner la veste sur son ventre. Les jambes étaient trop longues, si la ceinture glissait sous sa bedaine. Du prêt-à-porter. La couturière avait réalisé un exploit. Ses autres tenues dataient d'une époque où il faisait davantage d'exercice et buvait moins. S'il maigrissait, sa garde-robe serait parfaite. Il choisit une cravate démodée et vérifia dans un miroir que le pistolet dans la ceinture n'était pas trop voyant. Il avait astiqué ses chaussures pour leur donner l'aspect du neuf. Dean était satisfait. Il avait l'allure d'un maire de commune agricole qui savait s'y prendre pour détourner, en sa faveur, les subventions de l'Union européenne. Dans l'Europe unie, il était impossible de normaliser les goûts personnels. Il suffisait de regarder la télévision.

Il glissa dans sa poche son accréditation et son ticket de stationnement, ferma sa portière et démarra. La cérémonie débutait dans vingt minutes. Il fallait être à temps au parking.

Peu avant trois heures et demie, il montra son carton à un homme en uniforme qui lui indiqua aimablement la direction. Après deux autres contrôles, il put enfin se garer sur le parking des VIP. Les autres véhicules autour de lui avaient été soigneusement astiqués. Chacun valait une fortune. Certains restaient sous la surveillance de leurs chauffeurs dont on voyait, même de loin, qu'ils étaient armés. Dean en avait connu quelques-uns. Il les salua, affirmant qu'il était chargé de la protection d'une personnalité importante. Mais il évita de se laisser entraîner dans de plus longues conversations.

Les postes-frontières sont des bâtisses fonctionnelles et nues. De l'extérieur, on devine déjà l'odeur qui règne dans les bureaux. Pour la cérémonie, on avait dressé un gigantesque barnum, derrière lequel de faux palmiers dissimulaient des tubes d'acier chargés d'insuffler de l'air chaud. Partout des hommes en uniforme des deux pays communiquaient par radio. Les limousines se succédaient, déposant leurs occupants qui, suivis par les caméras de télévision, foulaient le tapis rouge. Les journalistes arboraient leur accréditation au revers de leur manteau, observant les arrivants et leurs compagnes comme s'il s'agissait d'un défilé de manteaux de fourrure rétro. Des barrières étaient censées contenir la foule, mais les curieux ne se bousculaient pas. Certains se plaignaient que la population soit exclue de la manifestation.

Dean vit enfin arriver la Mercedes AMG portant la plaque DUKE I. Les agents de sécurité étaient en émoi. Le grand manitou et sa compagne furent aussitôt entourés de gardes du corps en civil et rapidement dirigés vers l'entrée. Dean revint vers le parking et observa Edvard qui fermait la voiture et se postait à bonne distance. Appuyé contre un arbre, il regardait l'écran géant qui retransmettait la cérémonie à l'extérieur. Le vrombissement d'un hélicoptère se fit entendre, dominant bientôt tous les autres bruits. Les voies d'accès furent bloquées sur-le-champ pour permettre à l'engin de déposer Barroso et Sócrates, la présidence tournante de l'Union européenne revenant au Portugal. Ils venaient directement du poste-frontière austro-hongrois de Hegyeshalom, où dans la matinée ils avaient dû prononcer les mêmes discours que ceux qu'ils allaient répéter ici.

*
* *

Laurenti et Biason s'étaient postés à un endroit d'où ils pouvaient contrôler les arrivants jusqu'à l'entrée. À proximité, deux représentants des autorités slovènes. Laurenti avait immédiatement présenté à Biason le commandant Jure Pausin, de la ville voisine de Koper, mais Biason n'avait pas jugé bon, en retour, de faire de même avec son collègue du ministère de l'Intérieur de Ljubljana, avec lequel il venait d'échanger quelques mots. Des informations strictement confidentielles sans doute, conclues par une tape sur l'épaule. Un attroupement attira l'attention de Laurenti et soudain, comme tombé du ciel, Galvano surgit devant lui. Il ne manquait plus que lui ! Évidemment, Laurenti n'avait pas eu le temps de s'occuper de lui. Depuis qu'il avait trouvé Biason dans son fauteuil le matin, il n'avait pas eu une seconde de répit. Le téléphone sonnait sans interruption, il fallait sans cesse faire le point, et Biason l'énervait avec ses commentaires prétentieux. Aujourd'hui, tout le monde se croyait obligé de donner son avis. Hystérie de la communication.

Laurenti prit Galvano par le bras et l'entraîna vers une hôtesse qu'il connaissait parce qu'elle était allée à l'école avec sa fille aînée. Il lui demanda de rajouter le vieux, à la main, sur la liste. Il se portait garant pour lui.

– Ce n'est pas un problème de sécurité, répondit la jeune femme, mais nous n'avons plus une seule place assise.

– Alors il restera debout, répliqua Laurenti, qui savait par expérience que des places demeuraient inoccupées.

Il conduisit Galvano jusqu'à l'entrée et le laissa seul.

– Tiens-toi bien ! lança-t-il à l'ancêtre.

Et il s'éclipsa avant que celui-ci ait pu répondre. Il voulait encore faire le tour du barnum et jeter un coup d'œil au parking des VIP. Les chauffeurs et agents de sécurité prenaient leur expression blasée habituelle. Autour de leurs limousines rutilantes, ils discutaient puissance, tout en se vantant de leurs exploits passés. Certains continuaient d'astiquer, un chiffon à la main. Le seul véhicule non lavé était une Range Rover. Contre le capot, un homme ventripotent en costume sombre était en train de fumer. Il se pouvait qu'il corresponde à l'individu repéré chez Manfredi par la surveillance vidéo. Laurenti lui demanda ses papiers.

– Pas de panique, collègue ! répliqua l'homme en les lui tendant.

Au premier coup d'œil, Laurenti reconnut un authentique document de la police secrète slovène.

– On ne sait jamais ! s'excusa-t-il.

Pendant les semaines de préparation, tous les membres des forces de sécurité italiennes avaient dû étudier les papiers des collègues slovènes, et réciproquement.

– Pas de problème ! répondit le gros. Je suis affecté ici. Je finis ma cigarette et je rentre.

Tout avait l'air calme, comme il sied à une veille de Noël. Laurenti rejoignit Biason. À leur arrivée, Duke et Vera furent immédiatement cernés par les gardes du corps. Les caméras de télévision se focalisaient sur le couple. Duke créait l'événement. Aucun autre invité ne bénéficiait d'une telle protection.

– Le voilà donc en chair et en os, murmura Biason. Avec un tel entourage, on ne peut douter de son importance. Mais vous verrez, collègue, il ne se passera rien.

– Je l'espère, marmonna Laurenti.

Il fut rassuré de voir le commandant Pausin, chef de la police de Koper, examiner minutieusement le terrain et donner discrètement, de la main, des indications à ses hommes. Seul son supérieur du ministère semblait plutôt s'ennuyer. Tout comme Biason d'ailleurs.

Dès son entrée, Duke fut rapidement abordé par une meute d'importuns. Vera lui prit le bras pour les tenir à distance au moins de son côté. L'argent magnétise, pensa Laurenti en observant tous les flatteurs en smoking qui tenaient à lui serrer la main au moins une fois personnellement. Laurenti restait à proximité et suivait discrètement les conversations. Ce devait être terrible de passer pour quelqu'un d'important dont tout le monde voulait quelque chose. Un reporter de la télévision croate fendit le cercle et lui demanda comment il réagissait aux accusations portées contre lui sur certaines affiches.

– Il doit s'agir d'une confusion, répondit Duke avec un charmant sourire.

– Vous envisagez une procédure judiciaire ?

– Pourquoi ? Une plainte contre X est une pure perte de temps.

Duke était l'un des rares invités à ne pas porter de cravate, mais un pull gris à col roulé sous une veste sombre, assorti à la couleur de ses gants et de ses cheveux. Il dépassait presque toute l'assistance de la tête.

– Quel est votre sentiment sur l'élargissement de l'espace Schengen ?

– Il était grand temps ! J'espère que votre pays fera bientôt, lui aussi, partie de l'Union européenne. L'économie en tirera profit, tout comme chaque citoyen. Il faut rapidement mettre un terme à la division de nos peuples.

– Beaucoup de gens y voient une menace pour la sécurité intérieure et craignent une recrudescence de la criminalité. Vous-même jouissez d'une protection exceptionnelle. Est-ce à cause des affiches ?

– C'est une peur médiatique. Tout s'arrangera.

Duke coupa court et, après un échange de regards avec Vera, tourna le dos au journaliste et entra dans la salle. Les premiers rangs étaient réservés aux politiciens et à leurs séides. Les futurs bénéficiaires de confortables pensions, depuis les maires jusqu'aux ministres, constituaient au moins la moitié des invités. Bienvenue en Europe !

Seules les places destinées aux plus éminents des personnages éminents étaient nommément désignées. Duke et Vera s'assirent au milieu du premier rang. La salle, presque pleine, baignait dans les fleurs et la lumière. Sur les sièges, des casques de traduction simultanée. Partout, de petits groupes de personnages se rengorgeaient d'avoir à échanger des informations capitales. Duke donna son casque à Vera ; il maîtrisait toutes les langues qui seraient parlées ici. Les premiers intervenants faisaient leur entrée.

Laurenti s'était assis quatre rangs derrière Duke, de biais pour embrasser la situation d'un seul coup d'œil. La salle grouillait de gardes du corps reconnaissables à leur carrure, leurs cheveux courts, leurs costumes sombres et leurs lunettes de soleil. Comme le commissaire, ils portaient des oreillettes et susurraient dans de minimicros accrochés à leur veste. Laurenti sursauta lorsqu'il sentit une main lui saisir l'épaule. C'était Galvano qui se plaignait de ne pas apercevoir l'estrade depuis le fond de la salle.

– Écoute, tu n'as pas besoin de voir !

– Tu t'es personnellement chargé de cet homme ?

Avant que Laurenti ait pu répondre, le président de la région Frioul-Vénétie julienne entama son discours.

– Depuis un siècle, cette frontière a plus souvent changé que toute autre en Europe. Surtout, beaucoup trop de sang a coulé, soit pour l'attaquer, soit pour la défendre. La voir disparaître fut un rêve pendant des décennies. C'est aujourd'hui, grâce à l'Union européenne, une réalité.

L'homme tentait de se donner des airs d'homme d'État.

– Nous devons créer un avenir à la hauteur de l'Empire romain.

Telle fut sa conclusion.

Laurenti, qui jusque-là appréciait fort l'individu, fronça les sourcils. Galvano était manifestement de son avis.

– Qu'est-ce qu'il raconte ? marmonna le vieux. L'Empire romain a sombré, les Habsbourg ont disparu. C'est son chien qui a écrit le discours ?

– Je pense de toute façon, souffla Laurenti, que l'élargissement de l'Union européenne est le résultat d'une conjuration autrichienne.

Galvano éclata d'un rire si sonore que plusieurs personnes se retournèrent pour le toiser.

– Tu veux dire qu'on récupère ce qu'on a perdu en 1918 ?

La fanfare de la police slovène s'installa sur la partie droite de la tribune, l'orchestre de la police italienne sur la partie gauche. Les hymnes nationaux furent exécutés, des extraits du *Guillaume Tell* de Rossini, *Bela Krajina* de Marjan Kozina et la marche triomphale de l'*Aida* de Verdi. Suivirent deux jeunes musiciens qui jouèrent un fado à la mode italo-slovène.

– *Oh yes, we have finished. Thanks God that we have finished, because we worked a lot.*

Duke sourit. Le Premier ministre portugais José Sócrates était le seul à avoir donné une pointe d'humour à son discours. Il s'apprêtait à transmettre la présidence de l'Union européenne, qu'il occupait depuis six mois, à son successeur, le Premier ministre slovène Janez Janša. Dans un anglais quelque peu rugueux, le Portugais faisait part, de façon fort sympathique, de son soulagement. Il était heureux d'avoir parachevé le processus d'élargissement, qui lui avait coûté tant d'efforts.

Au-dehors, l'obscurité tombait déjà lorsque José Manuel Barroso rappela dans son discours les idéaux et valeurs de l'Union européenne. Il était persuadé que les relations entre pays voisins allaient automatiquement se développer, que tout le monde pourrait voyager plus facilement et profiter de nouvelles perspectives économiques, et créer ainsi croissance et progrès. Applaudissements nourris pour l'Europe.

Le discours du Premier ministre slovène fut plus concret.

– Aujourd'hui, ce n'est pas seulement une barrière physique qui tombe, déclara Janša. Il y a vingt ans, les soldats de l'ex-Yougoslavie tiraient encore sur ceux qui franchissaient cette ligne pour rejoindre la liberté et la démocratie.

Galvano se prit la tête dans les mains et grogna si fort qu'on se retourna de nouveau vers lui.

– Il déraille. Il n'y avait pas ordre de tirer à la frontière yougoslave.

Laurenti lui fit signe de se taire.

– Puisque je te le dis, murmura Galvano. On raconte même que cet homme-là, dans les années quatre-vingt-dix, était impliqué dans le trafic d'armes à destination des zones de guerre civile. Les services secrets occidentaux étaient au courant.

Laurenti s'éloigna de quelques pas, afin de ne rien manquer du discours.

– Était suspect tout individu avec un livre dans la poche, exigeant davantage de démocratie et critiquant le régime yougoslave de l'époque. Ou tout possesseur d'un ordinateur. Les jeunes gens d'aujourd'hui ne peuvent se l'imaginer. L'époque est venue d'une vie sans frontières. La population slovène d'Italie et la population italienne de Slovénie ne sont plus coupées de leurs origines. Le processus d'élargissement n'est pas terminé. L'Union européenne va repousser ses limites, et nous ferons tout pour que la Croatie en fasse partie le plus tôt possible. Il y a de nombreuses raisons pour parler d'une journée exceptionnelle, mais c'est dans l'avenir que nous comprendrons sa signification profonde. Il n'y a plus de frontière, mais une guirlande de cœurs ouverts et d'esprits libres.

Peu avant que Janša ait clos son discours enflammé, un homme du premier rang se leva et se dirigea droit sur Duke. Laurenti le suivit des yeux, s'avança de quelques mètres, la main sur son arme. L'homme fit un signe à Duke, qui gagna immédiatement la sortie. Laurenti les suivit tout en avertissant Biason.

Galvano était curieux de savoir ce qui se passait, mais il tenait quand même à se faire voir à la cérémonie.

*

* *

La nuit tombait déjà lorsque Sedem et Pina furent arrêtés une nouvelle fois sur le chemin du retour. Il n'y avait plus que dix véhicules devant eux quand la circulation fut interrompue. Un feu d'artifice annonçait la fin de la dernière cérémonie de l'élargissement de l'Europe. Le flot des invités regagnait le parking. Le vrombissement d'un hélicoptère se précisa, un projecteur scruta la foule à la verticale, cherchant un endroit pour atterrir et embarquer les Portugais.

Pina descendit et, s'appuyant sur sa canne, voulut rejoindre le poste-frontière en longeant la voie libre. Une BMW noire, gyrophare allumé, surgit soudain et la frôla si près qu'elle dut faire un écart. Une Mercedes grise la suivait, elle-même escortée par une autre BMW. Pina reconnut la plaque : DUKE I. Le père de Sedem et sa garde rapprochée étaient apparemment sur le chemin du retour. Une fois au parking, elle s'aperçut que celui-ci était éclairé par des groupes électrogènes et complètement bouclé. Des flashs crépitaient, les gardes du corps s'agitaient, elle tomba enfin sur un groupe d'hommes, indubitablement des collègues. Il avait dû se passer quelque chose.

L'hélicoptère décolla dans un vacarme assourdissant, libérant la circulation. Pina se fraya un passage entre les voitures qui klaxonnaient bruyamment et atteignit la barrière. Un corps inanimé gisait sur le sol, recouvert d'un drap. Devant lui, Laurenti tout excité s'entretenait avec Biason.

– C'était une erreur de laisser repartir Goran Newman de la même façon qu'il était venu. Vous croyez vraiment qu'on a tué son garde du corps sur une simple confusion ? Je vous le demande, Biason.

– Qu'est-ce que j'aurais dû faire ? répliqua l'homme du ministère de l'Intérieur en écrasant rageusement sa cigarette. Il vit en Slovénie, nous ne sommes pas compétents.

– Vous auriez dû imposer votre point de vue ! répondit Laurenti, que les flashs des photographes ne semblaient pas déranger le moins du monde.

– Ce n'est pas mon territoire, Laurenti ! lança Biason, haussant le ton lui aussi.

– Votre territoire ? Ou le nôtre, mon Empereur ?

Laurenti se planta devant Biason.

– Vous n'avez pas pris l'affaire au sérieux. Le grand Zampano est persuadé que tous les policiers de province sont des abrutis. C'est ça, le problème !

– Attention, Laurenti ! Les Slovènes ne sont pas plus bêtes que nous. Il a une double escorte. Que voulez-vous qu'il lui arrive ? Vous êtes vraiment un provincial. Je n'ai plus rien à faire ici. Joyeux Noël, Laurenti !

Biason tourna les talons.

– Vous n'êtes qu'un sous-fifre, Biason, rien d'autre ! lança Laurenti derrière lui.

– Division du travail, Laurenti. Il faudra vous y faire.

– Ce qui évite toute responsabilité. Vous n'avez rien compris.

Pina observait la scène avec satisfaction. Laurenti avait tenu tête au fonctionnaire borné du ministère. Elle ne l'avait jamais vu dans cet état. Il alluma une cigarette, qu'il avait soutirée à son collègue slovène.

– Qu'est-ce qui s'est passé, chef ?

Laurenti la regarda comme si elle était un fantôme.

– Le salaud nous laisse toute la responsabilité de l'affaire, répondit Laurenti, furieux.

– J'ai entendu. Et qui est-ce ?

– Devinez !

– Edvard.

– Oui, Edvard, le garde du corps du grand Duke. Une balle de neuf millimètres par-derrière, dans la nuque.

Pina fixait le cadavre, sur lequel on refermait le couvercle du cercueil de zinc. Les yeux grands ouverts, Edvard avait l'air paisible. Comme elle l'avait connu.

– Quelqu'un a vu quelque chose ?

– Vous avez vu le papier au panonceau numéro 3 ?

Laurenti bouillait de colère.

– Qu'est-ce qu'il y a dessus ?

– « Istria libera, Dalmazia nostra. »

Le chauffeur de la Maserati, à qui Sedem avait demandé de chercher Pina, s'approcha et demanda s'il pouvait avancer la voiture.

Pina hocha la tête et le suivit sans même prendre congé.

*

*   *

Edvard avait été rassuré lorsque Duke avait disparu, sous bonne garde, à l'intérieur du barnum. Il s'était choisi un poste d'observation près de l'ancien duty-free. Il n'entrerait que quand tous les invités auraient pris place. Il avait assisté à l'arrivée des Portugais.

Dean n'avait eu aucun problème pour se glisser jusqu'à lui. Il fallait contrôler ses nerfs et ne pas se faire remarquer. Il avait suffisamment d'expérience. Pas comme la première fois où, sur ordre de Belgrade, il avait dû vider un chargeur entier pour liquider un Croate exilé.

Cette fois, une seule balle avait suffi. Le vacarme des hélicoptères avait couvert le neuf-millimètres équipé d'un silencieux.

Edvard était mort en douceur. Il s'était effondré comme au ralenti, à l'abri d'un buisson. Dean avait rangé son arme, redressé le corps, et l'avait appuyé à un arbre. Edvard avait l'air paisible, on aurait dit qu'il faisait un petit somme.

Dean regagna sa voiture, dissimula son arme sous un tapis et revint vers le barnum. Il passa le sas de sécurité sans aucune difficulté et s'assit au dernier rang, qui n'était qu'à moitié plein. Les discours l'ennuyaient, mais il ne bougea pas jusqu'à ce que les deux orchestres entonnent l'hymne européen. Il vit Duke se précipiter hors de la salle, pensa qu'on avait enfin trouvé Edvard. Dean attendit la fin des applaudissements pour sortir, souriant à droite et à gauche à des inconnus. Il fut l'un des premiers arrivés au parking et dut pourtant ressortir son accréditation avant de pouvoir démarrer. Quelqu'un prit note de ses coordonnées. Roulant au pas, il passa l'ex-frontière qui grouillait de policiers des deux pays. Duke était là, furieux, discutant avec deux personnages en civil. Le cadavre d'Edvard était recouvert d'un drap. Le chemin balisé pour rejoindre le parking des VIP avait été modifié afin de contourner soigneusement l'endroit où Edvard avait été abattu. Il ne fallait pas que la vue d'un mort gâte le souvenir que garderaient les invités de cette journée historique. Dean se mit à ricaner. Quand il appliquerait la seconde partie de son plan, cela pourrait changer. Il s'éloigna lentement.

*

*   *

Duke refusa catégoriquement la proposition de ses gardes du corps, qui voulaient l'évacuer de la zone dangereuse en limousine blindée. Il s'était agenouillé près d'Edvard. Il avait relevé le drap qui le recouvrait et lui tenait la main. Edvard avait passé huit ans à ses côtés. Duke avait même davantage confiance en lui qu'en Vera. Il était pour lui comme un fils. Duke se reposait entièrement sur lui, Edvard l'accompagnait dans ses voyages d'affaires, parfois même en villégiature. À la maison, ils faisaient du sport ensemble ou discutaient stratégie au cours de longues promenades, jusqu'au sommet du Tano par exemple. Et voilà qu'il gisait mort à ses pieds. Duke lui caressa le visage et lui ferma les yeux. Avant de se relever, il prit le portefeuille et la clé de la Mercedes dans la poche d'Edvard. Il allait partir lorsque Biason et son collègue slovène lui tombèrent dessus. Ils essayèrent de le convaincre, mais Duke secouait la tête et agitait la clé. Ils ne pouvaient pas l'empêcher de rentrer seul.

– À la rigueur une escorte, dit Duke sèchement. Mais c'est moi qui conduis. Seul Edvard était meilleur que moi.

Biason haussa les épaules, tandis que son collègue slovène donnait des instructions par radio. La petite troupe autour de Duke s'ébranla. Laurenti était resté en retrait pour ne pas être tenté d'intervenir. Le grand Zampano l'aurait sûrement remis à sa place. Mais il bouillait de colère de voir que Biason ne réagissait pas, alors que son collègue slovène laissait repartir Duke par le même chemin qu'à l'aller.

– C'est vous qui aviez raison, dit ce dernier, s'arrêtant devant Laurenti, le regard glacial. Trouvez l'assassin ! Tous ces gens-là ne sont que des bons à rien.

Duke lui tendit sa main gantée.

– Trouvez-le vite ! Avant que je mette la main dessus.

Soudain, une violente détonation déchira la nuit, faisant sursauter tout le monde. Puis une pluie d'étoiles retomba du ciel nocturne. Les haut-parleurs retransmettaient l'hymne des peuples du Vieux Continent réunis dans la paix éternelle. Paix, joie, étincelle divine !

À peine fut-il installé au volant de la Mercedes AMG que Duke appela son bureau new-yorkais. Encadré par deux véhicules d'escorte, il roula jusqu'à la sortie et s'engouffra sur l'autoroute, qui avait été interdite à la circulation. Il donna l'ordre à deux de ses agents de se trouver, dès le lendemain matin, à Jakovce. Il n'avait aucun mal à suivre le rythme imposé par l'escorte. Ce qui rassura le garde du corps assis à l'arrière.

Vera ne recouvra l'usage de la parole que sous le tunnel de Dekani, qu'ils traversèrent à plus de deux cents kilomètres-heure.

– C'est toi qui étais visé !

– *Shut up, 'til we're alone,* répliqua Duke, espérant que son gorille ne comprenait pas l'anglais. *Poor Edvard. He was much more than a friend.*

L'autoroute grimpait en larges courbes sur le karst. Ils durent lever le pied sur le viaduc de Crni Kal, qui faisait cent mètres de hauteur, une manche à air indiquant que la bora soufflait violemment. Ils reprirent leur allure après Kozina. Avec son bolide, Duke aurait pu facilement doubler la BMW qui le précédait.

– Pourquoi n'éteignent-ils pas les gyrophares ? demanda Duke au garde du corps.

Sedem n'avait pas semblé autrement surpris lorsque Pina, hors d'haleine, lui avait appris la terrible nouvelle. Ils étaient tous deux sur le siège arrière de la Maserati, bloqués dans l'interminable file qui regagnait Trieste. Ils durent à maintes reprises laisser passer les limousines des politiques, chez qui apparemment le dîner refroidissait plus vite que chez les électeurs.

Sedem avait essayé plusieurs fois d'appeler son père. Il voulait absolument entendre de sa bouche ce qui s'était passé.

– Des professionnels, finit par dire Sedem. Des tueurs sans pitié.

– Ton père a d'autres ennemis que ce groupe « Istria libera » ?

Sedem la regarda, interloqué.

– Je t'ai posé une question, insista Pina.

– C'est un interrogatoire ?

– Mais non.

– Il est entouré de jaloux, comme tous les gens qui ont du succès.

– Il a déjà reçu des menaces ?

– Il est habitué à ne pas sortir seul. Rien que sa participation à l'International Advisory Board du ministère des Affaires étrangères américain le rend antipathique à certains. Mais ils sont trente, du monde entier. Je parie qu'« Istria libera » n'a rien à voir là-dedans.

– Qu'est-ce qui te rend si sûr de toi ?

– Chien qui aboie ne mord pas.

Le bouchon s'était enfin débloqué et la Maserati filait en direction du centre par la bretelle à double voie qui longeait le port à conteneurs. Sedem appela la cuisinière et lui annonça qu'il avait dans son coffre une glacière pleine de poissons et de scampi de l'île de Cres, le plat préféré de sa grand-mère avec la viande d'ours.

– Je t'attends dans la voiture, dit Sedem lorsqu'ils eurent atteint la Via Lazzaretto Vecchio. Il te faut combien de temps pour te changer ?

Pina prit son courage à deux mains.

– Je ne viens pas, ce soir, souffla-t-elle en évitant son regard.

– Et pourquoi ?

– Dépose-moi à la questure. Laurenti a besoin de toutes les forces disponibles.

*

* *

Une chose était certaine : le crime avait eu lieu en territoire italien. À quelques mètres près, les collègues slovènes héritaient de l'affaire et le commandant Pausin se serait énervé à sa place. Biason avait déjà disparu. Laurenti lui aurait volontiers tiré dans le dos lorsqu'il avait pris congé de ses collègues romains en leur serrant la main individuellement et en leur souhaitant de « Joyeuses fêtes ». Gyrophare allumé et sirène hurlante, il avait doublé insolemment la colonne des invités qui, impressionnés, s'étaient écartés pour le laisser passer. Il avait annoncé à son équipe qu'il ne serait plus joignable avant l'Épiphanie. À Laurenti, il avait soutenu que le meurtre d'un chauffeur ne présentait aucun arrière-plan politique et relevait par conséquent des autorités locales. Si la victime avait été un personnage important, il aurait eu l'affaire sur le dos. Mais dans ces conditions ? De toute façon, Laurenti savait comment le joindre. Peut-être appellerait-il lui-même. Après les fêtes.

Là-dessus apparurent le préfet et le questeur. Ils insistèrent auprès de Laurenti sur la nécessité d'une collaboration constructive avec les collègues slovènes. Le monde avait l'œil fixé sur lui et il était souhaitable qu'il obtienne rapidement des résultats tangibles. Ces deux messieurs prirent congé en multipliant les « Joyeuses fêtes ». Leurs chauffeurs, prêts à démarrer, avaient déjà sorti les gyrophares.

Seul Galvano restait fidèle au poste. Il avait jeté un coup d'œil au cadavre avant qu'il disparaisse dans le cercueil de zinc. Sa longue expérience de médecin légiste lui permettait même de déterminer le calibre de l'arme du crime, ce que Zerial, son successeur, confirmerait par la suite.

– Une chose me chiffonne, dit le vieux. Un chauffeur, on peut l'abattre n'importe où. Pourquoi justement là où ça grouille de flics ?

Laurenti l'écoutait à peine. Pausin venait de recevoir un appel, il parlait très fort au téléphone en s'agitant dans tous les sens. Laurenti ne comprenait pas un mot, mais rien qu'à voir le visage de l'homme il devinait qu'il s'était passé encore autre chose. Pausin ferma son portable et donna ses instructions à son équipe. Alors il se tourna vers Laurenti. Il était blême.

– Un vrai massacre, dit Pausin, la gorge sèche. Au moins trois morts. Goran Newman, sa passagère et le garde du corps. Les hommes de la seconde voiture sont gravement blessés. Il faut que j'y aille tout de suite. On se rappelle.

– Et ça s'est passé où ? eut tout juste le temps de demander Laurenti.

– Sur l'autoroute en direction de Ljubljana, entre Kozina et Divaca. À trente kilomètres à peine.

Pausin sauta dans une voiture libre qui, gyrophare allumé, démarra en trombe.

*

* *

Dès qu'il eut dépassé l'ancien poste-frontière Škofije/Rabuiese et atteint l'autoroute, Dean accéléra à fond. Il sortit à la hauteur de Kozina et prit une nationale. Après avoir franchi deux ponts qui enjambaient l'autoroute, il obliqua dans un chemin forestier, éteignit ses phares et enfila des gants de travail. Il détacha rapidement les grilles du pont et les dissimula dans un bosquet. Puis il sortit du coffre de la Range Rover la lourde pierre à laquelle il avait fixé les grenades, et la plaça à l'aplomb des deux voies descendantes. Il alluma une cigarette et aspira profondément. Il ne devait plus y en avoir pour long-temps. Il cligna des yeux, essayant de se représenter la ligne idéale qu'un bolide pouvait suivre. Il rectifia la position de sa machine infernale, contrôla une dernière fois les grenades et attacha le tout à une corde. Dans leur chute, les trois grenades seraient amorcées en même temps et il avait intérêt à décamper au plus vite.

La lune n'était pas encore levée au-dessus des collines, à l'est, quand il aperçut au loin les gyrophares de deux voitures qui en escortaient une troisième. Duke! Elles roulaient à un train d'enfer, pratiquement collées les unes aux autres. Dean cracha son mégot, enroula la corde autour de son poignet et lâcha la pierre à l'instant précis où la première voiture passait sous lui. Il détala, et une détonation déchira la nuit. Dans un bruit de métal froissé, le véhicule suivant percuta la Mercedes de plein fouet et la projeta par-dessus la glissière de sécurité. La voiture de tête s'arrêta dans un crissement de pneus. Quand il repassa sur le pont, Dean, dans la lueur des flammes, vit trois hommes qui couraient sur la voie en brandissant une arme. Après le virage, il éteignit ses phares, franchit bientôt sans encombre le poste-frontière de Pesek et, de là, descendit dans le centre de Trieste.

Des hordes de vagues blanches fouettaient la mer couleur de nuit dans laquelle il jeta son pistolet. La crête des vagues se brisait avec une force croissante contre les môles du port de Trieste. Dean bondit en arrière et échappa de justesse à une lame. La bora se renforçait, mais le ciel demeurait clair. Les premières étoiles brillaient sur la mer, la lune serait pleine pour le soir de Noël. Dean fit quelques pas sur le parking. L'asphalte luisait sous les décorations qui illuminaient les Rive. Il trouva bientôt ce qu'il cherchait. Il avait souvent remarqué qu'en quittant le parking les Triestins jetaient leurs tickets de parcmètre par la fenêtre. Le vent poussait ces derniers vers un parterre de fleurs, où ils se prenaient dans les branches d'un arbuste dénudé. Dean en ramassa quelques-uns et vérifia l'heure qu'ils indiquaient. Le cinquième était le bon. Il tenait son alibi.

Dean attendit devant la Stazione marittima et vit bientôt s'approcher les phares de la voiture dans son rétroviseur. Il suait à grosses gouttes et avait terriblement soif. Mais d'abord, il lui fallait se racheter. Il descendit et rejoignit l'autre véhicule, dont la portière était ostensiblement ouverte. Il se laissa tomber de tout son poids sur le siège.

– Alors, Dean, cette cérémonie, c'était comment ?

– Solennel, répondit-il. Émouvant. Nous voilà enfin débarrassés des frontières et des contrôles.

– Ne te réjouis pas trop vite. Tu as la marchandise ?

Dean ouvrit prudemment son manteau pour que l'autre voie bien qu'il ne saisissait pas d'arme, et sortit une épaisse liasse de billets de la poche intérieure.

– Deux cent cinquante mille. Tu sais aussi bien que moi que je ne retrouverai jamais la came.

L'autre compta tranquillement les billets puis, semblant satisfait, tapa la liasse contre sa cuisse.

– Dommage pour toi, Dean, mais tant mieux aussi. Tu sais que nos amis de Quarto Oggiaro n'ont pas vraiment le sens de l'humour.

– J'ai besoin de marchandise. Tu m'en as apporté ?

L'autre hocha la tête et sortit un paquet de la taille d'une brique, enveloppé dans un sac en plastique d'un supermarché d'Izola.

– Tu as encore du fric ? Je te donne ce que tu veux si tu paies cash.

– Tu ne peux pas me demander ça.

– La preuve que si. Tu es considéré comme un cas difficile, pas fiable à cent pour cent. Alors fais-moi signe quand tu seras à nouveau à flot.

Dean ne bougea pas, comme pour convaincre les deux types assis à l'avant qu'ils avaient tort.

– Allez, Dean, maintenant tu sors, dit le conducteur. Il y a un courant d'air.

– Vous savez que j'ai toujours mes vieux contacts. Je ne suis pas d'humeur à plaisanter.

Sa voix était menaçante, mais la tentative d'intimidation fut sans effet.

– Nous aussi, nous en faisions partie. Maintenant, dehors. Disparais !

Furieux, il claqua si fort la portière que la voiture en trembla, puis il s'éclipsa. Il était d'une humeur massacrante. Ils allaient le regretter. Après tout, il connaissait toutes les combines et il valait bien mieux que ces types. Mais que se passait-il ? D'un coup, tous ses partenaires se retournaient contre lui. Dès que la tempête serait retombée, il préparerait sa riposte. Son ancien chef et protecteur, installé dans la luxueuse villa d'un Russe au bord du Wörthersee, serait le premier sur la liste. Après cela, si les types d'Izola ne filaient pas doux, ils connaîtraient le même sort. Une fois qu'il aurait éliminé Mervec, ils ne tarderaient pas à l'apprendre. Ils joueraient alors leur dernière chance.

Dean partit acheter les indispensables cadeaux de Noël qui devaient corroborer son alibi. Mais avant d'entrer dans le premier magasin, il fallait qu'il boive. Il avait la gorge sèche et la bouche collante. Et il sentait sa propre transpiration. Il se faufila jusqu'au comptoir du bar Unità, à l'angle d'une rue qui débouchait sur la grande Piazza, juste en face de l'hôtel de ville. Il commanda du vin blanc et de la grappa, qu'il avala d'un trait. Il en redemanda et leva les yeux vers le grand écran où d'ordinaire passaient des clips musicaux ou des matchs de football. Ce soir, c'étaient les informations, qui retraçaient la cérémonie en s'attardant sur les invités, VIP, politiciens et hommes d'affaires. On voyait Duke arriver, descendre de la Mercedes avec Vera et se précipiter, entouré d'une nuée de gardes du corps, vers l'entrée du fastueux barnum, puis Barroso et Sócrates descendre de l'hélicoptère. Suivaient l'orchestre de la police et de courts extraits des discours officiels. À la fin du reportage, la journaliste changea soudain de ton. Elle se mit à parler d'un bain de sang qui avait eu lieu en marge de la cérémonie. À l'intérieur du bar, le niveau sonore baissa nettement. Tout le monde était fasciné par la télévision. Dans la première séquence, un cadavre recouvert d'un drap était soulevé pour être placé dans un cercueil. Un vieil homme, penché au-dessus du mort, examinait la blessure qu'il avait à la tête. D'un air grave, la journaliste déclara face à la caméra : « Les images que vous allez voir viennent de nous être transmises par nos collègues de la télévision slovène. En regagnant son domicile, le très influent investisseur Goran Newman a été victime d'un terrible attentat sous un pont de l'autoroute. » Des images montrèrent la carcasse d'une Mercedes gris métallisé dont probablement seule la plaque d'immatriculation était restée intacte : DUKE I. « Sa compagne et un agent de sécurité ont également trouvé la mort. Les passagers du deuxième véhicule d'escorte sont gravement blessés. Pour le moment, la police est muette. On ignore encore s'il s'agit d'un attentat politique, d'un règlement de comptes personnel ou d'un crime lié au crime organisé. »

Dean se fit resservir pour la troisième fois du vin et de la grappa. Il commençait à retrouver la forme. Après avoir payé, il quitta le bar pour aller faire ses achats avant la fermeture des magasins.

*

*   *

Fraîchement maquillée, Marietta était déjà sur le pied de guerre quand, à dix-huit heures, l'inspectrice entra en claudiquant dans le bureau. Quelle coriace, cette Pina ! Marietta ne l'avait encore jamais vue en minijupe et chemisier rouges.

– Tu as vu de quoi tu as l'air ? s'exclama-t-elle en pointant du doigt sa collègue. C'est d'un criard ! La prochaine fois que tu vas t'acheter des fringues, dis-le-moi. Je t'accompagnerai pour te donner des conseils. On ira dès le début de l'année, pour les soldes d'hiver.

– Tu ne vas quand même pas partir maintenant? lui demanda Pina d'un ton indigné. Nous sommes en pleine enquête. Le chef a besoin de tout le monde.

– Ça regarde les collègues de Rome, répondit Marietta d'un air rebelle. Tu sais bien qu'ils ne nous laissent pas toucher aux affaires de ce genre.

Elle ne savait rien de la dispute entre Laurenti et Biason, et Pina la mit vite au parfum.

– Je dois tout de même partir, répondit Marietta. Ils sont morts, personne ne pourra les ressusciter, et je suis déjà en retard. En cas d'extrême urgence, tu as mon numéro de téléphone. Ménage-toi.

Se retrouvant seule dans le bureau, Pina s'assit et essaya d'y voir plus clair dans toute cette histoire. Elle n'alla pas bien loin. Et Laurenti qui ne donnait aucune nouvelle! Au bout d'une heure, elle composa son numéro. Ce samedi s'était passé comme une journée calme d'avant Noël – rien à signaler, hormis une rixe entre deux pères Noël éméchés dans un bar, quelques larcins dans des magasins, trois accrochages de voiture et un cambriolage dans la cure de l'église Santissima Trinità, où on avait volé pendant les complies les cinq mille euros de la collecte pour les nécessiteux. Des gens comme ça mériteraient l'excommunication. Elle appela Laurenti encore trois fois, essaya aussi à plusieurs reprises de joindre Sedem, sans succès. Tant pis.

Maussade, elle prit sa canne pour rentrer chez elle. Devant la plupart des bars, les fumeurs se tenaient sous ces parasols chauffants qui se vendaient comme des petits pains depuis l'entrée en vigueur de l'interdiction de fumer. À l'intérieur, les habituels airs de Noël. Tous ces gens joyeux croulant sous les sacs énervaient Pina. Elle passait loin d'eux, chaque fois qu'elle le pouvait.

Elle ne cessait de penser à l'attentat dont Edvard avait été victime. Pourquoi Sedem était-il resté si calme ? Pourquoi ne répondait-il pas à ses appels ? Était-il vraiment vexé parce que, par sens du devoir, elle ne l'avait pas accompagné ? Était-il si susceptible ? Comment allait tourner leur aventure ? Un millionnaire américano-slovène infirme et une petite policière calabraise issue d'un milieu modeste ? Pas idéal pour commencer une relation ! Qu'est-ce qui lui avait pris un jour de se faire tatouer le biceps ? *Basta amore !*

De retour chez elle, elle alluma la télévision et troqua enfin la jupe et le chemisier rouges, qu'elle portait depuis déjà deux jours, contre un jean et un pull-over. Elle avait faim et ouvrit le réfrigérateur. Désespoir ! N'ayant aucune envie de s'exposer derechef à l'hystérie de Noël, elle sortit d'un tiroir la carte d'un petit traiteur chinois tout proche. Elle passa commande par téléphone.

Les programmes du samedi soir étaient encore moins intéressants que d'habitude. Les principales émissions d'information étaient terminées depuis longtemps et les chaînes ne diffusaient que des talk-shows ou des jeux qui, sans solliciter outre mesure l'intelligence, permettaient de gagner beaucoup d'argent – raison probable de leurs taux d'audience élevés. Il y aurait bien un film, mais seulement après minuit, et encore serait-il constamment interrompu par des spots publicitaires. Pina baissa le volume et alla chercher du papier à dessin et des crayons. Mais elle était trop énervée pour se concentrer. Les traits qu'elle esquissa ne lui plurent pas. Elle saisit une nouvelle fois le téléphone, une nouvelle fois en vain. Qu'était-il donc arrivé à Sedem ?

*

*   *

– Je t'ai vu à la télévision, tu te disputais avec un homme. Mais on ne comprenait pas de quoi il était question, Proteo. Il faut que tu parles plus fort quand tu es face à une caméra, lui dit sa mère en guise de salut lorsqu'il arriva chez lui peu après huit heures.

– C'est toi ? s'étonna Laura, comme si elle croisait un extra-terrestre. Déjà ? Je ne m'attendais pas à te voir avant minuit.

Comme des poules sur leur perchoir, les femmes de la famille étaient presque toutes sur le sofa, captivées par les informations télévisées.

Sur le chemin du retour, Proteo avait fait un petit détour par Santa Croce, histoire de faire une pause et de boire encore un coup au Pettirosso, chez Emiliano. Mais, même là-bas, il ne fallait pas espérer trouver la tranquillité. Ses amis du village, qui s'enfilaient des demi-litres de vin blanc comme s'ils risquaient de n'avoir plus rien à boire le lendemain, l'avaient applaudi en poussant des cris de joie lorsqu'il était entré. Ils voulaient savoir ce qui s'était passé, en détail. À leur grande déception, Laurenti n'avait guère été loquace. Il leur avait offert une carafe de vin et n'avait pas tardé à repartir. Il ne pouvait ni ne voulait parler. Il avait besoin de silence pour réfléchir à la manière dont tout cela avait pu se passer.

Le seul élément dont il disposait, c'était la liste des chauffeurs et des autres personnes qui avaient attendu autour de la tente pendant la cérémonie. Le cadavre avait été découvert par une dame d'un certain âge, qui ne faisait pas partie des invités et qui suivait les festivités sur un grand écran. La seule à s'étonner de voir, par une fin d'après-midi de décembre, un homme aussi bien habillé et aussi robuste qu'Edvard assis par terre alors qu'il faisait déjà noir. Ne se sentait-il pas bien ? Il n'avait pas réagi à ses paroles, elle lui avait touché l'épaule, et il s'était écroulé à ses pieds. Aucune réaction des policiers. Désolant. Certains d'entre eux avaient confirmé qu'ils avaient vu Edvard, mais rien ne leur avait semblé suspect. Comme s'il était normal qu'un homme élégamment vêtu soit assis par terre sans broncher par un après-midi de décembre !

Laurenti avait essayé de joindre Alfieri pour demander l'intervention de la police scientifique, mais son appel avait été détourné vers le poste principal. Il avait appris au passage que le médecin légiste était parti en congé, une demi-heure plus tôt. Les hommes en combinaison blanche étanche n'avaient cependant pas tardé à arriver sur les lieux. Sous les ordres de l'adjoint d'Alfieri, ils avaient fait ce qu'ils avaient à faire – la routine. Mais qu'auraient-ils pu trouver ? Trop de gens étaient passés sur la scène du crime pour que le moindre indice puisse apparaître.

Tout le monde avait réussi à s'esquiver et Laurenti savait parfaitement à quoi s'en tenir. Il avait appelé son collègue de la direction de la police de Koper, qui se trouvait sur les lieux du carnage et qui lui avait décrit la situation. Pausin était horrifié. Des grenades à fragmentation avaient déchiqueté les passagers de la Mercedes, ils étaient méconnaissables. Ceux du véhicule d'escorte avaient pu s'en tirer, compte tenu de la vitesse à laquelle ils roulaient. Ils étaient grièvement blessés, mais leurs jours n'étaient pas en danger. Pas d'autre indice pour le moment. On était en train d'interroger les habitants des communes voisines. Les deux hommes avaient conclu qu'ils se verraient le dimanche matin à Trieste.

Laurenti en avait ras le bol. Sans même dire au revoir, il était allé s'asseoir dans sa voiture. Après avoir hésité un instant à repasser au bureau, il avait composé le numéro de Marietta. Elle avait enfin décroché au milieu d'un brouhaha et d'éclats de rire en arrière-plan.

– Et après on ira tous chez moi, l'avait-il entendue dire avant qu'elle s'adresse à lui. *Pronto*, qu'est-ce qui se passe, Proteo ? J'espère que tu n'as pas l'intention de me gâcher ma soirée ?

Dans quel bar traînait-elle encore ? Et avec qui ? Laurenti connaissait ses caprices et les inflexions de sa voix. Une fois de plus, elle était probablement entourée d'un groupe d'hommes beaucoup plus jeunes qu'elle et incapables de détacher leurs regards de son décolleté abyssal. Ça allait être la fête de l'amour !

– Les techniciens de la police scientifique vont nous remettre dès ce soir les bandes vidéo de la cérémonie. Il faut les examiner à la loupe !

– Et je demande à qui de le faire ? Tu as pensé à qui ?

– À toi, Marietta ! Tu te débrouilles, mais je veux un rapport complet pour demain matin onze heures.

Laurenti avait raccroché avant qu'elle puisse répliquer, puis il avait mis son gyrophare. Dans trois jours on fêterait la Nativité. L'Ascension aurait été davantage de circonstance. Alléluia !

– Au fait, il y a quelque chose à manger, dans cette maison ? demanda Laurenti quand la curiosité de la majorité féminine de la famille fut enfin assouvie.

– De la pizza, lui répondit brièvement Laura avant de boire une gorgée de prosecco. Nous n'avions pas envie de faire la cuisine. Il en reste une part pour toi.

Ben voyons ! Il venait de vivre l'une des pires journées de sa carrière, et il fallait qu'il se contente d'un petit morceau de pizza. Dieu était décidément contre la police, et le monde n'était qu'injustice !

Douce nuit

On me soigne. *La pièce est d'un blanc éblouissant et la température agréable. La femme en blouse blanche, cheveux blonds relevés, vient matin et soir. D'une voix douce, elle m'appelle* Majhen Miška, *« petite souris ». Sans doute comme tous ses patients. Les autres humains l'appellent respectueusement* Zdravnica, *« Docteur ». Elle semble préoccupée quand elle se penche sur moi. Une pochette en plastique transparente contenant mes papiers est accrochée au mur. Sur la première feuille, différents zigzags. L'un d'eux n'en finit pas de monter. Il est rouge.*

Dans la journée, d'autres personnes s'occupent de moi, changent mes pansements, contrôlent le liquide du sac suspendu au-dessus de moi, d'où sort un tuyau qui va jusqu'à ma patte avant. Le sac est changé une fois par jour. On contrôle mon pouls, ma température et ma pression artérielle, on ausculte ma cage thoracique, on examine la zone qui entoure mes cicatrices, on la lave et on renouvelle les pansements. Parfois, on me soulève, on change mon tapis et on me remet dans une autre position. Je ne peux toujours pas bouger, mais je n'essaie pas non plus. Je suis trop faible. Les deux sangles qui m'immobilisent sont superflues. Je ne réagis qu'en entendant d'autres chiens à l'extérieur. Certains glapissent ou gémissent, d'autres aboient. Mon pouls s'accélère immédiatement, mon taux d'adrénaline monte en flèche.

La porte s'ouvre, un rayon de soleil pénètre dans la pièce. C'est la femme blonde qui revient. Elle me dit de nouveau :

« Majhen Miška », *puis : « Mon pauvre, je suis désolée. » Elle secoue doucement la tête et prépare une seringue.*

À peine le temps d'entendre la porte se refermer, très vite l'obscurité s'installe et ma respiration faiblit.

Le septième jour

– Nous allons passer un merveilleux réveillon ! déclara Laura, toute joyeuse, tandis que Proteo Laurenti se peignait devant le miroir de la salle de bains. Ma sœur Marta vient d'appeler, elle aussi sera des nôtres et elle amène maman avec elle.

– À cette heure-là, un dimanche matin ? À peine huit heures ! Dans certaines familles, on n'avait décidément aucun scrupule à appeler à des heures indues. Proteo se passa de la mousse à raser sur le visage.

– Je suis tellement contente ! ajouta Laura, radieuse.

– Et qui va commander la pizza pour le festin ? demanda Proteo en attrapant le rasoir.

– Elles arrivent cet après-midi et resteront jusqu'au 26. Elles dormiront dans la chambre de Patrizia, qui pendant ce temps-là dormira avec Livia.

Le score s'établissait donc à six contre deux en faveur des femmes. Des jours durant, Marco et lui n'auraient accès ni à la salle de bains ni à la parole. Pourvu que le vieux Galvano se décide à accepter l'invitation. Laurenti ne protesta pas, même si sa femme venait de ruiner ses espoirs en lui annonçant que ces jours de fête seraient tout sauf tranquilles. Il était habitué depuis belle lurette à n'être jamais consulté pour ce genre de décision. Heureusement qu'il aimait bien Marta, la sœur de Laura. À quarante ans, c'était la plus jeune de la grande famille Tauris – et la plus jolie. Depuis l'échec de son mariage, elle était retournée chez sa mère, là-bas, à San

Daniele, dans le Frioul. Elle s'occupait avec intelligence et efficacité de la production de jambon dans l'entreprise de ses parents. Au moins, on était fixé sur le hors-d'œuvre du réveillon.

— Des mères, rien que des mères, grommela Proteo, qui finissait de se raser en s'attaquant à la barbe de plusieurs jours qu'il avait au menton. Deux mamies, toi et Patrizia.

— Et Livia est la prochaine sur la liste, ajouta Laura.

Laurenti tressaillit. Le résidu de mousse à raser se teinta de sang.

— Dis donc, tu es bien nerveux !

Laura s'amusait comme une folle.

Elle prit une serviette et tapota le menton de son mari.

— Pauvre papi !

Proteo soupira doucement.

Le calme dominical régnait dans la questure, les rues elles aussi étaient désertes. Le *mercatino*, le marché aux puces installé dans les ruelles de l'ancien ghetto, en face de la questure, était le seul endroit d'où s'élevaient des voix, celles des premiers curieux venus à cette heure matinale dans l'espoir de faire quelque bonne affaire. Marietta, de son côté, était patraque. Ce n'était pas surprenant, surtout le matin. La couche de maquillage qu'elle portait soulignait son manque de sommeil plus qu'elle ne le masquait. Elle prétendit être devant l'écran depuis six heures du matin. Il lui restait deux bandes à visionner, mais si elles présentaient aussi peu d'intérêt que les autres, elle aurait mieux fait de faire la grasse matinée.

— C'est qui, ce type que tu as contrôlé sur le parking ? demanda-t-elle d'un air renfrogné.

— Moi ?

— Oui, toi ! Un homme corpulent avec une Range Rover.

— Il avait des papiers des services secrets slovènes. Pourquoi ?

— L'homme qui est allé à la pêche dans la fosse à purin de Manfredi avait la même corpulence.

– C'est bien pour ça que je lui ai fait sa fête. Regarde les dernières bandes. À onze heures, j'attends la visite de Pausin, il vient de Koper.

Laurenti entra dans son bureau, jeta sur la table la pile de quotidiens qu'il avait achetés et composa le numéro de Rožman. Mais il raccrocha aussitôt, surpris par l'expression maussade de la petite inspectrice, qui était entrée timidement et s'était plantée devant lui comme une misérable petite chose.

– Première journée sans canne ? demanda Laurenti pour lui remonter le moral.

– Pourquoi ne m'avez-vous pas tenue au courant, commissaire ? dit-elle avec amertume.

Laurenti haussa les sourcils.

– J'ai appris ce qui s'est passé complètement par hasard en regardant les informations de minuit, ajouta-t-elle. Vous savez bien que Duke est le père de Sedem.

– Je suis étonné que vous ne soyez pas chez lui.

– Je vous ai attendu, hier soir, au bureau. Je pensais que vous aviez besoin de moi.

– Vous avez parlé à Sedem ?

Laurenti n'en revenait pas : la jeune inspectrice était elle aussi sur le point de sacrifier sa vie privée à son travail.

– Silence radio, répondit Pina en haussant les épaules en signe d'impuissance. Pourvu qu'il ne lui soit rien arrivé à lui aussi !

Laurenti jeta un coup d'œil à la pendule.

– Jusqu'à onze heures, nous avons le temps. Venez. On va faire un tour de l'autre côté de la frontière.

Pina ne se fit guère prier. Elle était soulagée que son chef l'accompagne. Elle n'avait pas fermé l'œil de la nuit. Avant d'aller se coucher, elle avait rallumé la télévision. Elle était tombée par hasard sur le dernier bulletin d'informations et avait suivi le reportage avec consternation. Elle avait ensuite tenté de joindre Sedem sans relâche, mais en vain.

Laurenti appela Rožman de la voiture. Au retour, il s'arrête-rait au poste de police de Sežana. À sa droite, Pina, les mains crispées, se raclait la gorge avant de répondre à chacune de ses questions. Elle avait manifestement épuisé toute la gamme des émotions. Laurenti essaya de la distraire en lui racontant qu'au début de sa carrière, à Milan, il s'était retrouvé au milieu d'un échange de coups de feu, quand des néofascistes avaient essayé de dévaliser un dépôt de munitions. C'était peu avant sa muta-tion à Trieste. Cent quarante attentats avaient eu lieu entre 1968 et 1974, commis par des extrémistes de gauche comme de droite, et les services secrets y étaient assez souvent mêlés. Jusqu'à ce jour, les enquêtes continuaient de se heurter à des obstacles car ceux qui à l'époque tiraient les ficelles occupaient encore en nombre des positions clés dans l'appareil d'État. Pina semblait ailleurs.

Un peu plus tard, sur la colline surplombant Jakovce, la voiture s'arrêta devant le portail d'acier de la propriété de Duke. Pina sonna timidement et s'empressa de regagner la voiture en boitant. Laurenti vit la caméra de surveillance s'incli-ner côté passager, puis les deux ailes du portail s'ouvrirent en bourdonnant doucement. Il se gara à côté de la Maserati. Avant de descendre, Pina lui lança un bref regard de désespoir. Le chauffeur de Sedem les reçut et, sans dire un mot ou presque, les conduisit au salon. Sedem était devant la cheminée. Il leur tournait le dos. Sur la petite table à côté de lui étaient posés trois téléphones, et une montagne de quotidiens imprimés dans les langues les plus variées, manifestement feuilletés à la hâte, recouvrait le sol.

*

* *

La bora s'était encore renforcée. En sortant de la grange, où il avait replacé la Range Rover derrière un mur de bottes de paille, Dean resserra sa veste. Il n'était pas encore vingt-trois heures. Épuisé et passablement éméché, il quitta son costume et se mit à zapper sur le téléviseur du séjour, jusqu'à ce qu'il tombe sur un bulletin d'informations. Il se versa un verre de brinjevec et en avala une bonne gorgée. Il contemplait enfin tranquillement les images de ses atrocités. Un chef-d'œuvre inégalable ! Dean se sentait fort – malgré l'affront que ses contacts d'Izola lui avaient infligé. Il n'avait qu'une hâte : téléphoner à Mervec, bien que celui-ci lui ait formellement interdit de l'appeler.

– Demain matin, je me pointe chez toi, lui annonça Dean tout de go. Prépare mon fric.

– Je t'avais pourtant dit… grogna d'abord Mervec, avant de se ressaisir immédiatement : Pas demain. Les banques sont fermées le dimanche.

– Je viendrai quand même. Tu n'auras qu'à puiser un peu dans ton bas de laine. Je serai là vers midi.

Il savait que Mervec gardait une coquette somme dans son coffre-fort. Jusque-là, il n'avait jamais eu de problème pour obtenir une avance. Il suffisait de se mettre d'accord sur le montant.

– Je ne rentre que demain, retrouvons-nous à quatorze heures au Pumpe à Klagenfurt, lui répondit Mervec d'une voix hésitante. Sois ponctuel.

Dean n'appréciait pas du tout que son ancien boss lui donne rendez-vous dans un lieu public, fût-ce une brasserie des plus typiques, réputée pour son excellent goulasch. Il acquiesça néanmoins. Se resservit un verre de schnaps. Mervec voulait-il le rouler dans la farine ? Et s'il allait le guetter dès le lendemain matin à Pörtschach, au moment où il quittait son domicile ?

Ensuite, il irait directement au col de Loibl – là aussi les contrôles frontaliers avaient disparu depuis deux jours. Une fois rentré en Slovénie, plus rien ne pourrait lui arriver. Quant à la Range Rover, il la ferait disparaître une bonne fois pour toutes.

Mais Dean écarta finalement cette idée. Refroidir Mervec, rien de plus facile, mais ensuite comment récupérer l'argent ?

En plus, Mervec était expert en ruses de toutes sortes, Dean les avait d'ailleurs apprises avec lui.

Il se réveilla en sursaut. Il venait de s'assoupir dans son fauteuil quand de violents coups ébranlèrent la porte de la maison. Il s'étira et se frotta les yeux. Cette manière de frapper n'était pas polie : la personne était mal intentionnée et voulait entrer de force. Il jeta un coup d'œil furtif par la fenêtre. Rien. La cour était plongée dans l'obscurité. Il n'osa pas se pencher pour mieux voir l'entrée de la maison, il aurait fait une cible idéale. Dean tira un pistolet d'un tiroir, le chargea, puis descendit l'escalier sur la pointe des pieds, sans allumer la lumière du couloir. Les coups, de plus en plus forts au fur et mesure qu'il se rapprochait de l'entrée, étaient réguliers. Il se mit à compter en suivant leur rythme et, à sept, ouvrit violemment la porte.

*

* *

La rencontre de Laurenti et de Sedem fut des plus brèves. Pina avait les larmes aux yeux en se penchant vers le jeune homme, qui ne se retourna pas vers les deux visiteurs. La musique était assez forte, un nouveau morceau commençait tout juste. The Young Tuxedo Brass Band entonnait « Eternal Peace », une musique jouée lors des enterrements par les Noirs de La Nouvelle-Orléans.

– Qu'est-ce que tu veux ? demanda Sedem d'une voix à peine audible, avant de baisser le volume.

Les trois téléphones sonnaient sans répit. Il se contentait de jeter un coup d'œil aux numéros qui s'affichaient, mais ne répondait pas.

– Je suis tellement désolée, lui dit Pina d'un ton larmoyant, en voulant l'embrasser.

Sedem la repoussa avec rudesse.

– Toutes mes condoléances, Signor Newman, déclara Laurenti. Je vous souhaite beaucoup de courage. Nous allons tout mettre en œuvre pour retrouver au plus vite le ou les coupables.

Sedem fit pivoter son fauteuil roulant. Il était blême de colère.

– Épargnez-moi votre pitié, vous le connaissiez à peine.

– Il ne sait pas ce qu'il dit, chef, intervint Pina, désemparée. Il est sous le choc.

– Ça veut dire quoi, ça ?

C'était la première fois depuis qu'elle le connaissait que Pina entendait Sedem élever la voix.

– Un monstre de moins sur terre, c'est si grave ?

Il toisait les deux policiers avec un air de défi.

– Je suis désolée de ne pas être venue, hier soir, dit Pina. Elle alla s'asseoir dans le fauteuil en face de Sedem. Laurenti resta debout.

– Ça vaut mieux, répondit Sedem en lisant le numéro qui s'affichait sur l'écran de l'un de ses téléphones. Tu n'aurais pu que m'énerver.

– Mais je n'étais vraiment pas au courant, rétorqua Pina. Je l'ai appris par hasard vers minuit en regardant les informations et je n'ai pas cessé de t'appeler. Toute la nuit. Pourquoi ne m'as-tu pas répondu ?

– Comme on dit, une souffrance partagée est une souffrance diminuée de moitié, n'est-ce pas ? lui demanda Sedem en éclatant d'un rire sardonique. Je suis à cent lieues de pleurer la mort de Duke. La seule chose qui m'inquiète, c'est que le type qui va prendre la place de mon père sera peut-être encore plus décomplexé que lui. Il faut que je me dépêche de dissoudre son empire sans que ma grand-mère s'en mêle. Ça ne va pas être du gâteau.

– Comment va-t-elle ? lui demanda Pina.

– Je ne l'ai pas encore vue. Elle est habituée à ce que le destin ne soit pas toujours tendre avec elle. Elle s'en remettra.

Laurenti n'était pas convaincu par le détachement qu'affichait Sedem.

– Désolé de devoir vous poser cette question, mais qui pourrait être derrière cet attentat ? Vous avez une idée ?

– Votre collègue Pausin me l'a déjà demandé ce matin, à sept heures. C'est un interrogatoire ?

Sedem n'avait qu'une envie : les mettre dehors. Laurenti, qui l'avait compris, battit en retraite pour le devancer.

– Vous savez comment me joindre, lui dit-il. Je trouverai la sortie tout seul.

Il s'éloigna rapidement, sans même jeter un regard au jeune homme, espérant que ce dernier n'allait pas renvoyer Pina. C'était bien que la petite reste auprès de Sedem. Si quelqu'un était capable d'arracher quelques mots à ce cynique personnage, c'était elle. Au moment de quitter la ferme, Laurenti dut attendre qu'une Porsche couleur jaune d'œuf aux vitres teintées et immatriculée à Vienne franchisse le portail. La plaque indiquait qu'il s'agissait d'une voiture de location. Laurenti prit son temps et regarda dans son rétroviseur les deux hommes bien habillés, au teint mat et aux cheveux coiffés en brosse, qui sortirent de la voiture et le suivirent des yeux jusqu'à ce que les ailes du portail se referment. Traits anguleux et épaules larges : aucun doute, ils étaient du métier. Que manigançait donc Sedem pour engager deux gorilles ?

Un quart d'heure plus tard, Laurenti s'arrêta sur le parking du poste de police de Sežana. Rožman descendit les marches à sa rencontre. Il paraissait fatigué. Il lui raconta aussitôt qu'au petit matin – il faisait encore nuit ! – Pausin, son supérieur, l'avait tiré du lit en le tannant pour savoir pourquoi Calamizzi n'était plus en taule. Rožman lui avait expliqué qu'il s'était enfui, mais cette version des faits avait laissé Pausin plus que sceptique. Ce qui était sûr, c'est que Calamizzi était armé, que sa voiture était bourrée d'éclats d'os et que, vu ce qu'il trimballait avec lui, il ne s'agissait pas de menue monnaie. Pausin diligenterait une enquête sur le responsable du poste, dès que l'affaire du moment serait classée. Rožman avait encaissé sans broncher. Pausin l'avait ensuite pressé de questions sur Goran

Newman, puis avait tenu à ce qu'il l'accompagne à la propriété de Duke, où Sedem était assis devant des téléphones qui sonnaient en permanence. Ce dernier n'avait répondu que de mauvaise grâce et par bribes à leurs questions, et les avait mis à la porte au bout d'un quart d'heure. Peu sympathique comme gars, mais déterminé. Et puis, la veille au soir, Pausin les avait affectés, lui et ses collègues, à la déviation de la circulation, l'attentat ayant été commis dans le secteur de Rožman. Pausin s'était accaparé l'enquête, sur ordre venu d'en haut, prétendait-il. Vraiment, à Ljubljana, les types du ministère de l'Intérieur foutaient un bordel pas possible ! En Slovénie, la situation n'était donc pas plus enviable que dans le reste du monde. La hiérarchie était décidément la seule invention à la fois usante et inusable.

Rožman se plaignait encore de son supérieur quand le portable de Laurenti sonna. La voix de Marietta s'étranglait presque d'excitation.

— La qualité de l'enregistrement n'est pas exceptionnelle et le lieu du crime est en partie caché par un arbre, mais il y a une séquence où l'on voit l'assassinat d'Edvard. Un homme s'approche furtivement par-derrière, dégaine une arme, et Edvard s'écroule. Une balle dans la nuque, du travail de professionnel, bing ! L'assassin l'appuie contre un tronc d'arbre et disparaît. En tout, quatorze secondes chrono.

— Comment est-il ? Physiquement, je veux dire, Marietta.

— On ne les voit tous les deux que jusqu'au niveau du buste. Impossible d'identifier le visage, même en agrandissant l'image. Forte stature et bedaine assez imposante. Costume noir, chemise blanche, et cravate multicolore couverte de petits oiseaux. Rien que pour ça, il mériterait d'aller en taule. J'ai comparé les images avec la bande où on te voit contrôler le conducteur de la Range Rover. Même stature, même démarche. Et même cravate. Je vais en faire tirer des agrandissements.

— C'est déjà quelque chose, commenta Rožman, quand Laurenti lui eut annoncé la nouvelle.

Il changea de table pour pianoter sur le clavier de l'ordinateur.

– Venez voir, dit-il à Laurenti en indiquant l'écran. Ça ne serait pas notre homme ?

Laurenti leva les sourcils. Dean Čuk, né le 28 août 1965 à Murska Sobota, près de la frontière hongroise dans le nord-est du pays. Il ne parvint pas à déchiffrer le reste du texte, mais les photos étaient plus que parlantes.

– Comment avez-vous fait pour le trouver aussi vite ? demanda Laurenti.

– Pur hasard. Je suis passé chez lui vendredi soir, pendant que mes hommes vous livraient Calamizzi.

Rožman se frotta les mains de satisfaction.

– Je me suis dit que Dean avait vraiment grossi, depuis la dernière fois que je l'avais vu. Avant c'était un dur à cuire, mais je crois qu'il s'est mis à boire comme un trou. C'est là ma chance, Laurenti.

Rožman tapota sur l'écran.

– Si j'arrive à le serrer, sans que mon chef ou les types du ministère de l'Intérieur me mettent des bâtons dans les roues, je serai réhabilité. Après, ils ne pourront plus se mettre en travers de mon chemin. Ils ont Calamizzi, moi j'ai Dean.

C'était maintenant à Rožman de jouer. Il exposa brièvement sa stratégie au commissaire et le conjura à plusieurs reprises de tenir sa langue jusqu'à nouvel ordre. Ils convinrent pour finir que Laurenti se manifesterait dès la fin de son entrevue avec Pausin.

*
* *

Dimanche midi. Domenico Calamizzi, assis en face de Laurenti dans la salle d'interrogatoire de la maison d'arrêt, ricanait bêtement. Debout derrière le Calabrais se tenait le policier en uniforme qui l'avait extrait de la file des prisonniers qu'on emmenait déjeuner.

– Aujourd'hui, c'est le jour du Seigneur, commissaire, lui lança Calamizzi. Et les prisonniers, ils n'ont pas droit à leur repos dominical ?

– Vous n'avez qu'à faire une réclamation, petit malin !

Laurenti était parti tout de suite après avoir rencontré son collègue de Koper, pressé de pouvoir faire enfin sa fête au Calabrais, incarcéré depuis vendredi soir à la prison du Coroneo. Le numéro de Dean était enregistré dans son portable mais aussi dans celui de l'empailleur d'écureuils !

Jure Pausin était arrivé avec un peu de retard. Il avait dû se rendre directement de Jakovce à Ljubljana pour assister à une réunion de crise. Rien de bien nouveau. La voiture de Duke était entre les mains des techniciens de la police scientifique à Ljubljana, ils tentaient d'identifier les explosifs. Pendant ce temps-là, un médecin légiste essayait de trier des morceaux de cadavre éparpillés en les disposant dans différentes cuves en acier. Une fois, Galvano avait osé faire remarquer qu'il était tout de même étrange que personne ne se demande à quoi servait toute cette hypocrisie. Ces gens avaient beau être morts et la cause de leur décès claire comme de l'eau de roche, les familles insistaient quand même régulièrement pour que le cadavre de leurs chers disparus soit le seul à être mis dans le trou. Était-ce par jalousie ? Était-ce parce qu'on ne voulait pas déposer sur la tombe d'un étranger des fleurs qu'on avait payées une petite fortune ? Craignait-on que l'épitaphe ne corresponde pas exactement à la personne enterrée ? Ou était-ce que les cocktails de cadavres n'étaient pas du goût des vers de terre ? Familles, quel gaspillage !

Laurenti fit voir à son collègue l'extrait de l'enregistrement de la caméra de surveillance mais, par égard pour Rožman, il se garda de lui montrer celui où on le voyait en train de contrôler Dean. Pausin lui demanda une copie. Marietta lui promit qu'il l'aurait dès le lendemain. En revanche, Laurenti lui remit sur-le-champ quelques-uns des agrandissements. Pausin appela alors ses collègues pour leur communiquer la description physique du suspect. C'était déjà un premier indice. De toute façon, les ordinateurs des autorités slovènes tournaient à plein régime, le ministère de l'Intérieur faisait pression, et même le Premier ministre, qui avait prononcé un discours enflammé lors de la cérémonie de Rabuiese, suivait personnellement les progrès de l'enquête. Goran Newman était une personnalité importante du monde de l'économie, la réputation du pays était en jeu. Mais il se battait, en vain pour le moment, pour obtenir un mandat de perquisition de la propriété de Jakovce. Les responsables continuaient de se faire prier. Dans ces conditions, il ne voyait pas comment il pouvait se faire une idée des affaires de Duke, qui pourtant permettraient peut-être enfin de trouver un motif tangible à ce crime. Même son fils s'était montré récalcitrant quand il l'avait interrogé en compagnie de Rožman. Pausin haussa les épaules et soupira. Comment pouvait-il faire progresser l'enquête, si tout l'entourage de Duke était aussi loquace ? Les agrandissements en main, Pausin finit par appeler son bureau en empruntant le portable de Laurenti. Il demanda à sa collaboratrice de chercher des hommes de forte corpulence dans la liste des invités. Peu enthousiasmée par cette demande, elle lui répondit en râlant que même avec l'aide du service Population de la mairie, des informations glanées sur Internet et des archives photographiques des journaux, c'était un vrai travail de chien. En plus, il y avait fort à parier que les trois quarts des messieurs présents à la cérémonie avaient quelques problèmes de poids.

La femme de Pausin était à Trieste, en quête de cadeaux de Noël, et il ne tarda pas à prendre congé pour l'aider à porter les paquets.

– Si je comprends bien, cent quatre-vingt-dix mille euros, pour vous, c'est une broutille, Calamizzi ? demanda Laurenti, à moitié penché au-dessus de la table.

– Peut-on évaluer le prix d'une vie ?

Le Calabrais croisa les bras et s'inclina en arrière comme pour rester à bonne distance du policier.

– Et puis, vous n'avez pas à vous inquiéter, mon avocat va réclamer la restitution du fric. Il est resté en Slovénie, il n'est pas ici.

– Vous avez sorti cet argent du territoire italien. Nous avons déjà fait le nécessaire. Vous pouvez vous dispenser des frais d'avocat.

Laurenti avait compris. L'homme s'imaginait que l'argent était en sûreté en Slovénie. Il faisait allusion au fait que la législation italienne en matière de lutte contre la criminalité organisée prévoyait la saisie des biens appartenant aux membres de l'honorable société. L'unique arme qui donnait vraiment du fil à retordre aux clans mafieux. Malheureusement, dans leur arrogance, nombre de pays européens s'estimaient trop propres pour prendre en compte la nécessité d'une telle mesure. Et voilà comment des sommes astronomiques étaient investies dans le Nord, surtout en Allemagne.

– Vous résidez officiellement à Reinbek près de Hambourg. Quelle est votre profession ?

– Je suis au chômage.

Calamizzi faisait tout son possible pour continuer à feindre l'indifférence.

– Et vous vous promenez avec tout cet argent ?

– Essayez d'ouvrir un compte, quand vous ne percevez aucun revenu.

– Comment s'appelait l'homme qui a été abattu dans votre voiture ?

– Aucune idée. Il voulait m'aider.

– Et ensuite vous l'avez aidé ?

Laurenti replia le pouce et visa Calamizzi avec deux doigts :

– Boum !

– Vous regardez trop la télévision, commissaire !

– Bon, où est-ce que ça s'est passé ?

Laurenti se redressa et le Calabrais posa les coudes sur la table.

– Qu'est-ce que j'en sais ? C'est près de Trieste. Je me suis perdu, j'ai fini par apercevoir une voiture sur le bord de la route, je me suis arrêté pour demander mon chemin, l'homme s'est aimablement penché vers moi par la fenêtre ouverte et au moment où il m'indiquait la direction à prendre, un coup a retenti. Bien sûr, je me suis tout de suite sauvé.

– Et le chien, il faisait de l'auto-stop, c'est ça ?

– Cette pauvre bête m'a fait de la peine. Mais qu'est-ce que j'aurais dû faire ? Il était couché au bord de la route à la sortie du dernier village avant la frontière. Quand on n'a pas de cœur pour les animaux, on n'a pas d'âme.

– Vous avez si grand cœur qu'à Milan vous avez essayé d'intimider des gens avec ces bestiaux, Calamizzi. Au fait, où est votre avocat ?

– Il est en route. Il sera là demain.

L'homme mentionna le nom de son défenseur, espérant ainsi impressionner Laurenti. Un député de Forza Italia, avec une longue liste d'éminents mafieux à son palmarès. Expert en manœuvres dilatoires plus rusées les unes que les autres, il en usait sans vergogne pour dépasser les délais de prescription.

– Mon Dieu ! s'écria Laurenti. J'ai peur ! Mais vous ne serez pas relâché pour autant. Vous êtes soupçonné de meurtre et de complot pour meurtre.

– Complot pour meurtre ?

La mine de Calamizzi s'allongea.

– Vous êtes un homme de main de Dean Čuk. Lequel Dean Čuk, hier, a abattu un homme d'une balle dans la nuque, pendant la cérémonie d'élargissement de l'espace Schengen. Et vous avez eu auparavant deux conversations téléphoniques avec Čuk.

– Hé, commissaire, et où j'étais, hier ? Ici même. Dans cet hôtel de luxe de l'État italien ! Avec cinq Albanais dans une cellule. Un alibi en béton !

Calamizzi tapa du doigt sur le dessus rayé de la table et se pencha en avant.

– Et puis vous m'avez enlevé. Sans procédure d'extradition ! Vous avez violé la loi. Mon avocat va vous faire vivre un enfer et je vais sortir plus vite que vous ne le pensez.

– Arrêtez vos conneries, Calamizzi. Vous vous êtes enfui pendant qu'on vous conduisait à l'interrogatoire. La police slovène a lancé contre vous un mandat d'arrêt international. Alors maintenant, crachez le morceau ! Qu'avez-vous à voir avec cet homme ? répliqua sèchement Laurenti. Vous n'avez toujours pas compris dans quelle situation vous vous trouvez ? Meurtre, complot pour meurtre, jeux de hasard illicites, combats de chiens clandestins, et ce n'est pas tout : cruauté envers les animaux, fausses déclarations, participation à une organisation criminelle, constitution de bande.

Laurenti fit un signe au policier en uniforme, lequel mit les menottes au Calabrais et l'emmena. Quand son avocat serait arrivé, c'est le procureur qui s'occuperait de lui. Mais ce soir, Laurenti le cuisinerait encore une fois. Pile à l'heure du dîner des prisonniers.

*

* *

Dean ouvrit la porte et braqua son pistolet automatique à quinze coups dans l'obscurité, prêt à en vider le chargeur sur le premier qui voudrait s'en prendre à lui. Un violent coup le terrassa. Il tomba sur le dos, poussa un gémissement sourd et, sonné par le choc, saisit son front en sang. Il vit enfin son adversaire, mais avant même de pouvoir réagir, un deuxième coup vint frapper l'arme qu'il tenait à la main. Elle glissa sur les pavés et s'immobilisa au milieu de la cour. Dean essaya de ramper à l'intérieur de la maison et de fermer la porte à clé, mais un troisième coup le renvoya au tapis.

– Qu'est-ce que tu veux ? gémit-il, à moitié étourdi, en tâtant ses blessures.

Puis il tenta péniblement de se relever.

– Reste assis, lui ordonna sèchement Sedem.

Grosse comme un poing, la pierre qu'il avait fixée avec une corde à l'extrémité d'une longue canne se remit à tournoyer avant de s'écraser contre le cadre de la porte, juste à côté de Dean. La jument lipizzan s'ébroua et piaffa. Sedem la calma en lui parlant un peu, puis il s'adressa de nouveau à Dean :

— Pourquoi as-tu fait ça ?

— Qu'est-ce qui te prend ?

Dean se tordait de douleur.

— De quoi parles-tu ?

— C'est toi qui as modifié les affiches. Tu y as mis la photo de mon père. Qui t'a demandé de le faire ?

— « Istria libera », tu parles ! Espèce de cinglé, tu ne sais vraiment pas quoi faire de ta vie de merde ! Mais pourquoi faire tout ce raffut ? hurla Dean. Voilà ce que je me disais, chaque fois que je trouvais ces affiches débiles devant ma porte. Y a pas à dire, tu payais bien. Mais les dernières n'étaient pas comme tu voulais. N'est-ce pas ? Allez, tire-toi, espèce d'infirme, sinon je te jure que tu vas le regretter.

Dean, qui s'était accroupi, s'effondra de nouveau, frappé par la pierre.

Sedem usait de sa canne avec rapidité et précision. Il semblait particulièrement bien entraîné au maniement de cette arme insolite. Il en avait eu l'idée le dimanche précédent, en faisant sa promenade à cheval quotidienne. Un Combi Mercedes immatriculé en Allemagne était garé devant la ferme de Dean, et deux hommes s'amusaient à entraîner un pitbull de cette manière. Mais c'était une peau de chat qui était accrochée au bâton derrière lequel le chien courait. Il avait fallu un certain temps à Sedem pour bien équilibrer sa canne. Finalement, il avait opté pour cette vieille pierre à chaux grise. Ses arêtes étaient vives et elle pesait exactement un kilo. Idéale. Elle faisait mouche en causant de méchantes blessures. Sedem l'avait essayée sur le tronc d'un imposant pin parasol. L'écorce, sous le choc, avait volé en éclats.

— Pour qui travailles-tu ?

La pierre se mit à tourner comme une hélice, jusqu'à devenir presque invisible.

– J'ai transmis le tout dans l'état où je l'ai reçu. Je n'ai absolument rien fait. Tu t'imagines que je vais m'installer comme graphiste ? Ne crois pas que tu vas t'en sortir comme ça !

Lentement, il ramenait ses jambes vers lui, se préparant à bondir.

– Ça va faire des vagues, quand on saura qu'un petit salaud de millionnaire ricain en fauteuil roulant en appelle au meurtre d'autres putains de millionnaires.

Cette fois, la pierre lui percuta la rotule. Dean hurla de douleur, saisit sa jambe des deux mains et, les yeux écarquillés, regarda fixement Sedem. Le coup suivant le renvoya par terre.

– Pas mal, ce machin, hein, Dean ? Vous n'y avez jamais pensé, dans les services secrets. Ça ne demande pas beaucoup de force, suffit d'être un peu habile. Même un infirme peut s'en servir. Quand ça te frappe une fois, ce n'est pas trop grave, mais quand la pierre rebondit dix fois de suite sur le crâne, la cervelle finit par exploser en éclaboussant la cour. Bon, toi, tu n'en as pas beaucoup, ça limitera les saloperies. Alors, tu travailles pour qui ?

La pierre se remit à tournoyer à toute vitesse, produisant un sifflement de plus en plus aigu. Dean résista encore deux fois, puis finit par lâcher le morceau. Sedem, satisfait de ce qu'il venait d'apprendre, fit faire demi-tour à son cheval. Dean rampa en râlant à travers la cour pour atteindre son arme, mais la jument lipizzan qui galopait était déjà beaucoup trop loin. Dean tira néanmoins cinq balles d'affilée dans sa direction. Quand leur écho se fut perdu au loin, seul le bruit régulier des sabots perçait encore le silence de la nuit. Sous la lumière laiteuse de la lune presque pleine, la silhouette de la jument blanche s'estompa.

*

* *

Proteo Laurenti avait faim. C'était le dernier dimanche avant Noël, mais la plupart des restaurateurs du centre-ville avaient obstinément maintenu leur jour de fermeture hebdomadaire. Il composa le numéro de Rožman et lui laissa un message pour le prévenir qu'il ne pourrait pas arriver avant quinze heures. Puis il se rendit au Scabar, en espérant que son fils lui préparerait quelque chose de bon. Le restaurant affichait complet et Laurenti craignit de devoir se contenter d'avaler une pizza en route, comme la veille au soir. En saluant Marco qui, à l'instar de ses collègues, suait à grosses gouttes et se démenait comme un diable en cuisine, il apprit que Galvano était dans la deuxième salle, seul à une table. Laurenti était sauvé.

— Mais assieds-toi donc, mon ami, lui dit le vieux médecin légiste en l'invitant d'un geste de la main.

On entendait ronfler le chien noir couché sous la table. Curieusement, Galvano semblait se réjouir de voir Laurenti. Peut-être s'imaginait-il que le commissaire allait, comme d'habitude, payer l'addition. Il avait déjà à moitié vidé la bouteille de malvasia de Zidarich.

La patronne de Marco prit la commande et Galvano, malgré les protestations de Laurenti, lui demanda d'apporter une autre bouteille.

— Il faut absolument que je trinque avec toi, lui expliqua Galvano d'une voix inhabituellement douce. Il t'arrive de me rendre service. Pas souvent, c'est vrai, mais là, tu m'as donné une sacrée idée pour mes Mémoires.

— Tu ne les as tout de même pas mis au feu? demanda Laurenti en se jetant sur les *canoce*, comme on appelle les cigales de mer en dialecte triestin.

— C'est ça, moque-toi d'un vieil homme sans défense, Laurenti.

— Allez, raconte, ne sois pas si susceptible.

— Ça concerne Marzio Manfredi, le taxidermiste. Chez nous, cocaïne et extrémisme de droite ont une longue tradition. Qui remonte à l'époque où les frontières étaient encore hermétiques, pendant la guerre froide. Le Parti communiste italien était le plus important d'Europe de l'Ouest et les Américains attisaient à qui mieux mieux la peur d'une invasion soviétique. Ils ont formé des groupes paramilitaires, les ont armés et les ont payés en leur livrant de la cocaïne non coupée de qualité « Merck », au prix dérisoire de huit cent mille lires le kilo. Les néofascistes se finançaient en la revendant. Ils ont travaillé main dans la main avec d'anciens nazis de l'organisation Werwolf, en Bavière et en Autriche. Les services secrets italiens étaient eux aussi impliqués, tout comme les parrains mafieux italo-américains. Par la suite, ce groupe a été intégré au réseau Gladio, l'une des organisations *stay-behind* implantées par la CIA, le M16 et l'OTAN dans tous les pays d'Europe occidentale pour agir en coulisse. Sais-tu combien de ces fripouilles siègent encore dans les parlements ?

– Tu peux te remettre à écrire tes Mémoires, à ce que je vois, marmonna Laurenti, qui suçait avec délectation une pince de cigale de mer.

– Au cours de mes recherches, j'ai découvert par hasard que le père biologique de Duke avait été pendant des années l'un des cerveaux du réseau à Washington. Mais avant ça, il avait trempé dans la préparation des prétendus incidents du golfe du Tonkin, au large des côtes nord-vietnamiennes. Une information délibérément fausse dont le gouvernement de Lyndon B. Johnson s'est servi comme prétexte pour engager les États-Unis dans la guerre du Vietnam. Lequel Johnson refusa obstinément de mettre fin à la guerre, alors que tout le monde savait qu'il allait la perdre. Sais-tu en quels termes il se justifiait ? « *I will not be the first President to lose a war.* » Pendant ce temps-là, ses opposants manifestaient en scandant des slogans du genre : « *Hey, hey, LBJ, how many kids did you kill today ?* »

– Et quel est le rapport avec mon affaire ? demanda Laurenti.

– Goran Newman a été au Vietnam. Il avait un paternel incroyable qui a fait carrière au ministère des Affaires étrangères et qui, il y a peu, était encore conseiller du gouvernement. Il a gagné des milliards grâce à toutes les saloperies qu'on a pu commettre là-bas. Au Cambodge, les pauvres n'ont même plus de quoi se payer de la viande de rat, à cause de l'inflation galopante.

Avant de poursuivre, Galvano racla le reste de son araignée de mer et l'avala.

— Et vu la manière dont Duke a été assassiné, ce sont certainement des professionnels qui ont fait le coup. À ta place, je me dépêcherais d'élargir le champ de mon enquête ou de la confier en haut lieu à Rome.

Galvano but une généreuse gorgée de vin.

— Si tu connaissais le niveau de compétence des gens de la capitale, tu me donnerais un meilleur conseil. Tu crois vraiment qu'il existe encore des complots de ce genre ?

— Pourquoi pas ? Il y a deux ans, les Russes ont bien réussi leur petite attaque nucléaire sur Londres. Du polonium 210, une solution on ne peut plus propre.

— Ce n'est pas la même chose. Litvinenko est un ancien membre des services secrets russes ! objecta Laurenti. Admettons que l'attentat contre Duke ait été minutieusement préparé. Mais tu oublies les affiches ! « Istria libera, Dalmazia nostra. » C'est de ce côté-là qu'il faut creuser pour comprendre qui tire les ficelles.

Il regarda sa montre. Il était temps de rejoindre Rožman.

— Au fait, tu as pris ta décision, tu passes le réveillon avec nous ?

— Si tu insistes, il va bien falloir, soupira Galvano.

Laurenti serra la main du vieil homme et sortit, sans payer. Pour une fois, Galvano réglerait l'addition. Laurenti était à peine installé au volant que le téléphone sonna, comme sur commande.

— J'ai attendu pour t'appeler car je me doutais que tu étais débordé, Proteo. Comment ça se passe ? Si j'ai bien compris, chez vous c'est la panique.

La voix de Živa était douce comme à l'époque où leur relation était au beau fixe.

– Tu sais ce qui me plairait, en ce moment ? lui demanda Laurenti. Une belle chambre sur la côte istrienne, un grand lit. Seulement pour nous deux, Živa ! Et dehors, la mer, soulevée par la bora et éblouissante de soleil, avec des crêtes d'écume blanches filant sur les vagues.

– Tout ça, c'est du passé, Proteo. On ne peut pas le faire revivre. Et surtout pas le réchauffer.

Živa s'éclaircit la voix, son intonation changea.

– J'ai peut-être une bonne nouvelle pour toi. Mais il faut que tu me promettes d'en finir avec tes allusions !

– Quand tu parles comme ça, c'est qu'il va être question de boulot.

Laurenti connaissait toutes les inflexions de sa voix, il avait depuis toujours une prédilection pour ses registres les plus élevés.

– Nous avons arrêté un homme qui peut t'être utile. Pur hasard, mais il est déjà passé aux aveux. Un contrôle de routine sur la voie rapide qui relie Pula au Nord. Dans le coffre de sa voiture, on a trouvé des affiches de ce groupe de fanatiques.

– « Istria libera » ? demanda Laurenti, tout excité.

– Il prétend les avoir reçues d'un certain Mario, qui lui aurait donné cinq cents euros pour les coller de nuit. Dans son téléphone, nous avons aussi trouvé le numéro de son commanditaire. Ça peut te servir ?

– Et comment !

Laurenti était ravi.

Il nota le signalement de l'homme ainsi que son numéro de téléphone, puis passa un coup de fil à Marietta afin qu'elle compare ce dernier avec les appels passés depuis le portable de Manfredi. Parmi ceux-ci, on avait aussi découvert des communications avec la petite ville portuaire située de l'autre côté de la frontière.

*

*   *

Assise en face de lui, Pina, embarrassée, essayait désespérément de trouver quelque chose à dire. Chacune de ses phrases lui semblait stupide. Il n'y avait rien à dire. Les téléphones sonnaient sans arrêt. Sedem se contentait de regarder sur les écrans, mais ne décrochait pas. Elle avait vu l'Alfa Romeo de Laurenti quitter la cour, suivie des yeux par deux malabars coiffés en brosse qui venaient de descendre d'une Porsche couleur jaune d'œuf. Sur ce, le chauffeur de Sedem était venu lui annoncer leur visite. Sedem lui avait répondu de les faire patienter un quart d'heure et l'employé de maison était reparti discrètement.

– Pourquoi es-tu restée ? lui demanda Sedem à voix basse.

Il prit la télécommande et, sans baisser le volume, changea la musique. Après le swing, place aux Gorillaz et à leur chanson « Every Planet We Reach Is Dead ».

– Pardon ? répondit Pina, qui n'avait pas compris.

– Je te demande pourquoi tu n'es pas partie avec Laurenti.

Sedem la regardait pour la première fois. Et pour la première fois elle remarqua que ses yeux étaient vides comme ceux de son père. Le regard aqueux de Duke – une mer gris bleuté sous une couche de nuages chargés de pluie, juste avant la bourrasque.

– Ne te fâche pas, Sedem. Il est normal que je veuille être à tes côtés en ces circonstances. Bien sûr, personne ne peut imaginer ce que tu ressens, mais au moins on peut t'offrir une présence. Ne garde pas tout pour toi. C'est quand même ton père qui a été assassiné. Je peux peut-être t'aider à retrouver les meurtriers.

– Policier un jour, policier toujours ! Ne te fatigue pas, je me débrouillerai tout seul. J'ai toujours été seul et je le resterai.

Il poussa un bref éclat de rire.

– C'est le destin de l'homme.

– Tu es cynique.

Pina se pencha en avant et lui prit les mains. Sedem s'inclina en arrière, bras tendus. La distance entre leurs têtes était toujours la même. Il avait les mains froides.

– C'était un salaud. On ne peut pas vraiment le plaindre. Ce qui est beaucoup plus regrettable, c'est qu'Edvard ait dû mourir pour lui. C'était quelqu'un sur qui on pouvait compter en toute situation. Il savait se mettre à la place d'autrui, il était intelligent, vigilant, attentif, discret mais toujours présent. Toujours. Depuis qu'il était aux côtés de Duke, mon père avait les mains libres et pouvait se concentrer sur ses affaires.

– Et Vera ?

– Un vrai glaçon. Pire que Duke. Esprit analytique, déterminé et dangereux. De la dynamite et un détonateur réunis en une seule personne. Il n'y avait qu'une chose qui comptait pour elle : l'argent. De ce point de vue, Duke et elle formaient un couple idéal.

– Et toi ?

– Je la laissais complètement froide. Parfois, elle se méfiait de moi, parce que je voyais clair dans ses combines. Mais nous n'avons jamais échangé un seul mot à ce sujet. Au moins, elle m'aura épargné le ridicule d'être une fausse mère pour moi. Elle avait dix ans de plus que moi. Mais elle avait aussi quelque chose dans le regard qui ne me plaisait pas. Elle ne me quittait jamais des yeux, quand je parlais avec Duke. Elle m'observait sans rien dire. C'était tout.

– Il va te manquer, dit Pina.

– Me manquer ?

Sedem haussa les sourcils.

– À peine.

– Et avec qui parleras-tu musique désormais ?

– L'important, c'est de pouvoir l'écouter.

Il inspira profondément et appuya sur la télécommande.

– « Lucid Dreams » de Franz Ferdinand, annonça-t-il. Je n'aurai pas assez d'une vie pour écouter tous les vieux disques de la collection de Duke.

Il fit un geste en direction du mur d'étagères où étaient rangés les précieux disques, une collection commencée par son grand-père.

– Duke m'a appris récemment qu'il y en avait encore plus dans l'un des appartements de New York. Si je n'avais pas d'autres projets, je pourrais rester ici à les écouter jusqu'à la fin de mes jours. D'ailleurs, ce ne serait pas une mauvaise idée.

Sedem fit une grimace qui voulait dire tout le contraire.

– Et ceux qui sont à New York, on les écoutera là-bas, ajouta Pina.

Elle lui pressait les mains. Sedem réagit enfin à son contact, mais ils furent vite interrompus. Son chauffeur fit entrer les deux malabars, qui restèrent debout devant eux, épaule contre épaule. Ils portaient un costume foncé de prix. Pina comprit immédiatement qu'ils cachaient une arme.

– « Tomorrow Comes Today », dit Sedem en attendant les premières mesures.

Il ordonna alors aux deux armoires de s'asseoir. Pas un mot pour présenter Pina. Une conversation en anglais s'ensuivit, dont elle ne saisit que quelques mots : Boris Mervec, Austria, Wörthersee, Klagenfurt, Pörtschach, Today. Il appuya de nouveau sur la télécommande et changea de morceau.

Les consignes furent brèves, les deux gorilles s'éclipsèrent pendant les toutes dernières mesures.

– « Dream A Little Of Me », soupira Sedem. Ella Fitzgerald et Satchmo se sont plus engagés pour les droits de l'homme qu'on veut bien s'en souvenir aujourd'hui. Les droits de l'homme, ça n'intéresse plus personne. Je m'en occuperai avec Sedem Seven Continents, dès que j'aurai dissous l'empire de Duke et que j'aurai suffisamment de liquidités.

Pina connaissait le morceau – une chanson d'amour. Complètement apolitique. Mais Sedem ne pouvait se dispenser, même en pareil moment, de sombrer dans ses éternelles considérations sur le monde.

– Sais-tu d'où lui venait ce faible pour la musique ? demanda-t-il. Le père de Duke était un guerrier froid. Les Américains ont utilisé le jazz comme arme de propagande. Ils avaient même une station de radio qui diffusait du jazz vingt-quatre heures sur vingt-quatre. Ils ont envoyé Armstrong en Union soviétique et à Budapest, Ella en Pologne et à Berlin-Est, Duke à Moscou et à Sofia, et Gillespie à Rome.

– Qui étaient ces deux hommes ? l'interrompit Pina.

Elle connaissait assez bien Sedem pour savoir que, si elle ne l'arrêtait pas, il allait encore lui sortir toute sa culture, que cela l'intéresse ou pas. Le jeune homme se retranchait derrière son flot de paroles ou s'enferrait dans un silence sombre et impénétrable.

– Deux enquêteurs américains. Duke leur avait demandé de venir peu avant d'être assassiné.

– Et que sont-ils censés faire ? En Europe, ils ne peuvent pas intervenir. Mais ils sont quand même armés.

– Ils feront ce qu'ils doivent faire. Dès qu'ils auront trouvé quelque chose, je t'en informerai et vous pourrez entrer en action. Toi, ça te rapportera quelques points supplémentaires, tu auras une promotion et peut-être enfin la mutation de ton choix.

– Tu ne fais décidément confiance à personne, protesta Pina. Il m'a semblé que vous parliez de la Carinthie[1]. Pourquoi ? Qu'y a-t-il, là-bas ?

– Un vieil ami de Duke y habite, rien de plus. Il sait peut-être quelque chose.

Sedem consulta de nouveau l'écran de l'un des téléphones et cette fois-ci répondit à l'appel.

Pina fut incapable de suivre la conversation, elle se maudissait d'être aussi peu douée en langues étrangères. Même l'anglais était un problème ! Dès que l'affaire serait terminée, elle s'inscrirait à un cours. D'après la réaction de Sedem, elle crut comprendre que c'était sa mère, qui appelait de Seattle. Sa voix avait complètement changé, elle était sympathique et aimable. Sedem parlait très vite, comme s'il énumérait une

---

1. La Carinthie est le land autrichien le plus méridional. Il est limitrophe de l'Italie et de la Slovénie. Sa capitale est Klagenfurt. (*N.d.T.*)

série de faits, tout en laissant traîner son regard à travers la baie vitrée sur les collines en contrebas de Jakovce. Il avait une main posée sur le bras de Pina, mais ne semblait pas s'en apercevoir. Quand il raccrocha, il jeta un coup d'œil à sa montre. Puis il appela son chauffeur et lui demanda de se renseigner sur les avions.

– Je vais peut-être passer Noël chez ma mère pour la première fois, dit-il finalement.

– Le réveillon, c'est demain soir !

– Je partirai dès aujourd'hui, si je trouve un avion.

– Tu ne peux pas faire ça !

Pina n'en croyait pas ses oreilles.

– On a besoin de toi, ici. Mes collègues de la police slovène attendent ta déclaration. Comment pourraient-ils faire leur enquête, sinon ?

– C'est déjà réglé, répondit Sedem en faisant un signe de dénégation.

– Et ta grand-mère ? Tu ne peux pas la laisser toute seule pendant les fêtes.

– Elle a ses amies. Alors, qui pourrait me retenir ?

Sedem eut un ricanement embarrassé.

– Je serai de retour dans quelques jours.

– Je t'accompagne, laissa spontanément échapper Pina, surprise par sa propre audace.

*

* *

Laurenti étala devant Rožman les agrandissements des images enregistrées par la caméra de surveillance. L'un des clichés montrait distinctement la plaque de la Range Rover, immatriculée au nom d'un Albanais résidant à Milan. Il était recherché depuis deux ans, mais Laurenti précisa que le mandat d'arrêt était inapplicable car l'homme s'était vraisemblablement enfui. Sur un autre cliché, on voyait la Range Rover en train de quitter le parking des VIP pour s'engager sur l'autoroute en direction de la Slovénie. Les agrandissements étaient bien choisis, Marietta avait fait du bon travail.

– Nous avons barré l'accès à la ferme et posé les scellés, mais Dean Čuk a de sérieux problèmes, finit par dire Rožman en se redressant sur sa chaise et en croisant les mains derrière la tête. Moi aussi d'ailleurs, et ces photos ne m'aident pas beaucoup. Il posa les agrandissements sur la table et commença son récit.

Immédiatement après l'arrivée de Pausin, Rožman, accompagné de deux policiers en uniforme, avait pris la voiture de patrouille pour se rendre à la ferme de Dean. La route était étroite. Avant de pouvoir s'engager sur le chemin qui conduisait à la propriété du gros Dean, ils avaient dû à deux reprises céder le passage à des véhicules arrivant en sens inverse. D'abord une Porsche couleur jaune d'œuf immatriculée à Vienne et, peu après, une petite japonaise de Klagenfurt. Bizarre, tous ces Autrichiens qui séchaient leur marché de Noël le quatrième dimanche de l'Avent.

La porte de l'aile habitée de la ferme était entrouverte et étrangement abîmée : le sol était jonché d'éclats de bois. Rožman se rappelait qu'elle était intacte lors de sa dernière visite. Des taches de sang conduisaient du centre de la cour à l'entrée de la maison. Les trois policiers avaient saisi leur arme, s'étaient couvert mutuellement et, comme dans un film, avaient fait irruption à l'intérieur. Ils avaient trouvé Dean inerte sur son lit. Son visage était recouvert d'un oreiller, des plumes avaient volé dans tous les sens quand Rožman l'avait soulevé du bout des doigts, et le drap était trempé de sang. Mais, malgré le trou qu'il avait à la tempe, Dean respirait encore. L'ambulance était arrivée douze minutes plus tard, le service anthropométrique de Koper au bout d'une demi-heure et le directeur de la police Jure Pausin, son supérieur, à treize heures. À cette heure, le bloc opératoire avait déjà fait savoir que, contre toute attente, Dean s'en tirerait sans doute, mais qu'il ne pourrait guère être interrogé avant plusieurs semaines, le temps de voir quels dégâts avait subis son cerveau. Outre cette grave blessure par balle à la tête, Dean présentait des plaies plus anciennes au visage, au front et au genou, dont le sang avait déjà séché. Selon toute vraisemblance, on l'avait sérieusement malmené avant de l'exécuter. Le tueur avait donc commencé par le cuisiner. Mais la balle provenait d'un Walther PPS neuf millimètres, une arme de pro.

Pausin avait engueulé Rožman comme du poisson pourri. Rožman avait répondu d'un air innocent qu'il avait juste voulu faire une vérification de routine, sur quoi Pausin l'avait débiné devant tous ses collègues. Pour un policier de province, faire cavalier seul, même pour un simple meurtre, n'était pas tolérable. Il aurait dû immédiatement faire part de ses soupçons et une unité spéciale serait intervenue. Quand Rožman lui avait rétorqué que ç'aurait été une perte de temps, que Dean serait mort depuis longtemps et que son initiative seule avait permis de sauver le témoin, Pausin était monté dans sa voiture sans mot dire et, furieux, avait démarré en trombe.

Dans le coffre-fort du blessé, on avait trouvé un demi-kilo de cocaïne, un paquet de marijuana de la taille d'une brique, et vingt mille euros. Sans compter une bonne quantité de médicaments, de produits dopants et autres substances illicites. Laurenti dressa l'oreille et demanda une copie de la liste qui avait été établie. Les noms lui rappelaient ceux qui avaient été découverts dans la vieille voiture de Marzio Manfredi.

Rožman poursuivit son récit. Dans la cour de la ferme, on avait repéré des traces de sabots bien nettes, qu'on avait mesurées et photographiées. Mais le plus beau, c'était le butin trouvé dans les étables vides : plusieurs caisses remplies de grenades à percussion de fabrication russe, toutes sortes d'armes à feu et, derrière un mur de bottes de paille, une Range Rover dont la plaque d'immatriculation était identique à celle qui apparaissait sur les clichés que Laurenti avait apportés. Au moins, on savait maintenant qui avait tué Edvard. Et peut-être même qui était l'auteur du second attentat, si l'analyse des explosifs révélait que les grenades qui avaient expédié Duke et ses deux passagers dans l'au-delà étaient les mêmes que celles qui se trouvaient dans les caisses de l'étable. Rožman était convaincu que Dean n'avait pas agi de son propre chef, mais on ne le laisserait certainement pas rechercher ceux qui tiraient les ficelles. Il se frotta les mains en disant que Pausin pouvait définitivement aller se faire voir. Restait le problème du ministère de l'Intérieur. De deux choses l'une : ou on le mettait complètement au placard, ou on le rétablissait dans son ancien rang, mais en le reléguant à coup sûr dans le poste le moins intéressant du pays. Avec l'aide de Laurenti, il avait quand même volé honteusement la primeur aux autres policiers, en les plantant sur la bande d'arrêt d'urgence. Ils chercheraient sans aucun doute à se venger. Les supérieurs ne pardonnaient pas un tel succès.

– Le seul problème maintenant, c'est l'arrestation de ce Mario et de sa bande d'Izola. Je dois malheureusement en laisser l'initiative à Pausin et à ses hommes. La bourgade est dans son secteur. Je crains que vous ne deviez reprendre contact avec lui. Sinon que lui répondrai-je, s'il me demande d'où je tiens mes informations ? S'il a vent de nos magouilles, vos relations futures pourraient être sérieusement compromises, conclut Rožman.

– Mais qui a bien pu agresser Dean ? demanda Laurenti en se levant.

Il venait de comprendre que ce dernier dimanche avant Noël ne lui donnerait pas l'occasion de s'ennuyer.

– Aucune idée, répondit Rožman. Pour moi, c'est une affaire classée, je ne suis plus dans le coup. À l'heure qu'il est, Pausin s'est certainement arrangé pour que je n'aie pas connaissance des conclusions de l'enquête scientifique, du rapport exhaustif du médecin légiste, de l'analyse des numéros enregistrés dans le portable de Dean et de tout ce qu'ont pu trouver les spécialistes de Ljubljana.

– Au fait, vous avez lancé un avis de recherche contre les deux voitures autrichiennes ? demanda Laurenti.

– Immédiatement après avoir prévenu l'ambulance, mais sans succès pour le moment. J'ai bien peur qu'elles ne soient rentrées au bercail depuis longtemps. Il y a plein de petites routes qui permettent de passer la frontière, et par l'autoroute on est en Autriche en une heure.

Laurenti nota les numéros d'immatriculation. Il les inscrirait également sur la liste des voitures recherchées en Italie, et Marietta essaierait d'en identifier les propriétaires.

*

* *

– Non, le succès ne justifie pas tous les moyens. Malheureusement, certains de nos collègues souffrent d'un complexe de supériorité et veulent agir en solo. Vous avez fait la connaissance de Rožman à l'occasion de votre poursuite nocturne. Dans le fond, c'est un brave type. Mais il y a quelques années il a fourré son nez dans certaines choses qui ne relevaient pas de sa compétence. C'est ce qui l'a grillé. Il peut s'estimer heureux qu'on ne l'ait pas déjà mis au placard à l'époque.

Pausin, d'humeur massacrante, avait devant lui des montagnes de dossiers. Son bureau ressemblait à s'y méprendre à celui de Laurenti. En soupirant, Pausin mit de côté les clichés que Rožman avait rendus au commissaire. Il tambourina nerveusement des doigts sur la table.

– Si vous m'aviez donné plus tôt l'agrandissement de la Range Rover, j'aurais été plus rapide que Rožman, Laurenti !

– Désolé, nous avons découvert la scène tardivement, et je vous en ai immédiatement averti.

Laurenti savait que Pausin avait tort. Quand Rožman était arrivé à la ferme de Dean, son supérieur se trouvait encore sur la route de Ljubljana à Trieste.

– Mais je viens de recevoir quelque chose qui exige qu'on intervienne sans plus tarder, ajouta Laurenti.

Il donna à son collègue les numéros de téléphone que Živa

Ravno lui avait communiqués après son déjeuner en compagnie de Galvano. Pausin se calma instantanément quand Laurenti lui exposa de quoi il retournait. Quelques minutes plus tard, il reçut tous les renseignements disponibles sur le propriétaire de la ligne et déclara priorité absolue l'exploitation des appels enregistrés dans le portable de Dean. Puis il promit à Laurenti de l'avertir dès qu'il y aurait du nouveau.

Quand le commissaire entra enfin dans son bureau vers dix-sept heures, il eut droit à un spectacle touchant. Marietta et la petite inspectrice, qui d'ordinaire ne cessaient de se crêper le chignon, étaient en train de chuchoter, tête l'une contre l'autre. Marietta avait une main amicalement posée sur l'épaule de Pina et on devinait aux yeux de cette dernière qu'elle avait pleuré.

– Comment ça s'est passé ? Tu as du nouveau ? demanda aussitôt Marietta à Laurenti pour le détourner de sa collègue, qui en profita pour sécher discrètement ses larmes.

– Viens dans mon bureau, répondit Laurenti en faisant comme s'il n'avait rien vu.

Dix minutes plus tard, Pina était devant lui, comme si elle portait toute la misère du monde. Gênée, elle s'efforça de sourire, mais ne réussit à faire qu'une grimace.

*

* *

Après le déjeuner, la Maserati reconduisit Pina à Trieste. Conformément à la recette traditionnelle, la cuisinière avait cuit au four la daurade achetée par Sedem à Rijeka, avec des pommes de terre et des tomates. Elle servait sans dire un mot quand grand-mère Sonjamaria rompit soudain le silence en traitant la fidèle domestique de tous les noms parce qu'elle lui remplissait toujours trop son assiette, malgré toutes les remarques qu'elle lui avait déjà faites.

– Qui a bien pu appeler ? finit par demander la vieille dame à son petit-fils. La presse internationale du dimanche ne fait que répandre des bêtises sur Goran. Pour les uns, c'était un héros, pour les autres, une ordure ! Mon fils !

– Le monde entier a appelé. Mais je n'ai pas répondu. Pourquoi devrais-je parler à ces gens ? Pour satisfaire leur curiosité ? Ou pour qu'ils puissent apaiser leur conscience en me présentant leurs hypocrites condoléances ?

– Mes amies ont annulé d'elles-mêmes notre traditionnelle excursion du dimanche. J'aurais pourtant aimé sortir avec elles, dit la vieille dame. Bien plus en tout cas que rester ici à me demander qui a tué mon fils.

Quand Pina était entrée, la vieille dame l'avait à peine regardée et n'avait pas répondu le moindre mot lorsqu'elle lui avait présenté ses condoléances.

– Tu as pu te renseigner sur les avions ? demanda-t-elle à Sedem. Tu pars dès aujourd'hui ?

Pina avait tenté à plusieurs reprises de savoir ce que lui avait appris son domestique peu avant qu'ils passent à table. Mais Sedem avait ignoré ses questions avec dédain. Et dire qu'elle était vraiment prête à l'accompagner, où il voulait et malgré son pied blessé ! Elle le lui avait répété plusieurs fois.

– Mais où veux-tu donc aller, Sebastian ? lâcha la grand-mère, stupéfaite.

– Je serai de retour très bientôt.

Sedem rougit comme s'il n'avait pas eu la moindre intention de la mettre au courant de son départ.

– Je ne t'ai pas demandé quand tu rentrerais, mais où tu voulais aller, Sebastian. Demain, c'est la veille de Noël. Tu ne vas quand même pas me laisser toute seule ? demanda la vieille dame avec sévérité.

– Aux États-Unis. Chez ma mère.

– J'ai dû mal entendre ! Toi aussi, tu veux causer du tort à ton père ? Aller chez cette femme égoïste, qui l'a abandonné brutalement et qui en plus lui a arraché tes sœurs ! Tu ne remercieras jamais assez le destin d'avoir permis à Goran de t'emmener.

Un violent orage se préparait. Pina n'en revenait pas que la vieille femme soit capable de crier aussi fort. Mais Sedem resta impassible. Il finit de manger tranquillement son poisson, sans même songer à lui répondre. Plus elle s'emportait, plus il se retranchait dans son mutisme.

– Non, Sebastian, tu resteras ici. Je te l'ordonne.

– Libre à toi de faire ce que tu veux, répondit Sedem aussi doucement qu'il le put en faisant pivoter son fauteuil.

– Mais il faut au moins que tu sois là pour l'enterrement! lança-t-elle.

– Ça va prendre un certain temps avant qu'ils s'y retrouvent dans ce goulasch et qu'ils nous le rendent. Je serai rentré depuis longtemps.

Sedem sortit du salon, sans inviter Pina à le suivre. Elle attendit en silence jusqu'à ce que sa grand-mère elle aussi se lève et quitte la pièce en trottinant, sans lui adresser une seule parole. Pina s'assit sur le sofa où avait commencé son aventure avec le jeune homme. Elle prit la télécommande de la chaîne hi-fi, n'écouta que les premières mesures de plusieurs morceaux, finit par en choisir un et mit le volume à fond. Une chanson qu'elle connaissait. Elle s'enfonça dans le sofa et écouta Ray Charles chanter de plus en plus vite son «Unchain My Heart». Comme en transe, elle regardait fixement à travers la grande baie vitrée. Le vent de nord-est balayait les collines, et la cime des arbres semblait vouloir le suivre dans sa course. La bora avait chassé tous les nuages, le soleil jaune cru de décembre l'éblouissait. Elle n'entendit pas le bruit du fauteuil roulant de Sedem et ne s'aperçut de sa présence que lorsqu'il lui souffla la fumée de son joint au visage. Elle se leva en toussant et déclina son invitation à fumer avec lui. La fin du morceau approchait, Sedem baissa le volume et entonna la chanson à pleins poumons.

– *I'm under your spell like a man in a trance / Whoa, you know darn well that I don't stand a chance so / Unchain my heart, let me go my way / Unchain my heart, you worry me night and day /*

Why lead me through a life of misery / When you don't care a bag of beans for me / So unchain my heart, please, please set me free.

— Je peux enfin savoir si tu m'emmènes ou pas ? lui demanda Pina pendant le refrain final.

Sedem paraissait étonnamment détendu.

— Libère mon cœur, s'il te plaît, libère-moi.

Sedem continuait de chanter tout en traduisant. Il évitait le regard de Pina.

— Tu peux aussi me le dire avec tes propres mots !

Pina lui attrapa le menton pour qu'il tourne la tête vers elle.

— Quoi ? lui demanda sèchement Sedem.

— Un seul mot et je m'en vais.

— C'est ton affaire. Je ne vois pas d'inconvénient à ce que tu restes. Comme ça au moins ma grand-mère ne sera pas seule. Vous vous entendez à merveille, n'est-ce pas ? À propos, je pars dans trois heures de Trieste.

— Et tu reviens quand ?

Elle savait enfin qu'il ferait le voyage seul.

— Après Noël. Les affaires de Duke dépendent maintenant de moi seul. Les Bourses ne prennent pas de vacances. De toute façon, je suis au courant de presque tout. Je l'ai espionné suffisamment longtemps.

— Autrement dit, tu veux suivre ses traces ? Et ton idéalisme, qu'est-ce que tu en fais ? Sedem Seven Continents ! Tout cela, ce n'était que du baratin ?

— Si tu en es convaincue, je ne peux rien pour toi, répondit Sedem en souriant sournoisement. Mais ne t'inquiète pas, je ne me trahirai pas, même dans ces circonstances. En fait, ça ne pouvait mieux tomber. Même si ce n'est pas vraiment ce que j'avais prévu.

— Et tu avais prévu quoi ? Qu'est-ce que tu as à voir avec toute cette histoire ? Tu en sais beaucoup plus que tu ne le dis !

— Intéressant, répondit Sedem, amusé. Et qu'est-ce qui te fait dire ça ?

– Les deux hommes à la Porsche jaune de ce matin. Tu leur as donné des instructions que je n'ai pas comprises. Mervec, Klagenfurt, Pörtschach, le Wörthersee, la Carinthie. Tu m'as dit que c'était Duke qui les avait fait venir. Je ne peux pas croire que tu les aies renvoyés sans leur donner des ordres. À mon avis, tu sais exactement ce qu'il en est. Tu prépares ta vengeance ? À moins que dans ton idéalisme arrogant tu n'aies tout manigancé toi-même…

– Bon, maintenant tu vas m'écouter, lui répondit Sedem en se penchant vers elle.

Leurs têtes se touchaient presque. Il avait à nouveau les mêmes yeux bleu-gris et vides que ceux de Duke, le même regard aqueux.

– L'augmentation soudaine de mes gains, c'est tout ce que je prévois. J'y ai réfléchi toute la nuit, dans le bureau de Duke. J'ai épluché les dossiers, les fichiers informatiques, passé en revue toutes les entreprises qu'il possède. Une à une. Il gérait des sommes colossales. De quoi se sentir mal. À moins de renvoyer l'ascenseur.

– Qu'est-ce que tu manigances ?

– Toi aussi, tu peux en profiter, Pina, répondit Sedem. Mise sur les cours qui s'effondrent. Je vais faire mettre les titres à ton nom. Va à la banque dès demain matin car le 26, à l'ouverture des cotations, je vends toutes les actions et je fais plonger toutes les Bourses. Dans la foulée, je liquide les sociétés incognito. Une sacrée débâcle en perspective, avec des conséquences catastrophiques pour la finance internationale ! Rien à voir avec les krachs qu'on a connus jusqu'ici. Tu pourras oublier les Barings, Bearn Stearns, Société générale et compagnie !

Sedem s'échauffait de plus en plus, on ne pouvait plus l'arrêter. D'un geste triomphal, il s'écria :

– Les uns après les autres, tous ces requins vont faire faillite, et avec eux les banques qui plument les petits porteurs crédules en leur proposant leurs prétendus produits. Ça va tous les cueillir à froid ! Qui peut bien vendre quand les prix ne cessent d'augmenter ? Et en pareilles quantités ? Mais les prix des matières premières vont eux aussi s'écrouler, et tout le mérite m'en reviendra. Duke aura quand même été utile à quelque chose. Et l'attentat aussi. Tu as raison, il n'est pas illogique de penser que j'y suis mêlé. Si c'était le cas, je serais vraiment génial.

– Tu es complètement mégalomane, tu te prends pour le Dr No, et en plus tu es présomptueux ! Tu es comme Duke, tu marches sur des cadavres !

– Tu as l'intention de faire quoi, maintenant ? demanda Sedem, à nouveau doux comme un agneau.

– Demande à ton chauffeur de me reconduire immédiatement.

Furieuse, Pina se leva d'un bond et s'approcha de la fenêtre.

– Dommage ! répondit Sedem. Tu sais, Pina, en fait nous ferions un beau couple !

– Ce n'est pas sûr, chuchota-t-elle en lui tournant le dos.

Pina regardait fixement les collines ensoleillées qui s'étendaient en contrebas de Jakovce, sans vraiment les voir.

Elle entendit le moteur électrique du fauteuil roulant s'éloigner lentement. Dimanche ! Les frontières étaient tombées la veille, une semaine auparavant elle avait fait la connaissance de cet étrange jeune homme. Avait-elle été enivrée par sa rencontre au point de ne pas vouloir voir son cynisme ?

Au cours de leur excursion en Istrie, elle s'était dit pour la première fois qu'elle attendrait la suite de l'aventure sans prendre immédiatement la fuite. Pour la première fois depuis bien des années, il lui avait paru possible de faire une place dans sa vie à un homme. Avait-elle été à ce point aveugle ? Pouvait-elle vraiment s'être trompée aussi lourdement ? Deux personnes qui ne peuvent pas marcher ?

La voix du chauffeur la ramena à la réalité.

*
*   *

Avec l'ouverture des barrières, il avait enfin retrouvé un rayon d'action plus large. Certes, il lui était interdit de quitter le pays tant qu'on n'aurait pas instruit son recours contre la décision d'extradition vers la Croatie dont il faisait l'objet. Mais il pouvait cependant prendre le risque de se rendre dans les pays voisins de l'Autriche, les contrôles ayant cessé depuis l'avant-veille. La probabilité qu'on lui demande, au cours de ses escapades sans autorisation, de présenter ses papiers, qui lui avaient été confisqués, était moins grande que celle de gagner au Loto. Mais il n'était pas parvenu à réaliser la dernière partie de son plan, qui devait être son coup d'éclat.

Arrivé à Ljubljana, Boris Mervec prit la Celovška Cesta en direction de Kranj et, à l'entrée de cette artère à quatre voies, il se dirigea vers le parking bondé d'un centre commercial qui, en ce dernier dimanche avant Noël, réalisait son plus gros chiffre d'affaires de l'année. Il finit par trouver une place libre en bout de parking, y gara la petite voiture japonaise, la verrouilla et monta dans sa propre voiture, qui se trouvait juste en face de l'entrée du temple de la consommation. Il ôta enfin les gants de latex qu'il n'avait pas quittés jusque-là et les enfonça dans la poche de sa veste. Ses mains transpiraient et sa peau était plus pâle que d'ordinaire, un peu comme s'il avait pris un bain prolongé. Il avait trouvé cette voiture par hasard, un peu plus de deux heures auparavant, dans un quartier résidentiel situé à quelques rues de là. Un modèle assez ancien dont il n'avait eu aucune difficulté à forcer la portière. Il s'était dépêché de filer, personne ne l'avait remarqué. Sur le coup, il n'avait même pas fait attention à la plaque d'immatriculation, ce qu'il se reprochait à présent car, comme par hasard, c'était une voiture autrichienne.

Mais quelque chose préoccupait Mervec encore davantage. Quelqu'un l'avait doublé en accomplissant à sa place ce qui

283

devait être son acte ultime. En se rendant chez Dean, il n'avait croisé qu'une Porsche couleur jaune d'œuf. Peu après, en descendant de la petite voiture, il avait aussitôt aperçu des taches de sang séché sur le sol de la cour. La porte de la maison était endommagée et grande ouverte. Il avait sorti son Glock 21 calibre 45 et était entré. Il avait trouvé Dean dans sa chambre, mort. L'oreiller qui lui recouvrait la tête présentait des traces de poudre récentes et une balle l'avait transpercé. Le drap était maculé de sang encore frais. Mervec était parti en trombe et avait foncé sur le chemin caillouteux jusqu'à la route étroite qu'il avait empruntée à l'aller et qui devait le conduire à l'autoroute. Il avait croisé une voiture de police, avait dû lui céder le passage. Il avait salué les trois fonctionnaires de la main. Il ne lui avait pas échappé que l'un d'eux avait noté son numéro d'immatriculation. Avant de s'engager sur la bretelle d'autoroute au bout de la vallée, il avait vu dans son rétroviseur la patrouille obliquer vers le chemin qui menait à la ferme de Dean. Heureusement qu'il avait décampé aussitôt, il jouait maintenant son va-tout. Si les policiers tombaient sur Dean, ils rechercheraient sûrement tous les véhicules qu'ils avaient croisés en route. Il avait poussé la petite japonaise à fond et une bonne demi-heure plus tard il était arrivé à Ljubljana, où il avait changé de voiture. Mais il ne se sentit rassuré qu'une fois passé le tunnel de Loibl, quand il fut du côté autrichien.

Il pleuvait à torrents, il mit les essuie-glaces au maximum et ralentit. Impossible de dépasser les conducteurs du dimanche qui traînassaient devant lui. Les derniers kilomètres qu'il avait encore à parcourir furent interminables. Peu avant Klagenfurt, il eut faim et fit halte à l'auberge Kirschnerhof de Maria Rain. Il y avait foule. On lui indiqua une table située au bout de la salle à manger. Enfin il pouvait se détendre. Tout en dégustant une soupe aux boulettes de foie et des ris de veau accompagnés d'un quart de saint-laurent rouge, il essaya de faire le point sur la situation. Il prit tout son temps pour déjeuner.

De toute façon, il n'avait jamais eu l'intention de payer Dean pour l'attentat. Mais qu'on ne lui ait pas laissé gaspiller une seule balle pour éliminer le dernier témoin encombrant qui pouvait encore lui nuire l'irritait au plus haut point. Qui avait bien pu le doubler ? Et pourquoi ? Quelqu'un était-il donc au courant de ce coup qu'il avait si soigneusement préparé ? Si c'était le cas, il était en danger. Mervec n'en avait parlé à personne, pas même à ses deux associés, Schladerer et Lebeni, qui l'avaient appelé la veille au soir, tout heureux de lui annoncer la mort de Duke. Impossible aussi que Dean ait mis un tiers dans la confidence. Il était trop professionnel pour cela – il avait été à bonne école. Non, Dean avait exécuté son contrat tout seul, la télévision et les journaux du dimanche étaient formels. Pas besoin d'un second homme pour commettre l'attentat. En fait, Mervec aurait pu être fier de Dean.

Il demanda l'addition et reprit la route pour rentrer chez lui, non sans avoir vérifié encore une fois son arme à l'intérieur de la voiture. À seize heures cinquante, il quitta la B 83 pour entrer dans le centre-ville de Pörtschach. En passant devant le Strandhotel Prüller dans Annastrasse, il remarqua une Porsche couleur jaune d'œuf. Mervec tressaillit mais se rassura immédiatement. La voiture était immatriculée à Vienne et il était difficilement concevable qu'il s'agisse de celle qu'il avait croisée à Wippachtal. Deux cents mètres plus loin, Mervec mit sa voiture au garage et descendit. Il fut soudain saisi de frayeur : deux colosses assombrissaient l'entrée du garage. Mervec sortit son pistolet automatique et essaya de se mettre à couvert. Il avait le visage livide et une grosse veine apparaissait sur son front.

– Que personne ne bouge ! s'écria-t-il en lançant un tir d'avertissement.

Des éclats de béton furent projetés sur sa voiture.

– Qui êtes-vous ?

Les deux silhouettes avaient disparu en un éclair.

– Boris Mervec ?

Les parois en béton renvoyèrent l'écho de la voix.

– Que voulez-vous ? Un pas et je tire.

– Sécurisez votre arme et jetez-la vers l'entrée, puis sortez les mains en l'air. Police !

Il haletait, son pouls s'emballait.

– Inutile de résister, Mervec. Obtempérez ou nous utiliserons la force !

– Que me reproche-t-on ?

Des gouttes de sueur tombaient de son front et lui brûlaient les yeux.

– Vous avez désobéi à une décision de justice qui vous interdisait de quitter le pays. Je vais compter. À trois, nous entrerons. Un !

Comment savaient-ils ça ? Les caméras de surveillance du tunnel de Loibl ? Était-ce vraiment la police ?

Mais qui d'autre aurait pu être au courant de cette décision de justice ? Il hésitait. Il lui restait douze coups dans son pistolet automatique gros calibre et un second magasin dans la poche de sa veste.

– Deux !

Un coup de feu déchira le silence. L'air s'échappa en sifflant du pneu arrière de sa voiture.

Puis, soudain, Mervec céda. Il sécurisa son Glock 21, le posa par terre et shoota dedans. Les deux silhouettes réapparurent dans la lumière de l'entrée du garage. Deux pistolets étaient pointés sur lui.

*

* *

– Je le sais, Sedem ne reviendra pas.

Pina allait un peu mieux, elle avait épanché son cœur et se ressaisissait.

– Comment pouvez-vous en être si certaine ? demanda Laurenti.

Il s'était contenté de hocher la tête, chaque fois qu'elle le regardait pour s'assurer qu'il entendait bien ce qu'elle disait.

– Un soir, pendant le dîner, Duke a cité une phrase de Keith Jarrett : « Utilise tes oreilles comme des yeux ! » J'ai bien écouté Sedem. Il est mouillé jusqu'au cou dans l'affaire.

– Il est citoyen américain. Une fois qu'il sera aux États-Unis, il y a peu de chances qu'il soit extradé vers l'Europe, dit Laurenti.

Puis, s'adressant à Marietta :

– Aucune condamnation à craindre non plus, il a de quoi se payer les meilleurs avocats.

– Je suis convaincue qu'il a tout planifié, continua Pina. Il est extrêmement intelligent. Sa voix a beau être douce, il est froid, solitaire et dur. Je suis la seule à m'être immiscée par mégarde dans son existence, mais il a corrigé le tir avec élégance.

La voix de Pina se voila de nouveau. Elle se racla plusieurs fois la gorge avant de poursuivre.

– Il peut aussi diriger ses affaires depuis les États-Unis. Duke avait un bureau à New York. Sedem n'a pas besoin de plus. Et après votre départ, commissaire, deux Américains sont arrivés à la ferme. Vous les avez certainement vus.

– Une Porsche jaune immatriculée à Vienne.

Pina fit oui de la tête.

– J'étais là quand Sedem leur a donné des instructions, que d'ailleurs je n'ai pas comprises. Mais je l'ai entendu prononcer les noms de Mervec, Klagenfurt et Pörtschach au bord du Wörthersee. J'ai eu l'impression qu'il les chargeait de coincer quelqu'un.

– Bon, Marietta, lance un avis de recherche contre ce Sedem, dit Laurenti. Transmets-le immédiatement à l'aéroport de Trieste ainsi qu'à celui de Venise. Fais rechercher de toute urgence la Porsche jaune par Interpol. Une caisse de frimeur comme celle-là, ça finit bien par se retrouver ! Préviens aussi les Autrichiens. Demande-leur de consulter la base de données des propriétaires de véhicule. Pina a vu la voiture et noté le numéro d'immatriculation. Renseigne-toi aussi auprès d'eux sur ce Boris Mervec. S'il est connu de leurs services, il serait bien de le faire surveiller, et de préférence très étroitement.

Marietta disparut aussitôt. Enfin un peu d'animation dans la boutique ! Laurenti saisit le téléphone et composa fébrilement le numéro de Pausin, son collègue de Koper. Il fit signe à Pina de rester assise. Elle l'entendit demander laconiquement à Pausin d'envoyer sur-le-champ des hommes à Jakovce, au cas où Sedem s'y trouverait encore. Ils devaient aussi comparer les traces de sabots qu'ils avaient relevées dans la ferme de Dean avec celles de la jument lipizzan. Il fallait également qu'ils préviennent l'aéroport de Ljubljana. Laurenti poussa soudain un léger sifflement et prit quelques notes : les hommes de Pausin avaient trouvé le numéro de Mervec dans le portable de Dean. La boucle était bouclée, et plus vite que prévu.

– Dans l'intervalle, ils ont aussi serré ce fameux Mario à Izola, annonça Laurenti à Pina. Maintenant, on va cuisiner encore une fois Calamizzi. À la prison, c'est bientôt l'heure de manger.

Notre père...

Assis dans la salle d'interrogatoire sur une chaise solidement fixée au sol, Calamizzi râlait. Il avait l'estomac dans les talons. Il criait à l'enlèvement et à la torture, invoquait les droits de l'homme et Amnesty International. Choses dont il ne connaissait probablement l'existence que depuis son arrivée en prison, deux jours plus tôt.

Laurenti l'avait fait amener le dimanche soir, à l'heure précise du dîner, comme la fois précédente. Les gardiens l'avaient sorti de la file des prisonniers qui attendaient leur repas. Il n'avait pas eu le temps de voir ne fût-ce que l'ombre d'un morceau de pain ! Ça avait fait sensation ! Même après l'interrogatoire Calamizzi ne trouverait pas le repos.

– Karol Wielunsky Ostrzeszowski, dit péniblement Laurenti, s'essuyant ensuite la bouche du revers de la main. Ce nom vous dit quelque chose ?

– Rien.

Le Calabrais lui faisait à nouveau face, les bras croisés avec obstination.

– C'était le nom de votre ami polonais, Calamizzi.

Les données que lui avait remises Marietta en fin d'après-midi correspondaient aux restes carbonisés de la carte d'identité retrouvée sur le cadavre.

– Je n'ai pas d'amis, et encore moins polonais.

– Trente-cinq ans, domicilié à Glinde près de Hambourg,

pas très loin de ta piaule. Voici un extrait de son casier judiciaire, mon cher.

Pina, debout à côté de la table, agitait un bout de papier.

– Notre homme a passé un certain temps derrière les barreaux. D'abord en Pologne, puis en Allemagne. Coups et blessures aggravées, vol, cambriolage, chantage. Tiens, vous avez aussi quelque chose en commun. Il adore les chiens. Et mieux encore, mon cher enfant, son numéro – comme le tien – était enregistré dans le téléphone portable de Marzio Manfredi et dans celui de Dean Čuk, qui d'ailleurs te salue bien et espère que tu lui tiendras bientôt compagnie.

Calamizzi plissa le front. Il ignorait ce dont parlait la petite vipère.

– On lui a tiré une balle dans le crâne, un Walther PPS neuf millimètres, ajouta Laurenti. Mais avant, on l'a torturé. Pendant des heures. Sa tête et son corps sont couverts d'hématomes. La balle qu'il a reçue a dû le soulager. Au fait, les collègues slovènes ont ramassé un sacré butin. La maison était pleine d'armes de tir, de grenades, de drogues, d'argent liquide et…

Il s'arrêta quelques instants.

– … de produits dopants et autres substances illicites qui, d'après nos spécialistes, sont couramment utilisés pour les combats de chiens. On dirait vraiment qu'un ange vengeur, peu soucieux des bonnes manières avec les participants de la convention de Trebiciano, est en train de faire sa tournée ! Vous pouvez vous estimer heureux d'être nourri et logé aux frais de la princesse. S'il en a vent, pas de doute qu'il trouvera un moyen d'entrer dans la prison. Vous savez bien par vos fréquentations comment ça se passe. Il n'y a pas que les tueurs de la 'Ndrangheta qui en soient capables.

– Quels combats de chiens ?

Calamizzi demeurait impassible, mais il n'allait plus afficher longtemps sa réserve sarcastique.

– Tu es vraiment un petit malin ! Maintenant, écoute-moi bien.

Pina s'exprimait dans le dialecte de sa région. Elle attrapa Calamizzi par l'oreille et se pencha vers lui. Laurenti fit comprendre d'un signe au policier qui se tenait derrière le Calabrais qu'il pouvait oublier sur-le-champ cet écart.

– Une balle provenant de ton flingue était fichée dans l'écorce d'un vieux chêne de la Conca d'Orle. Nous avons retrouvé un pitbull pendu au même arbre. Un adorable toutou, d'ailleurs. Bizarrement, son pelage portait des traces de sang de ton clébard. Sans parler des traces de pneus de ta bagnole. Mais enfin pourquoi ne pas avoir brûlé le Polonais au même endroit ? Tu trouvais sans doute qu'il y avait trop de spectateurs ? Espèce de radin, tu ne voulais pas partager ton butin et tu l'as liquidé. Mobile sordide. Assez pour prendre perpète.

– Je ne l'ai pas tué ! s'écria soudain Calamizzi.

Il essaya de se dégager de l'emprise de Pina en la repoussant du bras, mais récolta une gifle sonore avant même d'avoir effleuré la petite inspectrice.

– Ce n'est qu'un début. Parle !

– C'étaient des Bosniaques. Si je ne m'étais pas tiré, ils m'auraient eu moi aussi, expliqua Calamizzi en frottant sa joue rougie. Ils voulaient tout le magot, alors qu'ils avaient perdu.

Pina lui lâcha enfin l'oreille et recula de deux pas.

– À la bonne heure ! fit tranquillement Laurenti en s'asseyant en face du Calabrais. Maintenant on va tout reprendre de zéro et, si vous oubliez le moindre détail, je céderai à nouveau ma place à ma collègue. Elle est d'humeur assez exécrable, aujourd'hui.

Boris Mervec se retrouvait encore une fois en détention provisoire. Selon les renseignements communiqués par les collègues de la direction de la police fédérale de Carinthie, deux fonctionnaires avaient voulu le contrôler à la suite des informations venues d'Italie et de Slovénie, mais l'individu leur avait opposé résistance. Son arme, un Glock 21, était en cours d'expertise balistique, mais les résultats ne seraient connus qu'après l'Épiphanie. La balle que les médecins avaient extraite du crâne de Dean provenait de toute évidence d'un autre pistolet. Hormis une sortie illégale d'Autriche et la détention d'une arme non autorisée, il n'y avait malheureusement rien à reprocher à Mervec. Son avocat remuait déjà ciel et terre pour qu'il puisse passer les fêtes en liberté.

Il se trouvait que, tout à fait par hasard, la police de l'autre côté des Alpes avait fait une autre prise. Après le changement d'équipe, deux policiers du bureau de la Villacher Strasse s'étaient rendus au Strandhotel Prüller de Pörtschach, restaurant fréquenté par de nombreux policiers, afin de s'en mettre plein la panse. Deux heures auparavant, ils avaient reçu le mandat de recherche lancé par Ljubljana pour retrouver une Porsche couleur jaune d'œuf immatriculée à Vienne. Ils ne s'en étaient pas souciés outre mesure, jusqu'au moment où ils étaient tombés nez à nez avec le véhicule en question. Ils l'avaient attaché à leur propre voiture, puis étaient allés se renseigner à la réception de l'hôtel – sans succès – et au restaurant. L'une des serveuses leur avait indiqué en chuchotant une table où deux hommes coiffés en brosse ingurgitaient d'énormes escalopes viennoises accompagnées de frites. Ils ne buvaient que de l'eau. Les deux policiers avaient prévenu leur direction et s'étaient assis à une table située dans le dos des deux malabars, qui parlaient anglais. Les fonctionnaires avaient immédiatement compris qu'il s'agissait de professionnels et qu'ils étaient armés. Peu après, une voiture banalisée s'était arrêtée devant le restaurant. Ils avaient dégainé leurs armes et maîtrisé sans peine les deux gorilles. Ils portaient chacun un Walther PPS neuf millimètres, le successeur du pistolet de James Bond, et étaient citoyens américains. Ils avaient violemment protesté, invoquant avec un accent très prononcé la liberté et la démocratie. Ils n'avaient pas de permis de port d'arme valable à présenter.

Laurenti avait demandé à Marietta d'insister auprès des Autrichiens pour qu'un test balistique soit effectué en urgence, au moins sur ces deux armes. La balle extraite de la tête de Dean provenait d'une arme du même type. Et s'il se réveillait de l'anesthésie avec un cerveau hors d'usage, on tiendrait peut-être un bon moyen de confondre les deux malabars. En découvrant les photos anthropométriques que les Autrichiens venaient de lui envoyer par mail, Pina hocha la tête d'un air satisfait. Selon elle, ces photos prouvaient que c'était bien Sedem qui avait tout organisé. Un vengeur mégalomane, qui s'était mis en tête de sauver la planète et auquel elle avait cédé avec légèreté. Laurenti rétorqua qu'il lui semblait plutôt que l'éphémère soupirant de Pina avait mis les gorilles aux trousses des assassins de son père, mais la petite inspectrice repoussa cette idée avec indignation.

*

* *

– Papa, il faut que tu nous aides !
La voix de Livia, qui paraissait désespérée, lui parvenait faiblement.
Il arrivait à sa voiture, après avoir interrogé Calamizzi pendant une heure et demie dans la prison de la Via Coroneo, quand il reçut l'appel de ses deux filles. Luttant de toutes ses forces contre les bourrasques, Laurenti referma la portière et, une fois Pina installée, il réussit enfin à entendre Livia clairement et distinctement.
– Pour un malheureux sapin je récolte une grosse prune. Ils sont fous, ces flics ! Et par-dessus le marché, je dois faire un test d'alcoolémie et un test de dépistage de drogue. Ils devraient quand même savoir que je suis ta fille ! Il faut absolument que tu fasses quelque chose !
Ce serait la première nuit vraiment froide de l'hiver, avec un ciel parfaitement dégagé. La bora sifflait joyeusement et chassait tout ce qui n'était pas solidement fixé – papiers, feuillages, pots de fleurs et sacs-poubelle –, renversant des rangées

entières de scooters et faisant violemment tanguer les réverbères. Quelques mètres plus loin clignotait le gyrophare d'une voiture de pompiers, qui malgré les coups de vent avaient hissé leur grande échelle jusqu'au quatrième étage du palais de la Cassa Marittima, jadis vénérable. Le bâtiment, vide depuis des années, attendait un nouveau propriétaire. Tout en haut, un volet battait dangereusement et menaçait de tomber dans la rue. Un autre était déjà passé à travers le pare-brise d'une voiture. La rue était bloquée.

– Qu'est-ce qui s'est passé ?

Le téléphone plaqué contre l'oreille, Laurenti enclencha la marche arrière et recula tout le long de la rue en sens unique. À la hauteur du palais de justice, il put enfin tourner. Des automobilistes le klaxonnèrent furieusement. Laurenti baissa sa vitre et sortit son gyrophare.

– Dépêche-toi ! suppliait Livia. Ils sont en train de tester Patrizia. Elle leur fait tout un sketch pour te laisser le temps d'arriver, avant que ce soit mon tour. Il ne lui arrivera rien à elle, elle est enceinte. Fais vite, papa ! Nous sommes à Barcola, devant le bar La Voce della Luna.

Laurenti jeta un coup d'œil sur l'horloge du tableau de bord. Dix-neuf heures trente. Il demanda à Pina si elle était d'accord pour faire un petit crochet avant de rentrer chez elle. Il activa la sirène et propulsa l'Alfa Romeo à travers Trieste comme s'il pourchassait un braqueur en fuite. Devant le bar-restaurant La Voce della Luna, il s'arrêta derrière la voiture de ses collègues et comprit aussitôt la raison de leur intervention. Ah ! La famille ! Que du bonheur !

– Estimez-vous heureuse de ne pas avoir d'enfants, grommela-t-il à la surprise de Pina, tout en secouant la tête d'un air consterné.

La Fiat Punto de sa femme était garée sur le côté, un immense sapin attaché sur le toit de manière on ne peut plus artisanale. Les cordes qui rentraient par les fenêtres latérales étaient nouées à l'intérieur de l'habitacle. Le tronc et la cime de l'arbre dépassaient largement à l'avant et à l'arrière de la voiture. Le sapin dont les branches retombaient sur les fenêtres latérales mesurait bien cinq mètres et pesait au moins cent kilos. Impossible de rouler dans ces conditions ! Où Patrizia et Livia avaient-elles bien pu dénicher ce monstre ? Et qu'est-ce qui leur était passé par la tête ?

Laurenti était sur le point de descendre de la voiture, mais Pina lui dit résolument qu'elle allait s'occuper de l'affaire. Reconnaissant, il la laissa faire et, étonné, la vit sortir deux paires de menottes du vide-poche et se diriger clopin-clopant vers les deux agents en uniforme. Même si tous les policiers de la ville connaissaient la petite inspectrice, elle sortit ostensiblement sa carte de service. Elle réclama avec force gestes les papiers des filles de Laurenti, les feuilleta rapidement et les mit dans sa poche. Puis elle se dirigea vers la Fiat garée de l'autre côté de la rue, retira la clé de contact et verrouilla le véhicule. Nouvelle dispute avec les policiers, qui finirent cependant par céder, de mauvaise grâce. Sans plus attendre, Pina menotta les deux sœurs et les conduisit jusqu'à la voiture de Laurenti, sous le regard ébahi des agents. Dans la pénombre, les deux hommes ne pouvaient voir qui était au volant. Ils remontèrent dans leur voiture et s'éloignèrent lentement.

– Merci, papa.

Livia et Patrizia pouffèrent bêtement en se glissant sur la banquette arrière, mains menottées dans le dos.

– C'était moins une ! Pour un peu, ils nous retiraient notre permis de conduire et saisissaient la voiture de maman. Les flics sont vraiment de plus en plus mesquins.

– Remerciez ma collègue. Laquelle de vous deux était au volant ?

– Nous n'avions pas encore démarré, répondit Livia.

– Parlez !

– Moi ! s'écrièrent-elles à l'unisson.

Patrizia envoya un coup de coude dans les côtes de sa sœur.

– Moi, bien sûr, répéta Patrizia à toute vitesse.

– Pourquoi : « bien sûr » ?

– Nous avons pris l'apéritif avec Marco, avant qu'il aille au travail. Moi, j'en ai pris un sans alcool, voilà la raison, dit Patrizia. Vous ne pourriez pas nous enlever les menottes ? Elles font sacrément mal !

– Vous les garderez jusqu'à ce que vous comparaissiez devant le procureur.

Marco ! Pas de doute, c'est lui qui avait abattu le sapin. Laurenti était également convaincu que Livia avait fumé un joint avec son frère. Mais en présence de l'inspectrice, il préféra remettre sa question à plus tard.

– Qui vous a mis cet arbre sur le toit ?

– C'était une surprise, répondit fièrement Patrizia.

– Une quoi ?

– C'est pour la maison, intervint Livia. Nous voulions l'installer dans le jardin et le décorer comme il faut puisque la famille sera presque au complet pour la première fois depuis des années.

– De quel jardin parlez-vous ? Dans le nôtre, il y a des acacias, des pins, des oliviers et Dieu sait quoi encore, mais il n'y a pas de place pour un mammouth comme celui-là ! Où l'avez-vous trouvé ?

Sur le siège avant, Pina essayait désespérément de garder son sérieux. C'était bien la première fois de la journée qu'elle avait envie de rire.

– Je vous ai demandé où vous l'avez trouvé !

– C'est un ami qui nous en a fait cadeau.

– Le tronc ne semble pas vraiment avoir été coupé par un professionnel.

– Pas de problème, personne ne nous a vus.

– Il vous arrive de vous souvenir du métier de votre père ? Laurenti n'en revenait toujours pas.

– Pina, qu'avez-vous raconté aux deux agents pour qu'ils laissent filer ces deux voleuses ?

Le poing devant la bouche, Pina simula une quinte de toux, le temps de se ressaisir.

– Rien de particulier, commissaire. Que nous étions depuis un certain temps à leur recherche et que leur courageuse intervention avait enfin permis de mettre un terme à la criminalité des sapins de Noël. Je les ai félicités et remerciés.

Cette dernière phrase ouvrit pour de bon les vannes et Pina explosa de rire. Livia et Patrizia ne pouvaient plus se contenir. Seul Laurenti, impassible, se taisait, doutant décidément qu'il y ait des personnes normales dans cette ville.

– Dehors ! s'exclama-t-il soudain. Tout le monde dehors. Immédiatement !

Silence.

– J'ai dit dehors.

Il enleva la clé de contact.

– Venez, ordonna-t-il sèchement tout en se dirigeant vers le petit bar qui surplombait la mer.

Les trois jeunes femmes le suivirent, se demandant ce qu'il avait en tête.

– Pina, s'il vous plaît, libérez mes mal élevées de filles. Je paie ma tournée, sinon, à jeun, personne ne tiendra. Nous verrons ensuite quoi faire de cet arbre. En attendant, vous ne pouvez pas rentrer comme cela à la maison. Votre mère sera horrifiée quand elle verra les éraflures, et j'ai horreur des arbres de Noël.

*

*   *

BORA AVEC DES POINTES À 183 KM/H. La manchette du journal local occupait toute la largeur de la page. Les articles et les photos du *Piccolo* énuméraient comme à l'accoutumée les dégâts, mais aucune nouvelle sensationnelle n'y figurait. Trieste était la ville des vents, et sans la bora qui soufflait du nord-nord-est, dévalant le karst pour se précipiter vers la mer, elle n'aurait certainement pas été aussi belle. Deux jours avant la tempête, la plupart des habitants se mettaient déjà à débloquer. Proteo Laurenti connaissait d'innombrables histoires de personnes sensibles aux variations météorologiques. Les deux voies de la route, trop étroites pour une Cinquecento quand la bora faisait rage – même si les Triestins n'avaient jamais été de bons conducteurs. Les clients énervés au point d'en devenir grossiers – les commerçants préférant en plaisanter plutôt que d'en pleurer. Ou l'histoire de ce retraité en veste et cravate qui était entré un jour dans le hall néoclassique de la banque du Corso Italia et s'était présenté aux guichets : il avait oublié d'enfiler son pantalon ! D'un geste résolu, sous les yeux effarés du personnel féminin, il avait sorti de son boxer une longue saucisse de billets de banque enroulés. Quatre-vingt mille euros. Ces dames en avaient espéré davantage…

La seule nouvelle que Laurenti lut en entier concernait un sapin de cinq mètres de haut, volé devant la villa d'un nouveau riche de la Via Romagna. Le propriétaire n'avait découvert le vol qu'en rentrant chez lui le soir, chargé de cadeaux de Noël. Un sapin à proximité de la côte ? Quelle faute de goût ! Il y avait partout des pins tordus par le vent, mais on n'avait vraiment pas besoin de la Forêt-Noire au bord de la Méditerranée. Encore heureux que quelqu'un l'ait embarqué. L'arbre saccagé s'était pris dans l'hélice d'un bateau de la garde côtière devant le château de Miramare, mais ça, c'était une autre histoire. Un bateau plus grand avait dû remorquer la barque des vieux loups de mer jusqu'au port en luttant contre les rafales de vent, les vagues et les tourbillons d'écume. Si l'on en croyait les journalistes, il s'en était fallu de peu que le bateau avarié ne se fracasse contre les rochers – contre toute logique d'ailleurs, puisque la bora soufflait en direction de la mer. L'article concluait que les voleurs de sapins de Noël avaient livré le malheureux arbre aux vagues de l'Adriatique. C'était le comble !

Proteo Laurenti arracha joyeusement la page et la plia en quatre. Il aimait son quotidien, surtout la « Cronaca nera », les faits divers. Quant aux autres nouvelles – les aveux de Domenico Calamizzi à propos des combats de chiens illégaux de Trebiciano, la fuite de Sedem via l'aéroport de Ljubljana et le succès de Laurenti –, elles ne paraîtraient au plus tôt qu'après les vacances, à moins qu'un événement plus important ne se produise dans l'intervalle. Il chercha une pierre plate et la fit ricocher sur les vagues.

Il s'était levé à la première lueur du soleil, avant que toutes ces dames réquisitionnent les deux salles de bains. Il avait pris sa voiture pour acheter les journaux à Santa Croce, avait bu un expresso au Bar Blu puis, traversant le jardin, était descendu s'asseoir sur un rocher en bord de mer pour méditer sur les événements des derniers jours. Laurenti ne voulait oublier aucun détail. Cette affaire qui le tenait en haleine depuis une semaine était la plus complexe de toute sa carrière. Le vieux Galvano avait beau râler en permanence et dire qu'on n'envoyait plus en prison que les voleurs de bicyclette ou les personnes âgées qui avaient eu le malheur de piquer un cube de bouillon au supermarché, la coopération avec les collègues de l'autre côté de la frontière avait permis de briser une chaîne de crimes singulière. Jusque-là, le monde des affaires et le crime organisé étaient bien les seuls à se moquer des frontières. Rožman, Pausin et Laurenti étaient les premiers flics à donner l'exemple d'une coopération efficace dans la nouvelle Europe, sans trop s'embarrasser des formalités qu'on s'ingéniait à inventer dans les capitales.

Et si la petite inspectrice ne s'était pas entichée d'un garçon qui n'était pas fait pour elle, peut-être seraient-ils encore tous en train de pédaler dans la choucroute. Or, à la différence de Pina Cardareto, Laurenti n'était pas convaincu que Sedem fût le commanditaire de l'assassinat. Le jeune homme ressemblait énormément à son père, brutal et sans aucun scrupule, mais il employait des moyens plus subtils pour parvenir à ses fins. En revanche, Pina était d'accord avec la thèse de Laurenti : il n'y avait pas d'endroit plus dangereux sur terre que la famille. La statistique criminelle leur donnait raison.

L'éblouissant soleil d'hiver se reflétait sur la mer démontée. Le vent ébouriffait les cheveux de Laurenti, et des embruns éclaboussèrent son visage quand il fit un nouveau ricochet. Le téléphone le tira de ses pensées. Il reconnut le numéro et, de bonne humeur, décrocha.

– J'espère que mes informations t'ont servi à quelque chose, dit Živa.

La procureure croate était encore en train de débarrasser son bureau. Des cartons remplis de dossiers et de documents s'empilaient contre le mur, et la corbeille à papier débordait presque.

– Et comment, ma chère. Tu es tout simplement merveilleuse, répondit Laurenti en laissant son regard balayer la mer jusqu'à l'horizon.

À cent kilomètres de là, derrière la courbure de la terre, à Pula, la ville la plus au sud de la péninsule istrienne, se trouvait son ancienne bien-aimée. Avec la nouvelle année, elle prendrait son poste à la tête de l'autorité d'enquête sur le crime organisé. Une fois qu'elle habiterait Zagreb, leurs chemins se sépareraient sans doute définitivement. Laurenti lui résuma brièvement les événements.

– Je crois, répondit-elle, que je te dois un service. Certains de ces hommes ont causé pas mal d'insécurité chez nous, mais, heureusement, c'est du passé. Je me demande bien à qui les Autrichiens vont livrer Mervec en premier. Aux Slovènes ou à nous ? En tout cas, il sera très vieux quand il sortira de prison.

– Moi aussi, je vais devoir attendre longtemps avant de te revoir, répliqua Laurenti. Et puisque tu me dois un service, je propose que nous nous retrouvions entre Noël et le jour de l'an. N'importe où en Istrie.

– Proteo, tu es vraiment incorrigible… C'est ma dernière journée dans ce bureau, les déménageurs arrivent dès le 27.

Une main chaude se posa sur son épaule. Laurenti se

retourna. Sa fille Patrizia s'assit à côté de lui sur le rocher. Elle tenait l'ours en peluche qu'il avait l'intention de lui offrir dans la soirée.

– *Tanti auguri,* Živa, dit Laurenti en coupant court à la conversation.

– Tu ne me l'as jamais dit, papa, lui lança Patrizia. En fait, tu es très content !

– Et depuis quand ouvre-t-on les paquets avant la fête ?

– J'ai un peu triché.

Puis, tirant un petit paquet de derrière son dos :

– C'est pour toi, papa !

Un nouvel appel l'interrompit.

– *Tanti auguri,* dit Biason.

Il semblait détendu.

– Vous voyez, Laurenti, on peut se passer de moi.

– Plus que vous ne le pensez, lui répondit Proteo.

Il lui présenta ses vœux en marmonnant et mit fin à la conversation. Puis il ouvrit son paquet.

– Merci, Patrizia, lança-t-il, agréablement surpris en commençant à feuilleter le premier tome de *Don Quichotte*.

– Tu as toujours voulu le lire, non ? Au fait, tout le monde est déjà là pour le petit déjeuner. Même Marco s'est levé tôt. On n'attend plus que toi.

Le père et la fille montaient l'escalier bras dessus, bras dessous quand quelqu'un sonna à la porte de la maison. Un coursier apportait un lourd paquet. Laurenti signa le récépissé et vérifia le nom du destinataire. C'était pour lui. Il déchira l'emballage et en sortit un magnum de l'un des plus prestigieux champagnes. L'expéditeur avait joint une carte. Le banquier de Laura leur souhaitait un joyeux Noël blanc.

Auguri !

Argos, le pitbull terrier de trois ans, fut envoyé le 24 décembre par la faculté vétérinaire de l'université de Ljubljana au service d'élimination des carcasses animales. Toutes les tentatives pour le sauver avaient été vaines.

RÉALISATION : IGS-CP À L'ISLE-D'ESPAGNAC
IMPRESSION : NORMANDIE ROTO IMPRESSION S.A.S. À LONRAI
DÉPÔT LÉGAL : NOVEMBRE 2012. N° 101218 (124097)
Imprimé en France